ପର ପୁରୁଷ

ଉପନ୍ୟାସ

ବୀଣାପାଣି ପ୍ରଧାନ

ପର ପୁରୁଷ / ବୀଣାପାଣି ପ୍ରଧାନ

ବ୍ଲାକ୍ ଈଗଲ୍ ବୁକ୍ସ : ଭୁବନେଶ୍ୱର, ଓଡ଼ିଶା ● ଡବ୍‌ଲିନ୍, ଯୁକ୍ତରାଷ୍ଟ୍ର ଆମେରିକା

BLACK EAGLE BOOKS

USA address:
7464 Wisdom Lane
Dublin, OH 43016

India address:
E/312, Trident Galaxy, Kalinga Nagar,
Bhubaneswar-751003, Odisha, India

E-mail: info@blackeaglebooks.org
Website: www.blackeaglebooks.org

First International Edition Published by
BLACK EAGLE BOOKS, 2025

PARA PURUSHA
by **Binapani Pradhan**

Cover: **Tanuj Mallick**

ISBN- 978-1-64560-726-7 (Paperback)

Printed in the United States of America

ନିଜକଥା

'ବାୟା ଚଢ଼େଇର ବସା ଓ ଅନ୍ୟାନ୍ୟ ଗଳ୍ପ' ସଂକଳନରେ ୧୯ଟି କ୍ଷୁଦ୍ରଗଳ୍ପ ଲେଖିସାରିବା ପରେ ମୋତେ ଅନୁଭବ ହେଲା ମୋ ଭିତରେ ସବୁ କାହାଣୀ ଶେଷ ହୋଇଯାଇଛି। କାହାଣୀ ବାକି ନାହିଁ ଆଉ କିଛି ଲେଖିବାକୁ। ଦିନେ ରୁଚିତା ମିଶ୍ର ଆସିଥିଲା, ମୋତେ କହିଲା ତା' କାହାଣୀ ଲେଖିଦେବାକୁ। ମୁଁ ପ୍ରଥମେ ଶୁଣିବାକୁ ବି ପ୍ରସ୍ତୁତ ନଥିଲି। ସେ କାହାଣୀ ପ୍ରତ୍ୟେକ ସୋପାନକୁ ଏମିତି କହିବା ଆରମ୍ଭ କଲା ଯେ ମୁଁ ଆଡ଼େଇ ଯାଇପାରିଲି ନାହିଁ। ମୁଁ ଭାବିଲି ରୁଚିତା ମିଶ୍ର ନାଁରେ ଗଳ୍ପଟିଏ ଲେଖାଯାଇପାରେ। ସେ ଗଳ୍ପରେ ତା' ଜୀବନର କାହାଣୀ ବୋହିଚାଲିଲା ଏକ ଅମାନିଆ ସୁଅ ଭଳି। ଯେତେ ବାଧା ଦେଲେ ବି ଏ କାହାଣୀ ଅଥୟ। କାହିଁକି ଅଥୟ ସେକଥା କାହାଣୀ ପଢ଼ିଲେ ନିଶ୍ଚୟ ବୁଝିଯିବେ। ମୁଁ ଲେଖିଲି ତା' ଜୀବନର ଅବ୍ୟକ୍ତ ଅଧ୍ୟାୟ। ପୃଷ୍ଠା ପରେ ପୃଷ୍ଠା ଦିନକୁ ଦିନ ଯୋଡ଼ିଚାଲିଲି। ପରେ ଅନୁଭବ କଲି ଏ କାହାଣୀ ଖୁବ୍ ଦୀର୍ଘ। ରୁଚିତା ମିଶ୍ର ବି କହିଲା ତୁମେ ଏ କାହାଣୀ କଲମରେ ସାରିପାରିବ ନାହିଁ। ମୁଁ ହସି କହିଲି, ଏଠି ପ୍ରତ୍ୟେକ ଝିଅର କାହାଣୀକୁ କଲମରେ କ'ଣ ଲେଖାଯାଇପାରେ ! ସତ କହୁଛି, ଯେତେ ଲେଖିଲେ ବି ମୁଁ ରୁଚିତା ମିଶ୍ରକୁ ସନ୍ତୁଷ୍ଟ କରିପାରିଲି ନାହିଁ। ବୋଧେ କରିପାରିବି ନାହିଁ ଏ ଜନ୍ମରେ। କିନ୍ତୁ ଜନ୍ମ ଦେଇଛି ଉପନ୍ୟାସ 'ପର ପୁରୁଷ'କୁ। ଏ କାହାଣୀ ଉପନ୍ୟାସ ହୋଇ ଆସିବା ଯେତିକି ଆଚମ୍ବିତ କଥା ନୁହେଁ, ତା'ଠୁ ଅଧିକ ଆଶ୍ଚର୍ଯ୍ୟ କଥା ହେଲା ରୁଚିତା ମିଶ୍ର ଛଦ୍ମବେଶରେ କାହାଣୀ କହୁଥିବା ନାରୀଟି ଆମ ସମାଜରେ ବଞ୍ଚିଥିବା ଯେକୌଣସି ସାଧାରଣ ନାରୀର କାହାଣୀ। ସେକଥା ଅବଶ୍ୟ ଆପଣମାନେ ବିଚାର କରିବେ।

ଆଉ ଗୋଟିଏ କଥା ଏଠାରେ ଗୁରୁତ୍ୱପୂର୍ଣ୍ଣ। ନୂଆକରି କଲମ ଧରିବାବେଳେ ଗପଟିଏ ଲେଖିବାକୁ ସାହସ କରିପାରୁନଥିବା ଝିଅଟିଏ ଦିନେ ଉପନ୍ୟାସ ଲେଖିବାକୁ ମନ ବଳେଇବାର କାରଣ କ'ଣ ? କାହାଣୀରେ କେତେ ଝୁଣ୍ଟିଛି, କେତେ ଫୁଟିଛି ରୁଚିତା ମିଶ୍ର, ଏ କାହାଣୀ କେତେ କୋଳେଇବ ସେକଥା ଆପଣମାନେ ହିଁ କଳିବେ।

ଗୁରୁ ତଥା ପଥପ୍ରଦର୍ଶକ ଡକ୍ଟର ଗୌରହରି ଦାସଙ୍କ ଅକୁଣ୍ଠିତ ପ୍ରେରଣା ମୋ ପାଇଁ ଆଶୀର୍ବାଦ। ମା' ସଂଯୁକ୍ତା ନାଏକ କାହାଣୀକୁ ପଢ଼ିବାକୁ ସମୟ ଦେଇ ମୋ ସାହସ ବଢ଼ାଇଛନ୍ତି। ଏଥିପାଇଁ ତାଙ୍କ ପାଖରେ ମୁଁ ଚିରକୃତଜ୍ଞ। ଏ ଯାତ୍ରାରେ ସାମିଲ ହେଲାବେଳେ ବନ୍ଧୁ ବିଶ୍ୱ ମହାପାତ୍ରଙ୍କୁ ଭୁଲିହେବ ନାହିଁ। ଉପନ୍ୟାସଟେ ଲେଖ ବୋଲି କହି ସେ ପରୋକ୍ଷ ଭାବେ ଇନ୍ଧନ ଯୋଗାଇଥିଲେ। କାହାଣୀ ଲେଖିବା ସମୟରେ କିଛି ପଙ୍‌କ୍ତି ସୋସିଆଲ୍ ମିଡିଆରେ ସାଙ୍ଗସାଥୀଙ୍କ ସହ ବାଣ୍ଟିଛି। ସେମାନେ ମଧ୍ୟ ଉତ୍ସାହ ଯୋଗାଇବାକୁ କୁଣ୍ଠାବୋଧ କରିନାହାନ୍ତି। ଏହା ମୋର ସୌଭାଗ୍ୟ। ସ୍ୱାମୀଙ୍କଠାରୁ ପାଇଥିବା ସ୍ୱାଧୀନତା କି ନିରୁପଦ୍ରବତା ମୋତେ ଆହୁରି ସାହସୀ କରିଛି କାହାଣୀକୁ ଆଗେଇ ନେବାକୁ। ମୋର ତମାମ ଅନ୍ୟମନସ୍କତାକୁ ପିଲା ଦୁଇଟି ଦୀର୍ଘ ଚାରିମାସଯାଏଁ ସହ୍ୟ କରିଛନ୍ତି। ମୋ ଆବେଗକୁ ସମ୍ମାନ ଦେଇ କହିଛନ୍ତି କାହାଣୀ କେବେ ସରୁଛି ? କେବେ ପ୍ରକାଶ ପାଉଛି ? ସେଥିପାଇଁ ତାଙ୍କୁ ମୋର ଭଲପାଇବା। ପ୍ରକାଶକ ସତ୍ୟ ପଟ୍ଟନାୟକ, ବ୍ଲାକ୍ ଇଗଲ ପ୍ରକାଶନ ପାଖରେ ଚିରକୃତଜ୍ଞ ଏ ଉପନ୍ୟାସଟିକୁ ଚୟନ କରିଥିବାରୁ। ସାଦରେ ଅଶୋକ ବାବୁ, ପ୍ରତାପ ବାବୁ ଓ ତନୁଜ ବାବୁ ଏ ଉପନ୍ୟାସକୁ ରୂପରଙ୍ଗ ଦେଇ ସଜେଇବାବେଳେ ମୋର ସମସ୍ତ ଇଚ୍ଛା-ଅନିଚ୍ଛାକୁ ସହ୍ୟ କରିଛନ୍ତି। ଆଗ୍ରହରେ ମୋର ପଥ ସୁଗମ କରିବା ପାଇଁ ସମସ୍ତ ବନ୍ଦୋବସ୍ତ କରି ମୋତେ ଚିରଦିନ ଋଣୀ କରିଛନ୍ତି। ସର୍ବଶେଷରେ ଜଗତର ନାଥ ଜଗନ୍ନାଥଙ୍କ ପାଖରେ ମୋର କୋଟି ପ୍ରଣାମ। ଏ ଜୀବନର ପ୍ରତ୍ୟେକ ସଂପର୍କ, ଭଲପାଇବା, ସ୍ନେହ, ଶ୍ରଦ୍ଧା, ଆଶୀର୍ବାଦ ପାଇଁ।

- ବୀଣାପାଣି ପ୍ରଧାନ

ମୁଁ ତା' କାହାଣୀର ନାୟିକା ନଥିଲି,
ବରଂ କେଇ ଫର୍ଦ୍ଦର ଅଜଣା ଅତିଥି

ପ୍ରଥମ ଅଧ୍ୟାୟ

ଆକାଶର ରଙ୍ଗ, ଫୁଲର ମହକ, ପତ୍ରର ସବୁଜିମା,
ମେଘର ଡାକରା ବୋଧେ ସବୁ ଝିଅଙ୍କୁ
ଅନ୍ୟମନସ୍କ କରେନାହିଁ, ନୁହେଁ ବୋଧେ...?
ମୁଁ କିନ୍ତୁ ପିଲାଦିନୁ ସେମିତି ଅନ୍ୟମନସ୍କ।
ଝିଅଟିଏ ରୋମାଣ୍ଟିକ୍ ହେବା କ'ଣ
ଭୁଲ୍ ଅଟେ ଜୀବନରେ?

ବାଲିବନ୍ତ ଦେହ ଉପରେ ଲହଡ଼ିର ନୀରବ ମୂର୍ଚ୍ଛନା। ସମୁଦ୍ରରେ ଜୁଆର ଆସିଲା ପରି ଆଖି ଭର୍ତ୍ତିହୋଇଯାଏ ଆଜିକାଲି ଅକାରଣେ। ପବନରେ ଶୁଖୁଥାଏ ଛାତି ଭିତରର କେତେ କେତେ ଅକୁହା କାହାଣୀ। ନାରୀଟିଏ ତ ଏଠି ଯେକୌଣସି ଋତୁରେ କାନ୍ଦିପାରେ। ନୂଆ କ'ଣ ଏଥିରେ? ଋତୁ ବଦଳେ, ବର୍ଷ ବିତେ। ନାରୀର ଜୀବନ କ'ଣ ବଦଳେ? ସମୟ କ'ଣ ବଦଳେଇପାରେ କାହାଣୀ? ସମୟ କ'ଣ ଝଡ଼େଇଦେଇପାରେ ବିଗତ କାହାଣୀକୁ ଦେହରୁ, ପତ୍ରଝଡ଼ାର ଋତୁଟେ ପରି। ଏ ଜୀବନ କ'ଣ ସହଜରେ କଟିଯାଏ ଏଠି, ସବୁ ଭାଙ୍ଗୁଥାଏ ତ ବାଲିଘର ପରି, ନୂଆ ଆଶା ଆକାଂକ୍ଷାର କୁହୁଡ଼ିର ଘର ଅନେକ ସମୟରେ କେଉଁଠି ନା କେଉଁଠି ମିଳେଇଯାଏ ଆଖି ପାହାନ୍ତାରେ। ଏଇ ଭାଙ୍ଗିବା ଗଢ଼ିବା ଖେଳ ଭିତରେ ନିଃଶ୍ୱାସ ନେଉଥାଏ ନାରୀର ଜୀବନ। ଆଉ ରହିଲା ନାରୀ ଜୀବନର ସ୍ୱପ୍ନ, ସେ ତ ନିଜ ସ୍ୱପ୍ନକୁ ଭାଙ୍ଗୁଥାଏ ଆଉ କାହାକୁ ଗଢ଼ିଦେବାକୁ ପ୍ରତିକ୍ଷଣ, ଆଉ କାହାର ସ୍ୱପ୍ନରେ ନିଜ ଜୀବନର ବାସ୍ତବତାକୁ ଭୁଲେଇଦେଇ ଭୁଲିଯାଏ ନିଜ ପରିଚୟ। ସମସ୍ତେ କ'ଣ ଏଇମିତି ଜୀବନ କାଟନ୍ତି। ଅନ୍ୟପାଇଁ ହିଁ ବଞ୍ଚନ୍ତି! ଆମ ଦେଶର ଲକ୍ଷ ଲକ୍ଷ ସାଧାରଣ ନାରୀମାନଙ୍କ ଭିତରୁ ମୁଁ ଜଣେ ସେମିତି ନାରୀ। ଯେଉଁମାନେ ପରିବାର ଭିତରେ ଜିଉଁଥାଆନ୍ତି, ପରିବାର କଥା ହିଁ ବୁଝୁଥାଆନ୍ତି, ସାଧାରଣ ନାରୀ ଏଠି ମୋରି ଭଳି। କାହାରି କିଛି ଅସୁବିଧା ହେଉ କି ନହେଉ ଘରକାମ, ଅଫିସ୍, ପିଲାମାନଙ୍କ ଖବର ବୁଝୁବୁଝୁ କଟିଯାଏ ଜୀବନ। ମୁଁ ବି କାଟେ ଏମିତି ହିଁ ଜୀବନ।

ପିଲାଦିନୁ ମୁଁ କିନ୍ତୁ ଟିକେ ଅଲଗା, ଏମିତି ଭାବପ୍ରବଣ। ତେଣୁ କବିତା ଲେଖା, ଚିତ୍ରଖାତା ମୋର ପିଲାଦିନୁ ପ୍ରିୟ। ନିଜକୁ ସଜେଇବା ଯେତିକି ଭଲ ଲାଗୁନଥିଲା, ନିଜ ପୃଥିବୀକୁ ସଜେଇବା ସେତିକି ଭଲ ଲାଗୁଥିଲା। ଆକାଶର ରଙ୍ଗ, ଫୁଲର ମହକ, ପତ୍ରର ସବୁଜିମା, ମେଘର ଡାକରା ବୋଧେ ସବୁ ଝିଅଙ୍କୁ

ଅନ୍ୟମନସ୍କ କରେନାହିଁ, ନୁହେଁ ବୋଧେ...? ମୁଁ କିନ୍ତୁ ପିଲାଦିନୁ ସେମିତି ଅନ୍ୟମନସ୍କ। ଝିଅଟିଏ ରୋମାଣ୍ଟିକ୍ ହେବା କ'ଣ ଭୁଲ୍ ଅଟେ ଜୀବନରେ? ହୋଇ ଥାଇପାରେ ବି ଭୁଲ୍ କି କ'ଣ.. ମୁଁ ଏକଥା ଏତେ ଗଭୀର ଭାବେ ବୁଝିନି ...କିନ୍ତୁ ଏମିତି ହିଁ, କାହାକୁ କ'ଣ ବଦଳାଇ ହୁଏ? କେବେ ଦିନେ ଲେଖିଥିଲି-

"ଫେରିଯିବି ଫେରିଯିବି କହି ଫେରିପାରିଲିନି,
ସ୍ମୃତି ସବୁ ଶବ୍ଦ ହୋଇ ଲଟେଇଗଲେଣି,
ଧାରେ ଆଲୁଅରେ କିଛି ଶବ୍ଦ କଡ଼ ଲେଉଟାଏ,
ମନ ତା'ର ଭଲ ନାହିଁ ପଚାରିଲେ କୁହେ।"

ମୋ ଅନ୍ୟମନସ୍କତାର ଉପହାର ହୋଇ ଏମାନେ ସବୁ ମୋ ଡାଏରିରେ ଶବ୍ଦ ଯୋଡ଼ନ୍ତି। ଶବ୍ଦ, ରଙ୍ଗକୁ ଛାଡ଼ିଦେଲେ ଜୀବନରେ ଆଉ କ'ଣ ଥାଏ ବୁଝିବାକୁ, ଏକଥା ମୁଁ ସତରେ ବୁଝିନି। ଆଜିକାଲି ଏ ବୟସରେ ବି ବର୍ଷା ଦେଖିଲେ ଗପମନସ୍କ ହୁଏ ମନ। ଲେଖିହୁଏ, କେହି ମନେପଡ଼େ, କାହା ସ୍ମୃତିରେ ଓଦାହୁଏ ଆଖିତଳ, ବର୍ଷା ଟପଟପ ଶବ୍ଦରେ ଫେରେ ଅତୀତ।

ମୁଁ ଲେଖିବସେ ଦୁଇ ଧାଡ଼ିର ଜୀବନ, କବିତା କି ଗପ।

ସତରେ ଆଜିକାଲି ଏ ବର୍ଷା, କେଇଟା ଗପ, ଆଉ ଦୁଇଧାଡ଼ିର କବିତା।

ମନେହୁଏ ମୋ ଭିତରେ କ'ଣ ଗୋଟେ କାହାଣୀ ଅନବରତ ବୋହୁଛି। ମୁଣ୍ଡରୁ ପାଦଯାଏଁ। ଲୋମମୂଳରୁ ଧମନୀଯାଏଁ। ଯେତେ ଚେଷ୍ଟା ପରେ ବି ମୋ ଭିତରୁ ବାହାରିଯାଏନି। ରାତିଅଧରେ ବେଳେବେଳେ ନିଦ ଭାଙ୍ଗିଯାଏ କାହାପାଇଁ, ଅନ୍ଧାର ଭିତରେ ରହି ରହି ବାଜେ ଖୁବ୍ ଦୂରରୁ ଗୋଟେ ବଂଶୀସ୍ୱର। କେବେ କରୁଣ, କେବେ ମଧୁର, କେବେ ଭାବନାବିହୀନ ଗୋଟେ ଅନ୍ୟମନସ୍କତାର ସ୍ୱର। ଏମିତି ନିଛାଟିଆ ବର୍ଷାରାତିରେ କିଏ କେଜାଣି ସେ ଗାଏ ମିଳନର ଅବୁଝା ରାଗିଣୀ, ମଞ୍ଜଥରା ଶୀତରେ ହେମାଳ କରୁଥାଏ ଗଜଲର ଶବ୍ଦମାନଙ୍କୁ, ଧୁମ୍ ଦ୍ୱିପ୍ରହରରେ ଥରାଇଦିଏ କିଛି ମୁହୂର୍ତ୍ତ, ଅଯଥାରେ ସୁନାରୀ ଫୁଲର ନେହ୍ଲାନେହ୍ଲା ସ୍ୱପ୍ନଭଳି ସେ ଉପସ୍ଥିତି ଜାହିର କରୁଥାଏ। ଫେରିବାର ଅଭୁଲା ପ୍ରତିଶ୍ରୁତି କିଏ ଦେଇଯାଏ ଅକାରଣେ। ସବୁଝିଅ କ'ଣ ଏମିତି ହିଁ ଅନୁଭବ କରନ୍ତି...ନା ମୁଁ ହିଁ କରେ! ମୋ ଭିତରେ ଥାଏ ବୋଧେ ଗୋଟେ ଅନ୍ଧାରଗଳି।

ତା' ଭିତରେ ମୁଁ ବାରମ୍ବାର ଆଲୁଅ ପକାଏ ଅଜାଣତରେ। ମୁଁ ବୋଧେ ସେଇମିତି ମଣିଷ, ଯେ ବାରମ୍ବାର ଦୁଃଖମାନଙ୍କ ପ୍ରେମରେ ପଡ଼େ।

ଏମିତି କହିବାକୁ ଗଲେ ସମସ୍ତଙ୍କ ଜୀବନରେ କିଛି ଅବସୋସ, ଅତୃପ୍ତି, ହତାଶା ଥାଏ। ସମସ୍ତେ ହସି ହସି ଭୁଲିଯାଇପାରନ୍ତି, ଅନ୍ତତଃ ସମସ୍ତେ ମୋ ଭଳି ଛଟପଟ ହୁଅନ୍ତିନି ବୋଧେ। ପବ୍‌ରେ ବସି ମୁଁ ସେଦିନ ଏଇଆ ହିଁ ଭାବୁଥିଲି। ଆଜି ବି ସେଇ ମୀରାକୁ ଅପେକ୍ଷା। ଆଜିବି ସେ ପୁରୁଣା କାହାଣୀର ଚର୍ଚ୍ଚା। କିଏ କହେ ଅତୀତ ଫେରେନା, ଅତୀତ ଫେରେ ଜଣେ ପ୍ରକୃତ ବନ୍ଧୁ ପାଖରେ, ଜଣେ ହାତ ଧରି ଜୀବନସାରା ଚାଲିବ କହି ପ୍ରତିଶ୍ରୁତି ଦେଇଥିବା ପ୍ରେମିକ ପାଖରେ, ନିଜ ସହ କାଟିଥିବା ଏକଲା ମୁହୂର୍ତ୍ତମାନଙ୍କ ପାଖରେ।

ମୁଁ ରୁଚିତା ମିଶ୍ର, ବାଙ୍ଗାଲୋରରେ ଚାକିରୀ କରେ। ଏବେ ନୂଆ ନୂଆ ପବ୍ ଆସିବା ଆରମ୍ଭ କରିଛି। ପବ୍ କି ପାର୍ଟିରେ ବସି ମସ୍ତି କରୁଥିବା ମୋ ଭଳି ଝିଅମାନେ ଅନ୍ତତଃ ଏମିତି ଭାବିବା ଉଚିତ ନୁହଁ। ବିନ୍ଦାସ ଜୀବନ ବିଷୟରେ ଭାବିବା କଥା। ଦୁଇଟା ସଟ୍ ପରେ ଆଖିରେ ଦୁଃଖ ନରହି ଜୀବନକୁ ଉପଭୋଗ କରିବାର ତୃପ୍ତି ରହିବା କଥା। ନିଜ ଉପରେ ହସିଲି ମୁଁ। ସତରେ କ'ଣ ମୁଁ ବିନ୍ଦାସ, ନା ଯା' ପଛରେ ଆଉ କିଛି କାହାଣୀ ! ମୋର ଅବଶ୍ୟ ଏଇଟା ଅଭ୍ୟାସ ନୁହେଁ, ପବ୍ କି ପାର୍ଟିରେ ସମୟ କାଟିବା, ଝିଅଟେ ବି ମୁଁ ନୁହେଁ। ତଥାପି ମୁଁ ଆଜି ଏଇଠି, ପ୍ରକୃତରେ ମୁଁ ଜାଣିଶୁଣି ଆସିବା ଆରମ୍ଭ କରିଛି, ଟିକେ ଅଭ୍ୟାସରେ ପଡୁ। ବାକିତକ ଜୀବନ କାଟିବି କେମିତି ? ଏଇ ଗୋଟିଏ ଗୁରୁତ୍ୱପୂର୍ଣ୍ଣ ପ୍ରଶ୍ନ ମୋ ପାଖରେ। ଏବେ ଏଠି କେତେ ସମୟ କଟିଛି ତା'ର ହିସାବ ଆଉ ମୁଁ ରଖୁନି। ଏଇଆ ଭାବି ମୁଁ ସେଦିନ ବସିଥିଲି ମାରିଆ ଓରଫ୍ ମୀରା ଅପେକ୍ଷାରେ।

ମାରିଆକୁ ମୀରା କାହିଁକି ଡାକେ ତା'ର କାରଣ ଅଛି। ସେକଥା ମୁଁ କହିବି। ପବ୍ ବାହାରେ ଅଳ୍ପ ଖୋଲା ସ୍ଥାନ, ସାମ୍ନା ଟେବୁଲ୍‌ରେ କିଛି ପ୍ଲାଷ୍ଟିକ୍ ଫୁଲ, ଗୋଟେ ଛୋଟ ଧିମା ଲ୍ୟାମ୍ପ୍। ସେଦିନ ବର୍ଷା ପରେ ହାଲୁକା କାଲୁଆ ପବନ ବୋହୁଥାଏ ବାହାରେ। ମୋ ଚୂଳସବୁ ଖୋଲାପବନରେ ଅଳ୍ପ ଦୋଳି ଖେଳୁଥିଲେ। ମୁଁ ଚୁନିଟା ଟିକେ ତଳକୁ ଟାଣି କକ୍‌ଟେଲ୍ ଲିଷ୍ଟ ଉପରେ ଆଖି ପହଁରେଇଲି। ଆଜିକାଲି ଖୁବ୍ ମାଇଲ୍‌ଡ ଡ୍ରିଙ୍କ୍‌ସଟେ ଚଳିଯାଏ ମୋର, ଦେହ ହାଲୁକା ଲାଗେ ନା ଏମିତି ମିଛ କହିଲେ ନିଜକୁ ଠକିହୁଏ। ଏମିତି କିଛି

ମାଇଲ୍‌ଡ ମାର୍ଗାରିତ, କି ଓଲ୍‌ଡ ଫେସନ୍‌ଡ କକ୍‌ଟେଲ୍ ଦେହରେ ଚଳିଯାଏ ଆଜିକାଲି। ଦେହରେ ଅଳ୍ପ ପୋଷାକ ପିନ୍ଧି ହାଏ ଚେୟାରରେ ବସି ଓବଇନ ଗ୍ଲାସ୍ ଧରିଥିଲା ଶ୍ୱେତାଙ୍ଗୀ ଝିଅଟିଏ। ତା'ର ଏ ଦୁନିଆରେ କ'ଣ ଘଟୁଛି ତା' ଆଡ଼କୁ ବୋଧେ ନଜର ନାହିଁ।

ମୁଁ ବହୁଦିନରୁ ଭେଟୁଛି ଏଇଠି ଜଣକୁ। ଓଡ଼ିଆ ଝିଅ ବୋଲି ତା'ର ଟିକେ ମୋ ପ୍ରତି ବେଶୀ ନଜର। ପ୍ରଥମେ ପ୍ରଥମେ ମୁଁ କେବଳ ତା' ନାଁଟା ହିଁ ଜାଣିଥିଲି, ଅଳ୍ପ କିଛିଦିନର ଆସିବା ଭିତରେ ଏଠିକି। ଦିନେ ଅକସ୍ମାତ୍ ଆମେ ଦୁହେଁ ଏକାଠି ବସିଥିଲୁ। ଓଡ଼ିଆ ଝିଅ କହି ହାତ ମିଳାଇଲା, କହିଲା- "ମୁଁ ଆଜି ଏକୁଟିଆ, ଖୁବ୍ ବୋର୍ ହେଉଛି ବସି ବସି", ଦେଲା ଅଳ୍ପ କିଛି ପରିଚୟ, "ଆଇ ଆମ୍ ମୀରା ଆଣ୍ଡ୍ ଫ୍ରମ୍ ନରୱେ, ତା' ଭିତରେ ସେ କହିସାରିଥିଲା ମୁଁ ବି ଓଡ଼ିଆ ପାଣି ପବନରେ ବଢ଼ିଛି ଅନେକଦିନ।" ସେଇତକ ପରିଚୟ ପରେ ମୁଁ ଟିକେ ତା' ଆଡ଼କୁ ଢଳିଲି। ମୁଁ କହିଲି ମୀରାକୁ, "ତୁମେ ଓଡ଼ିଆ ଜାଣି ଖୁସି ଲାଗିଲା। ଆଉ ଦିନେ କହିଲା, ମୁଁ ଓଡ଼ିଆ ବୁଝିପାରେ। ବେଶୀଦିନ ସେଠି ରହିଲେ ବି ବାପା ମା'ଙ୍କଠୁ ଶୁଣି ଶୁଣି ଶିଖିଛି। ଏଠିକି ଆସିବା ପରେ ବେଶୀ ଶିଖିଯାଇଛି, ତୋ ସହ କଥାହେଲେ ବେଶୀ ଶିଖିଯିବି।" ତା' ଆଦର ଦେଖି ନା.. କହିହେଲା ନାହିଁ, ବଡ଼ ଉଚ୍ଛାଟିତ ସ୍ୱରରେ କହିଲି, "ମୁଁ ଶିଖେଇଦେବି।" ତା'ପରଠୁ ମୋର ତା' ସହ ହିନ୍ଦୀରେ କଥାବାର୍ତ୍ତା, ଓଡ଼ିଆ ଅଧାମିଶା, ପୁଣି କେବେ କେବେ ଖାଣ୍ଟି ଓଡ଼ିଆ, ସେ ବୁଝୁ ନବୁଝୁ ମୁଁ କିନ୍ତୁ କହିଥାଏ, ତା'ର ଇଂରାଜୀ ଶୁଣିବା ମୋତେ ବେଶୀ ଭଲଲାଗେ ବୋଲି ମୁଁ ଦିନେ ମିଛରେ କହିଲି। ତା'ପର ଅନେକ ଦେଖାରେ ମୋତେ ଦେଖି ଖୁବ୍ ବନ୍ଧୁତ୍ୱପୂର୍ଣ୍ଣ ହସଟିଏ ଯାଚିଦିଏ ଅନେକ ସମୟରେ। ମୁଁ ବି ଫେରାଏ ସ୍ମିତହସ, ବେଳେ ବେଳେ ଅଳ୍ପ ହାଲୁକା କଥାବାର୍ତ୍ତା, ଯେମିତି କୋଉଠି ରୁହ, ଲାଷ୍ଟ୍ ୱିକେଣ୍ଡ୍‌ରେ ଆସିଥିଲ କି ବାର୍‌କୁ, ହ୍ୱେୟାର୍ ଡୁ ୟୁ ୱର୍କ, ହ୍ୱେୟାର୍ ଡୁ ୟୁ ଷ୍ଟେ ଏମିତି କିଛି। କିନ୍ତୁ ମୀରାର ଖୁବ୍ ମେଳାପୀ ହାବଭାବ ଓ ସ୍ୱଭାବ। ଏମିତି ବନ୍ଧୁତ୍ୱ ବଢ଼ାଇବାକୁ କରିବାକୁ ହୁଏ ବୋଲି ମୋର ବିଶ୍ୱାସ। ଏଇଠି ମୀରାକୁ ଦେଖି ଭାବେ, ୟା' ସହ ବନ୍ଧୁତା କରାଯାଇପାରେ କି ବୋଲି ଭାବେ ମୁଁ ବସିବସି। ସେ ବି ଏକଲା ଆସେ ଆଉ ମୁଁ ବି ଏକଲା। ସେ ବି ବୋଧେ ସେମିତି ହିଁ ଭାବେ କି କ'ଣ ଏକଥା ମୁଁ ଭଲ ଭାବେ ଜାଣିପାରୁନଥାଏ।

ସେଦିନ ପବ୍‌ର ଅଳ୍ପ ଆଲୁଅରେ ସେ ଖୁବ୍ ଆକର୍ଷଣୀୟ ଦିଶୁଥାଏ। ମଝିରେ ମଝିରେ ଚୂଳ ସଜାଡୁଥାଏ। ତା' ଚୂଳସବୁ ଗ୍ରୀଷ୍ମମଣ୍ଡଳୀୟ ଲତା ପରି ଘଞ୍ଚ ଜଙ୍ଗଲ ମନେହୁଏ ମୋତେ। ତା' ଗୋରା ଖୋଲା ପିଠି ଉପରେ ପଡ଼ି ସୌନ୍ଦର୍ଯ୍ୟ ବୃଦ୍ଧି କରେ। ମୁହଁରେ ଅଳ୍ପ ଲିପ୍‌ଷ୍ଟିକ୍ ତାକୁ ଛାଡ଼ିଦେଲେ ମେକପ୍ ନାହିଁ କହିଲେ ଚଳିବ। କିଛିଦୂରରେ ଗୋଟେ ଫ୍ରେଣ୍ଡ୍ ଗ୍ରୁପ୍ ବସିଥିଲେ। ଖୁବ୍ ଘୋ' ଘା' ଶୁଭୁଥିଲା ସେପଟୁ। ସେ ସନ୍ଧ୍ୟାରେ ସେ କେବଳ ଏକା ଓ ମୁଁ ବି ଏକା, ଏଇ ସମୟରେ କେବଳ କିଛି ଝିଅ ହିଁ ଏଠି ଦେଖାଯାଆନ୍ତି ଆମ ଭଳି, ମାନେ ମୀରା ଆଉ ରୁଚିକା ମିଶ୍ର ପରି। ରାତି ପୂର୍ବରୁ ଫେରନ୍ତି ଘରକୁ। ସେ ଗହଳଚହଳ ଭଲ ଲାଗେ। ମୀରା ଓ ମୁଁ ଆସୁ ଏକାଟିଆ। ସେ ବି ମୋତେ ଠିକ୍ ମୋ ଭଳି ଚାହେଁ, ସେଦିନ ସେଇଆ ହିଁ ସ୍ଥିର କରି ତା' ପାଖରେ ଯାଇ ବସିଲି। କହିଲି, "ତୁ ବହୁତ ସୁନ୍ଦର ଦିଶୁଚୁ", ସେ ଧନ୍ୟବାଦ ଜଣାଇଲା।

ତା' ଆଖି ଲାଲ ଦିଶୁଥିଲା, ମୁଁ ଗାଉଁଲି ଝିଅଟେ ପରି ପଚାରିଲି, "ଆର୍ ୟୁ ଓକେ ?" ମୁଁ କିନ୍ତୁ ପ୍ରକୃତରେ ଗାଉଁଲି, ନହେଲେ ସବୁ ୱିକେଣ୍ଡ୍‌କୁ ଆସି ସମସ୍ତଙ୍କୁ ଘୂରି ଘୂରି ଘଣ୍ଟେ ଦେଖନ୍ତିନି, ସମସ୍ତଙ୍କ ଭିତରେ ଜଣକୁ ଖୋଜନ୍ତିନି, ଖୋଜେ ଜଣେ ମୋର ଖୁବ୍ ଜଣାଶୁଣା ଚେହେରାକୁ। ମୀରା ପାଖକୁ ଯାଇ ବସିବାରୁ ସେ ବୁଲି ଚାହିଁଲା ଏଥର ମୋ ମୁହଁକୁ ? ମୁଁ ହଡ଼ବଡ଼େଇଗଲି ଟିକେ। କହିଲି, "ତୋ ଆଖି ଲାଇନର ବହୁତ ସୁନ୍ଦର, ତୋତେ କଳା ରଙ୍ଗର କାଜଲଟା ଭଲ ଦିଶେ।" ଆଖିରେ କଳା ପିନ୍ଧେ ବେଳେ ବେଳେ ମୀରା, କିନ୍ତୁ ତାକୁ ମାନେ ନାହିଁ, କି ମୋତେ ହିଁ ଏମିତି ଲାଗେ। ଦିନେ ଦିନେ ତା' ଆଖିର କଳାରଙ୍ଗ ବି ବଦଳେ। ନୀଳ, ଯାମୁନ୍ କି ବ୍ରାଉନ୍। ତା' ଆଖି ବେଶୀ ଭୟଙ୍କର ଦିଶେ ନୀଳ, ଯାମୁନର କୃତ୍ରିମ ରଙ୍ଗରେ। ମୁଁ ଭାବେ କାହିଁକି ତାକୁ କେହି କୁହନ୍ତିନି କାହିଁକି ତାକୁ ଭଲ ଦିଶୁନି ଏ କୃତ୍ରିମ ରଙ୍ଗସବୁ। ମୁଁ ଅନେକବେଳ ଯାଏଁ ତାକୁ ହିଁ ଦେଖୁଥିଲି ସେଦିନ। ତା'ର ମୋ ନଜରକୁ ହୋସ ନାହିଁ। ସେ ତା' ନିଜ ତାଳରେ ଝୁମୁଛି, କିଏ କ'ଣ ଇଙ୍ଗିତ କଲା ଖାତିର ନାହିଁ, ପରବାୟ ନାହିଁ। ବାସ୍ ସେ ଜୀଉଁଛି, ଜୀଉଁଛି। ସେ କ'ଣ ମୋ ଭଳି ଏକୁଟିଆ। ଏକୁଟିଆପଣ ଦୂରେଇବାକୁ ଏଠିକି ଆସେ। ସେ ବୁଝିଗଲା ଭଳି କହିଲା, "ମୁଁ ଜାଣିଚି ମୋତେ ନୀଳରଙ୍ଗ ଭଲ ଦିଶେନି। ଜୀବନର ରଙ୍ଗସବୁ ଛଳନା ତ, ପ୍ରକୃତ ରଙ୍ଗ କଳାଧଳା, ଛଳନାର

ରଙ୍ଗ କ'ଣ ମାନେ କାହାକୁ ? କିନ୍ତୁ ପିନ୍ଧିବାକୁ ହୁଏ । ଏନି ୱେ, ମନ ହେଲେ ମୁଁ ଏମିତି ପିନ୍ଧିପକାଏ ନିଜକୁ ଭିନ୍ନ ଭିନ୍ନ ରଙ୍ଗରେ ପରଖିବାକୁ" କହି ହସିଲା ମୀରା । ମୋତେ ମୀରାର କଥାଗୁଡ଼ା ଚୁମ୍ବକ ଭଳି ଟାଣିଧରିଥିଲା ଏଥର । ମୀରା ଠିକ୍ ସତରେ ଶ୍ୱେତାଙ୍ଗୀମାନଙ୍କ ପରି । ସେମିତି, ଖାତିର ନାହିଁ, ନିଜ ମର୍ଜିରେ ଜୀବନ, ମୀରାଠି ସେଇ ନରୱେ ଦେଶର ପ୍ରଭାବ ବେଶୀ ଦିଶେ ।

ସେଦିନ ତା' ସହ ଗପ ଆରମ୍ଭ ହେଲାରୁ ସେ ଲିଟରେଚର ବିଷୟରେ ଅଧ୍ୟୟନ କରୁଛି ବୋଲି ଜାଣିଲି । ମୋତେ ମୀରା କହିଲା ପ୍ଲାଟୋ କହିଥିଲେ, "The first and greatest victory is to conquer yourself; to be conquered by yourself is of all things most shameful and vile." ଅର୍ଥାତ୍- "ପ୍ରଥମ ଏବଂ ସର୍ବୋତ୍ତମ ବିଜୟ ହେଉଛି ନିଜକୁ ଜୟ କରିବା; ନିଜ ଦ୍ୱାରା ଜୟ ହେବା ସମସ୍ତ ବିଷୟ ମଧ୍ୟରୁ ସବୁଠାରୁ ଲଜ୍ଜାଜନକ ଏବଂ ଘୃଣ୍ୟ ।" କେତେ ମୁକ୍ତ ସତରେ ମୀରା ମୁଁ ମନେ ମନେ ଭାବୁଥିଲି । ନା ଡର ଅଛି କାହାକୁ ନା ଭୟ, ବାସ୍ ଜିଇଁଚାଲ ଜୀବନ । ନିଜ ସ୍ୱାଧୀନତା ପ୍ରତି ମୋର ସନ୍ଦେହ ହେଲା କି ଆଶଙ୍କା ଆସିଲା ଜାଣିପାରିଲିନି । ଆମେ ଭାରତୀୟ ଝିଅମାନେ ସତରେ କ'ଣ ହୀନିମାନର ଜୀବନ ଜିଉଁ ? ଏପରି ସ୍ୱାଧୀନତା ଶବ୍ଦଟେ ଝିଅଟେ ତା' ଜୀବନରେ କେବେ କଳ୍ପନା କରିପାରେନା । ମୀରା ଭାବଭଙ୍ଗୀ ଦେଖି ଆପେ ପାଟିରୁ ଖସିଗଲା- "ୟୁ ଆର୍ ସୋ କୁଲ୍ ।" ସେ ହସିଲା । ଧନ୍ୟବାଦ କହିଲା । ଶିଷ୍ଟାଚାର ବି ମୀରାଠୁ ଶିଖିବା କଥା । ତା'ହେଲେ ବନ୍ଧୁତା କରାଗଲେ କ୍ଷତି କ'ଣ ? ପଚାରିଲି, ତୁମେ ଏମିତି ଏକା ଏକା ଆସ ବୋର୍ ଲାଗେନି କି ଡର ଲାଗେନି ? ସେ କହିଲା, "ଝିଅମାନଙ୍କୁ ପୁଅମାନଙ୍କଠୁ ସାହସୀ ହେବା ଆବଶ୍ୟକ, ନହେଲେ ଏ ଦୁନିଆ ଡରେଇବ ।" ମୁଁ ବଡ଼ ହଁଟାଏ ମାରିଲି, ମନେ ନାହିଁ ଏମିତି କେବେ ଭାବିଥିବି । ତା'ପରେ ତୁମେ ଏ ସହରରେ କ'ଣ କର ପଚାରିଲି । ସେ କହିଲା, "କିଛିଦିନ ଛୁଟି କାଟିବାକୁ ଆସିଛି ।" ତା'ପରେ କିଛି କଥୋପକଥନ ପରେ ମୀରା କହିଲା, "ଆଇ ଆମ୍ ଏ ରାଇଟର୍ଠୁ ।" ଏକଥା ବି କହିଲା ମୀରା ଅଳ୍ପ ହସି, "ମୁଁ ଘୂରିବୁଲେ ଦୁନିଆ କାହାଣୀ ଖୋଜରେ, ମୁଁ ଦୁଃଖଦୁର୍ଦ୍ଦଶାରେ ଜୀବନ ବିତେଇଥିବା ମଣିଷ ଖୋଜେ, ସମାଜର ଶିକୁଳିରେ ଛନ୍ଦିହୋଇ ଅପାରଗ ଜୀବନ ଖୋଜେ, ପୃଥିବୀରେ ଜୀବନ

କାଟୁଥିବା ଭିନ୍ନ ଭିନ୍ନ ନାରୀର ମନସ୍ତତ୍ତ୍ୱ ଖୋଜେ। ଭାରତୀୟ ନାରୀ ଜୀବନର କାହାଣୀ ଉପରେ କିଛି ଡକ୍ୟୁମେଣ୍ଟାରି ଦେଖିଲା ପରେ ଏବେ ମୁଁ ଏଇଠି ଘୂରିବୁଲୁଛି।" ମୁଁ କହିଲି, "ଆଚ୍ଛା ସେଇଥିପାଇଁ ତୁମେ ଏମିତି ଖୁବ୍ ବିଶ୍ଳେଷଣ କଲା ଭଳି କଥା କହିପାର, ଭାବିପାର।" ମୀରା ଏଥର ତା' ବିଷୟରେ ଅଧିକ କହିଲା, କହିଲା- "ଆଜିକାଲି କିଛି କଣ୍ଟେଣ୍ଟ ତିଆରିଛି ତା' ୟୁଟ୍ୟୁବ୍ ଚାନେଲ୍ ପାଇଁ। ପାଶ୍ଚାତ୍ୟ ଦେଶ ହେଉ କି ଭାରତ, ନାରୀମାନେ ଚିରକାଳ ଦଳିତ ଓ ପତିତ କିନ୍ତୁ ଆମେ ସମୃଦ୍ଧ ଦେଶମାନେ ନୂତନତ୍ୱକୁ ଆପଣେଇ ନେଇ ବଞ୍ଚିବା ଶିଖିଗଲେଣି। କିନ୍ତୁ ଭାରତରେ ସେ ସମୟ ଆସିବାକୁ ସମୟ ଲାଗୁଛି। ଏଠି ଭାରତୀୟ ନାରୀମାନେ ନିଜ ସୀମାରେଖା ଆଙ୍କି ନିଜ ଜୀବନ ନଷ୍ଟ କରିପାରିବେ, କିନ୍ତୁ ସେମାନେ ବୁଝିପାରନ୍ତିନି ସେଗୁଡ଼ିକୁ ପାର କରି ବି ଜୀବନ ବଞ୍ଚିହୁଏ।" ମୁଁ ମୋ ଅନୁଧ୍ୟାନରୁ ଏହା କହୁଛି ମୀରା କହିଲା। ତୁମକୁ ହୁଏତ ଏସବୁ ଖରାପ ଲାଗିପାରେ ରୁଚିତା ମୀରାକୁ କହିଲା, କିନ୍ତୁ ଏହା ସତ। ମୀରା ମୋତେ ଏମିତି କହିବା ପରେ ସରି ବି କହିଲା। ଭାରତୀୟ ନାରୀଟିଏ ହେଲେବି ମୀରା କେମିତି ଅନ୍ୟ ପରିବେଶରେ ବଦଳି ଯାଇପାରେ, ତାହା ଖୁବ୍ ପରିଷ୍କାର ଦେଖୁଥିଲି। ଯାହାହେଉ ଏ ପରିବର୍ତ୍ତନ ତାକୁ ପ୍ରଗତିଶୀଳ କରାଇଛି। ନାରୀଟିଏ ଅନ୍ତର୍ମୁଖୀ ହୋଇପାରୁଛି ଜାଣି ଖୁସି ବି ଲାଗିଲା।

ସେଦିନ ମୋତେ ସେତିକି କଥାରୁ ବିଦାୟ ଦେବାକୁ ହେଲା, ମୋତେ ଘରକୁ ଫେରିବାର ଥିଲା ସମୟରେ, ତେଣୁ କଥା ସାରି ପୁଣିଥରେ କଥାହେବାର ପ୍ରତିଶ୍ରୁତି ଦେଇ ବିଦାୟ ନେଲି ମୀରାଠୁ। ମୀରା ସହ ବନ୍ଧୁତା ମୋତେ ଅନେକ ଆଶ୍ୱାସନା ଦେଉଥିଲା ନିଶ୍ଚିତ। ମୀରାକୁ କହିଲି ସେଦିନ "ତୋତେ ମାରିଆ ଡାକିବା ଉଚିତ ହେବ ତୁମେ ଆଉ ମୀରା ହୋଇ ରହିନାହଁ ମୀରା।" ସେ ହସିଲା। କହିଲା, "ତୋ ଇଚ୍ଛା ତୁ କିଛିବି ଡାକିପାରୁ। ଆମ ବନ୍ଧୁତା ଏମିତି ଅତୁଟ ରହିବ", କେମିତି ଗୋଟେ ଅଦ୍ଭୁତ ଭାବେ ମୁଁ ତା' ସହ ଯୋଡ଼ିହୋଇଗଲି ଦିନକୁ ଦିନ।

ସେଦିନ ପବ୍‌ରୁ ଫେରିଲା ପରେ କାହିଁକି କେଜାଣି ମୀରା ସହ ବସି ମୁଁ ମନେ ମନେ କଥା ହେଉଥିଲି। ମନେ ମନେ କଥା କହୁଥିଲି, "ବୁଝିଲୁ ମୀରା ତୁ ତ ନରଓ୍ୱେ ଯାଇ ସେଠି ବଡ଼ହୋଇ ମାରିଆ ପାଲଟିଯାଇଛୁ, ତୁ ହିଁ ଠିକ୍ ବୁଝିପାରିବୁ

ମୋତେ।" ଶ୍ୱେତାଙ୍ଗୀ ଝିଅ ପରି ମୀରାର ଖୋଲା ମନୋଭାବ। ମୀରା ଜୀବନରେ ଅସାଧାରଣ ଭାବପ୍ରବଣତାରେ, ପ୍ରାଚୁର୍ଯ୍ୟତା ମୋତେ ଆଚ୍ଛନ୍ନ କରି ରଖିଥିଲା। ମୋତେ ତା'ରି ମୁହଁ ହିଁ ଦିଶୁଥିଲା ଫେରିଲା ପରେ। ସେଦିନ ଦେଖାର ଆଉ ଗୋଟିଏ କଥା ମୋ ମନକୁ ଛୁଇଁଥିଲା କଥାବାର୍ତ୍ତା ଭିତରେ। ସେଠିକା ଜୀବନ, ତା' ବିଷୟରେ ଯେତେବେଳେ ସେ କହିଥିଲା। ନୂଆ ଯୁବପିଢ଼ି କେମିତି ଜୀବନ ବଞ୍ଚନ୍ତି ତା' ଉପରେ ବୁଝାଉଥିଲା। ତା' ଯୁକ୍ତିରେ କିଛିଟା ନୂତନତା ଭଲ ଲାଗୁଥିଲା, କିଛି ମୋତେ ଦ୍ୱନ୍ଦ୍ୱାତ୍ମକ ଭାବନା ବି ଦେଇଥିଲା। ସେଦିନ ସେ କହିଥିବା ଗୋଟିଏ କଥା ମୁଁ ବହୁତ ଭାବୁଥିଲି, ଏଇ ଦେଖ ଗୋଟିଏ ଉଦାହରଣ- ବ୍ରେକ୍‌ଅପ୍, "ଆମ ଭିତରେ ବ୍ରେକ୍‌ଅପ୍ ହେଲେ ମୁହଁରେ କହି ମାନିନେଉ। କିନ୍ତୁ ତୁମ ଭାରତୀୟ ଝିଅମାନଙ୍କ ଦୃଷ୍ଟି ଏତେ ସଂକୀର୍ଣ୍ଣ ଯେ, ତୁମେ ନା କହିପାର, ନା କାନ୍ଦିପାର"। ନିଜ ସମାଜକୁ ଭୁଲାଇବା ପାଇଁ ମିଛ କହି ନିଜକୁ ପ୍ରବୋଧନ ନିଜକୁ ଦିଅ। ଏସବୁ ପାଇଁ ଝିଅଟିକୁ ହିଁ ଖରାପ ଦୃଷ୍ଟିରେ ଦେଖାଯାଏ ଏ ସମାଜରେ। କିନ୍ତୁ ଏକଥା କ'ଣ ଯୁକ୍ତିଯୁକ୍ତ ନୁହେଁ କି ଝିଅଟିଏ ବି ପୁରୁଷର ସୁସଙ୍ଗତତା ପରଖିବାର ସାମର୍ଥ୍ୟ ରଖେ।

ମୀରା କହିଲା, ପାଶ୍ଚାତ୍ୟ ଦେଶରେ ଅନେକ ସଂପର୍କ ଏଇଥିପାଇଁ ଭାଙ୍ଗେ। ଏଇଆ କାରଣ କି ସେମାନେ ପରସ୍ପରର ପ୍ରକୃତ ଚେହେରାକୁ ପରଖିବାକୁ ହିଁ କିଛିଦିନ ତା' ସହ ସମୟ କାଟନ୍ତି, ତା'ପରେ ହିଁ ଅନୁଭବ କରିଥାନ୍ତି ଏ ସଂପର୍କରେ ଆଗକୁ ବଢ଼ିବେ କି ନାହିଁ। ଏକଥା ମୀରା କହିବା ପରେ ମୁଁ ନିଜେ ମୋ ପାଖରେ ଚମକି ଉଠିଥିଲି। ମୁଁ ଗରମ ପାଣିରେ ହାତ ବୁଡ଼ାଇଦେଲି ଅନ୍ୟମନସ୍କରେ, ଏକଥା ମୀରା ନିଶ୍ଚୟ ଲକ୍ଷ୍ୟ କରିଥିବ। କେତେ ବା ବୟସ ହେବ ମୀରାକୁ! ବେଶୀ ହେଲେ ମୋର ପାଖାପାଖି ୩୫ ବର୍ଷ କେତେ। କିନ୍ତୁ ଅବିବାହିତ, ଖୁବ୍ ଦାର୍ଶନିକ ଭଳି କଥା ହୋଇପାରେ। ମୀରା କୁହେ ସେ ଏଇଠି କିଛିଦିନ ପିଲାଦିନ କଟିଛି, କହିବାକୁ ଗଲେ ଖୁବ୍ ବେଶୀ ହେଲେ ପିଲାଦିନର ପ୍ରଥମ ଦଶ ବର୍ଷ, ତା'ପରେ ବାପା ମା' ୟୁରୋପ ଗଲେ, ସେଠି ଏବେ ସେମାନେ ରୁହନ୍ତି, ଏଠିକି ଖୁବ୍ କମ୍ ଯିବାଆସିବା। ସେଠି ସିଟିଜନ୍‌ସିପ୍ ନେଇ ସେଠି ସେଟେଲ୍। ତା'ର ପଢ଼ାପଢ଼ି ସେଇଠି ସାରିଛି। ଆଉ ଏପଟେ ଆସିବାର ପ୍ରାୟ ନାହିଁ ବୋଲି କହିଥିଲା ସେଦିନ। ହେଲେ ମୋତେ ଓଡ଼ିଶା ପୁଣି ଟାଣିଛି,

ଓଡ଼ିଆ ଭାଷା ବହୁତ ଭାବେ ଭଲ ଲାଗେ। ଓଡ଼ିଆ ଖାଇବା, ପିଲାଦିନ ମାମୁଘର ବହୁତ ମନେପଡ଼େ। ତା' ପ୍ରାଞ୍ଜଳ ଓଡ଼ିଆ ବୁଝିବା ଦେଖି ମୁଁ ତା' ବାପାମା'ଙ୍କୁ ଧନ୍ୟବାଦ ଦେଲି। ତା' ଭାଷାପ୍ରେମ କଥା ଠିକ୍ ବୁଝିପାରୁଥିଲି।

ମୁଁ ପଛ ପୃଥିବୀକୁ ଫେରୁଥିଲି ଧୀରେ ଧୀରେ। ମୀରା କଥା ଭାବି ନିଜକୁ କହିଥିଲି, ମୁଁ ବିବାହିତା, ତେଣୁ ବିବାହିତାଙ୍କ ବ୍ରେକ୍‌ଅପ୍ ହୁଏନି, ସତକଥା ତ, ସେମାନେ ଚିରକାଳ ସ୍ୱାମୀଙ୍କ ପାଖରେ ସମର୍ପିତା, ବିବାହିତାଙ୍କର ସ୍ୱାମୀ ହିଁ ସର୍ବସ୍ୱ, ତା' ବିନା ଆଉ କାହା କଥା ସ୍ୱପ୍ନରେ ବି ଭାବିବା ଭୁଲ୍। ଏ କଥାଟି ଅବଶ୍ୟ ବିବାହିତ ପୁରୁଷଙ୍କ ପାଇଁ ସଂପୂର୍ଣ୍ଣ ପ୍ରଯୁଜ୍ୟ ନୁହେଁ ଆମ ସମାଜରେ। ସେଥିରେ ଦିଶୁଥିଲେ ଏବେ ସ୍ୱାମୀ ସୁମନ୍ତଙ୍କ ମୁହଁ, ବାପାଙ୍କ ଗୁରୁଗମ୍ଭୀର ପ୍ରତିମୂର୍ତ୍ତି ମୋତେ। ପିଲାଦିନର ସ୍କୁଲ୍ ଟାଇମ୍ କ୍ରଶ୍, କଲେଜର ପ୍ରଥମ ପ୍ରେମିକ, ଏଇମିତି ବାଟରେ ଦେଖିଥିବା ଅନେକ ଚେହେରା, ଘଟଣା, ହଜାର ହଜାର ବ୍ରେକ୍‌ଅପ୍ ସରିଛି ଜୀବନରେ। କେବେ କ'ଣ କହିପାରିଛି କାହାକୁ, ସ୍ୱୀକାର କରିପାରିଛି ନିଜେ ନିଜେ ଏସବୁ ସ୍ୱାଭାବିକ ବୋଲି। ଆମେ ଝିଅମାନେ କୋଉଠି ଏସବୁ ସ୍ୱୀକାର କରିପାରୁ ସମସ୍ତଙ୍କ ଆଗରେ କହିପାରୁ ମନକଥା ? ମନେ ମନେ ଗୁମୁରି ହେବା ଛଡ଼ା କୋଉଠି ବାଟ ଥାଏ ଯେ ? କାହାକୁ କହିହୁଏନା ଏଠି ଏ ମନକଥା। ସବୁଠି ତ ସମାଜର ସମ୍ବିଧାନ, ନିୟମ ଆଉ ଶିକୁଳି। ମୋ ଭିତରେ ଅନେକ ଏମିତି କାହାଣୀ ଦ୍ୱନ୍ଦ୍ୱ ଭିତରେ ଝୁଲିରହିଛି, କାହାକୁ କହିଲେ ଏ ସମାଜ ମୋତେ ଅପବାଦ ଦେବ ନିଶ୍ଚିତ, ମୋତେ ଅଯଥା ଅପମାନିତ କରିପାରେ। ତେଣୁ ନିଜ ଭିତରେ ବରଂ କଷ୍ଟପାଇବା ଶ୍ରେୟସ୍କର। ଗୋଟେ ଟିପିକାଲ୍ ଭାରତୀୟ ଝିଅ ପରି ମୁଁ ଭାବୁଥିଲି। ମୁଁ ଯେଉଁ ସମାଜ ଓ ପରିବେଶରେ ବଢ଼ିଛି ସେଇଠୁ ମୁଁ ଏଇଆ ହିଁ ଶିଖିଛି ଓ ଅନୁଭବିଛି।

ମୀରାକୁ ମଝିରେ ମଝିରେ ମୁଁ ମାରିଆ ଡାକୁଥିଲି ସ୍ନେହରେ। ସେଦିନ ଦେଖାରେ ପଚାରିଲି, ତା'ହେଲେ ଏ ପ୍ରେମ କ'ଣ ସମସ୍ତଙ୍କୁ ହୁଏ ମୀରା, ତୁମମାନଙ୍କୁ ବି, ତୁମ ଦେଶରେ ବି ଏମିତି ହଜାର ହଜାର ଲକ୍ଷ ଲକ୍ଷ ପ୍ରେମିକ ଓ ପ୍ରେମିକା। ମାରିଆ ମୋତେ ତା' ଜୀବନ ବିଷୟରେ ସଂକ୍ଷେପରେ କହିଲା। ମୀରାର ଜୀବନ କାହାଣୀ ଶୁଣି ମୁଁ ସେଦିନ ଭାବୁଥିଲି, ନା... ଜୀବନସାରା ଅନେକ ଆକର୍ଷଣକୁ ଆମେ ପ୍ରେମ ବୋଲି ବୁଝିନେଉ ହଠାତ୍। ମୀରା କହିଲା,

ପ୍ରେମକୁ ଚିହ୍ନିବାରେ ବୟସ ଅତିକ୍ରାନ୍ତ ହୋଇଯାଏ । ଏମିତି ଦ୍ୱନ୍ଦ୍ୱ ଭିତରେ ଝୁଲୁଥାଏ ଭାବନା, ଜୀବନ, କାହାଣୀ । ମାରିଆ ଏଥର ଭାବପ୍ରବଣ ହେଲାପରି କହୁଥାଏ, ବୁଝିଲୁ ରୁଚିତା, ମୋ ଘର ରାସ୍ତାର ଖୋଲା ପବନରେ ନିର୍ଜନ ରାତିସବୁ ଫେରନ୍ତି, ବେଳେ ବେଳେ ଅନେକ ପ୍ରେମ ନେଇ, ସେମାନେ କୁହନ୍ତି ଜୀବନର କାହାଣୀ, କେବେ କେବେ ଅଧା ରାତିର ନିର୍ଜନ ପହରରେ, ମୁଁ କୁହେ ତୁମେ ସବୁ ଅତୀତ, କାହିଁକି ଯେ ଧରା ଦିଅ ବିନା ଡାକରାରେ, ସେମାନେ ଚୁପ୍‌ଚାପ୍ ପଡ଼ିରହନ୍ତି ରାସ୍ତାପାଖ ଷ୍ଟ୍ରିଟ୍‌ଲାଇଟ୍ ତଳେ । ଅନେକ ଚେଷ୍ଟା ପରେ ବି ବେଳେବେଳେ ଗଛଲତାର ଅନ୍ଧାରୁଆ ଛାଇତଳୁ ଗହଳି ଆରମ୍ଭ କରି ନିଜ ନିଜ ବିଷୟରେ ଯୁକ୍ତି ଆରମ୍ଭ କରିଦିଅନ୍ତି । କିଏ ଭୁଲ୍ କିଏ ଠିକ୍ ସମୀକ୍ଷା କଲାବେଳକୁ ନିଜ ଉପରେ ରାଗ ଆସେ ମୋତେ ବି । ଏମିତି ମୁଁ କାହିଁକି କରିଥିଲି, କେଉଁ ସୁଅରେ ଭାସିଯାଏ ଭାବନା, କେବେ କେବେ ନିଜ ଉପରେ ସନ୍ଦେହ, ହତାଶାର କୁହୁଡ଼ି ଜମିଯାଏ । ମୀରାର ଏମିତି ପାଗଳୀ ଗପ ମୋତେ ଭଲ ଲାଗେ । ମାପିଚୁପି ସେ କଥା କହେନି । ଖୋଲାମେଲା ହେଲେ ଜୀବନ, ସତରେ କେତେ ସୁନ୍ଦର ନ ଦିଶନ୍ତି ମଣିଷ । ମୀରା ସହ ଭେଟପରେ ଭାବୁଥିଲି ସେ ଠିକ୍ ମୋ ପରି ଭାବେ, ମୋ ପରି ପ୍ରେମକୁ ନେଇ, ଜୀବନକୁ ନେଇ, ସଂପର୍କକୁ ନେଇ ସେ ବି ଖୁବ୍ ଅନ୍ୟମନସ୍କ, ତାକୁ କୁହାଯାଇପାରେ କିଛି ଏବେ ଜୀବନର କାହାଣୀ, କିଛି ନହେଲେ ସେ ଅନ୍ୟ କୋଉ ଭାରତୀୟ ବନ୍ଧୁପରି ମୋତେ ବିଚାରକରି ଗୁଡ଼ିଏ ଅଯଥା ମନ୍ତବ୍ୟ ରଖିବନି, ବେଳେବେଳେ ଏମିତି ଲାଗେ କେହିଜଣେ ଥାଉ ଜୀବନରେ ଯିଏ କେବଳ ତୁମ ଭୁଲ୍ ଠିକ୍ ବିଚାର ନକରି ଶୁଣିବ, କେବଳ ଶୁଣିବ, କହିବନି ତୁ ଏଇଆ କରି ଭୁଲ୍ କରିଛୁ, ସେଇଟା କରିବାର ନଥିଲା, ତୋତେ ବହୁ ତର୍ଜମା କରି ବିଚାରପତି ଭଳି ମତାମତ ଦେବନି । ଏତେ ଭାଗମାପରେ ଜୀବନ ବଞ୍ଚିହୁଏ ନାଇଁ ସେକଥା ବୁଝିବ । ଆମେ ସମସ୍ତେ ମଣିଷ । ଆମର ମସ୍ତିଷ୍କ ଆମ ଗୋଡ଼ ହାତଠାରୁ ଅଧିକ ସ୍ପିଡ୍‌ରେ ଦଉଡୁଥାଏ । ଧକ୍କା ଖାଇଲେ ହିଁ ବୁଝିହୁଏ କ'ଣ କେଉଁଠି ରହିଗଲା, କେଉଁଠି ଅଟକି ଯିବାକୁ ହେବ । ଭୁଲ୍ ନହେଲେ ବି ଠିକ୍ କରିଛି ବୋଲି ହୁଏତ ବେଳେବେଳେ କିଏ କହନ୍ତା ଆମକୁ, ତା'ହେଲେ ନିଜ ଉପରେ ଥିବା ଅଭିମାନସବୁ ମିଳେଇଯାନ୍ତା, ଯାହାର ପ୍ରଭାବରେ ଆମେ ଅନେକ ନିଜକୁ ଦୁଃଖ ଦେବା ପରି ଘଟଣା କରିଯାଉ ।

ମୁଁ ପୁଣି ସେଇ ସପ୍ତାହାନ୍ତକୁ ଅପେକ୍ଷା କରୁଥିଲି ମୀରାକୁ ଭେଟିବାକୁ, ଯା' ଭିତରେ ମୁଁ ଜାଣିସାରିଥିଲି ମୀରା ସେଇଠି ଦେଖାହେବ ସପ୍ତାହାନ୍ତରେ, ଏହା ମୋ ଜୀବନର ଗୋଟେ ରୁଟିନ କାମ କହିଲେ ଚଳେ ଏବେ। ଏହାର କାରଣ ବୋଧେ ମୁଁ ମୀରାଠୁ କିଛି ଶିଖିବାକୁ ଚାହୁଁଥିଲି। କିଛିଟା ଜୀବନଦର୍ଶନ ତା'ଠାରୁ ନିଆଯାଇପାରେ ଅନ୍ତତଃ, ଯିଏ ଏତେ ଭଲ ଜୀବନକୁ ତର୍ଜମା କରିପାରେ। ନହେଲେ କେମିତି ଏ ମନକୁ ଶାନ୍ତି ମିଳିବ ? ବର୍ଷ ବର୍ଷ ଘାଣ୍ଟିହେଉଥିବା ଜୀବନରେ ମୁଁ ଯେ କେତେ ଅସହାୟ, ସେକଥା ମୀରାକୁ କୁହାଯାଇପାରେ, ଏ ବିଶ୍ୱାସ ମୋ ଭିତରେ ବଢୁଥାଏ। ଆମ ଭଳି ନାରୀମାନେ କେଉଁଠି ତାଙ୍କ ଯନ୍ତ୍ରଣାକୁ କହିପାରନ୍ତି ଯେ। ମୀରା ଯେ ପ୍ରକୃତ ସାଥୀଟିଏ ପରି ତାକୁ ଭୁଲ୍ ନବୁଝି ଆଶ୍ୱାସନା ଦେଇପାରିବ ସେକଥା ସେ ବଞ୍ଚୁଥିବା ଜୀବନରୁ ମୁଁ ବୁଝିନେଇଥିଲି।

ତା'ଠୁ ମୁଁ ଶୁଣିଥିଲି ତା' ପିଛିଲା ଜୀବନର କାହାଣୀ, ଅନେକ ଅସ୍ଥିରତା ପରେ ସେ ସ୍ଥିର ଏବେ। ସେ ସ୍ଥିର କରିଛି ବାକି ଜୀବନ ଏମିତି କାଟିବ, ସେଦିନ ମାରିଆ କହିଲା ତା' ସଂପର୍କ କଥା, ସେ କହିଲା ସେସବୁ ଦେଶରେ ସଂପର୍କ ଗଢ଼ିବା ଭାଙ୍ଗିବା ସାଧାରଣ କଥା, ଯେଉଁଠି ମନ ମିଶେ ନାହିଁ, ଚିନ୍ତାଧାରା ଅଲଗା ହୋଇଯାଏ ସେଇଠି ସେମାନେ ରାସ୍ତା ବଦଳାନ୍ତି। ସେମାନେ ରକ୍ତମାଂସର ମଣିଷ, କଷ୍ଟ ହୁଏ କିନ୍ତୁ ତା'ଠୁ ବୋଧେ ଅଧିକ କଷ୍ଟକର ଜୀବନସାରା ସାଲିସରେ ବଞ୍ଚିବା। ସେ ତା' ଜୀବନର ଦୁଇଟି ଘଟଣା ମୋତେ କହିଲା ତା' ପୁରୁଣା ବୟଫ୍ରେଣ୍ଡ ଚାହୁଁଥିଲା ସେ ରାଇଟର ନହୋଇ ଚାକିରି କରୁ। ସେଇଠୁ ସେମାନଙ୍କ ଦିଗ ବଦଳିଗଲା, ଯାହାସହ ସେ ପାଞ୍ଚବର୍ଷ କାଟିଛି। ମୀରା କହିଲା, ମୁଁ ଜାଣିଲି ମୁଁ ତାକୁ ଖୁସିକରିବାକୁ ପୂରା ଗୋଟେ ଜୀବନ ବିତେଇପାରିବିନି। "ମୁଁ ଦେଖେ ଅଧିକାଂଶ ଝିଅ ନିଜ ସ୍ୱାମୀ ଖୁସିରହୁ, ସେଇଥିରେ ଜୀବନ ସାରିଦିଅନ୍ତି। ବିନା ଅଭିଯୋଗରେ ସେମାନେ ଜୀବନ କାଟିନିଅନ୍ତି ନିଜେ ଖୁସି ନଥିବା ସତ୍ତ୍ୱେ, ଏମିତି ସଂପର୍କର ଭାରନେଇ ମୁଁ ଜୀବନ ବଞ୍ଚିବାକୁ ଚାହେନି।" ଆଉ ଗୋଟେ କାହାଣୀ ସେ କହିଥିଲା ଯାହା ତା' ଜୀବନ ବଦଳାଇଛି। ଏ ଦୁଇଟି କରୁଣ କାହାଣୀ ଶୁଣିବା ପରେ ଭାବିଲି ସେ ଖୁବ୍ ସାହସୀ। ମୁଁ ତ ତା' ଅବସ୍ଥାରେ ଥିଲେ ସେଇ ବାପା ମା'ଙ୍କ ପାଖରେ ପଡ଼ିରହି ନିଜ ଭାଗ୍ୟକୁ ନିନ୍ଦିଥାନ୍ତି। ମନେ ମନେ ସାବାସି ଦେଲି ତାକୁ। ତା' କାହାଣୀ ଶୁଣି ମୁଁ କହିଥିଲି ସେଦିନ ତୋ ମୁକ୍ତ

ଜୀବନ ତୁ ନିଜେ ବାଛିନେଇ ଖୁବ୍ ଭଲ କରିଛୁ, ସେ ଦେଶ ପାଣିପବନରେ ଫେଣ୍ଟି ହୋଇସାରିଛୁ। ତୋ ଭାବନା ଆମଠାରୁ ଭିନ୍ନ। ଆମେ ଏମିତି କରିପାରୁନା, ସବୁଠି ଆମ ପାଇଁ ବନ୍ଧନ, ଭାବପ୍ରବଣତାର ଅଡୁଆ ସୂତା ଭିତରେ ଧନ୍ଦି ହେଇଯାଉ, ମୁକ୍ତି ବୋଲି କିଛି ନାହିଁ। ଆଜିଯାଏଁ ମୁଁ ଏତେ ସାଙ୍ଗସାଥୀ ପାଇଥିଲେ ବି ତୋର ଏ ମୁକ୍ତ ଭାବନାଟି କାହା ପାଖରେ ପାଇନଥିଲି। ମୀରା ସହ କିଛିଦିନର ଦେଖା ପରେ, ତା'ପରେ ମର୍ଣ୍ଣିଂଓ୍ୱାକ୍ ପରେ କେବେ କେବେ ରେଷ୍ଟୋରାଁରେ ଭେଟିଲୁ। ସେ ମୋତେ ତା'ର ଉନ୍ନତ ଓ ବାସ୍ତବବାଦୀ ଦର୍ଶନଦ୍ୱାରା ପ୍ରଭାବିତ କରିଆସୁଥିଲା। ପୁଣି କେତେବେଳେ ଆମ ଭିତରେ ଅନେକ କଥା, ଚିନ୍ତାଧାରା ଖାପ ଖାଇଯାଉଥିଲା, ମୁଁ କହିପକାଏ ଏସବୁ ଚଳେନି। ମୀରା ହସେ, କହେ "କିଏ କହିଛି ନଚଳେଇବାକୁ, ତୁମେମାନେ ନା ଆଉ କିଏ?" ନିଜ ଉପରେ ଏତେ ନେଗେଟିଭ ଭାବି କେହି କ'ଣ ବଞ୍ଚିପାରେ? ମୀରା ନିଜକୁ ବେଶୀ ଭଲପାଏ। ଅନେକ ଦିନରୁ ମୁଁ ଏଇ ଜିନିଷ ହିଁ ହଜେଇଛି, ଖୋଜିଛି କିନ୍ତୁ ପାଇନି। ମୁଁ ମୀରାକୁ ସେଦିନ କହିଥିଲି, ମୁଁ ବିବାହିତା, ମୋର ପରିବାର ରୁହନ୍ତି ଏଇଠି, ମୁଁ ମୋ ବିଷୟରେ କିଛି କହିବାକୁ ଚାହେ। ମୁଁ ମୀରାକୁ କହିଲି, ମୁଁ ନିମ୍ନମଧ୍ୟବିତ୍ତ ପରିବାରରୁ ଆସିଛି। ପିଲାବେଳ ଗାଁରେ କଟିଛି, ଉଚ୍ଚଶିକ୍ଷା ପାଇଁ କିଛିଦିନ ବାହାରେ। ପୁଣି କମ୍ ବୟସରେ ବିବାହ। ମୁଁ ନିଜକୁ ଖୋଜିବା ଆଗରୁ ହଜିଗଲା ପରି ଆଜି ମନେହୁଏ। ଆମେ ଜନ୍ମହେଲାବେଳୁ ଶିଖିଥାଉ ସବୁଦେଇ ସମର୍ପଣ ଏଠି, ଆମେ ଯା' ସହ ଏମିତି ଅଭ୍ୟସ୍ତ ଯେ ପାଦରେ ରକ୍ତାକ୍ତ ହେଲେବି ଆମେ ରାସ୍ତା ଛୁଡ଼ିବାକୁ ନାରାଜ, ଯାହା ନିଜ ପାଇଁ ଘୃଣା ଓ ନକାରାତ୍ମକ ମନୋଭାବକୁ ଗଢ଼ିଥାଏ ଜୀବନସାରା। ମୀରା ଓ ମୁଁ ଦୁଇଟା କଫି ସାରିଥିଲୁ ଏ କଥାବାର୍ତ୍ତା ଭିତରେ।

କ୍ଷୀଣ ଆଲୋକରେ ମୀରା ଖୁବ୍ ଚଞ୍ଚଳ ଦିଶୁଥାଏ ସେଦିନ ମୋ ପାଖରେ, ସେ ସବୁବେଳେ ଏମିତି। ତା'ର କାହାଣୀ ମୋତେ ଜଣା। ତଥାପି ସେ କେମିତି ଜୀବନ ଉପଭୋଗ କରେ। ନିଜ ସର୍ତ୍ତରେ ବଞ୍ଚେ, ଏକଥା ଭାବିଲେ ମୁଁ ବାରମ୍ବାର ଆଶ୍ଚର୍ଯ୍ୟ ହୁଏ। ସେଦିନ ମୋ ମୁହଁରୁ ଆପେ ଖସିଗଲା ସେ ଧାଡ଼ିକ ମାରିଆ କେମିତି ସବୁ ଭୁଲିଯାଇ ପୁଣି ନର୍ମାଲ୍ ଜୀବନଟେ ଜୀଇଁପାରୁ। ସେ ମୋ ମୁହଁକୁ ଚାହିଁଲା। କହିଲା, "କହ ଆଜି ତୋ କାହାଣୀ। ତୋ କାହାଣୀ ହୁଏତ ମୋ

ଆଗାମୀ ଉପନ୍ୟାସରେ ରୂପ ନେଇପାରେ କିଏ ଜାଣେ ?" ମୀରା କହିଲା, ତୁ ଯେମିତି ଜୀବନକୁ ଭାବୁ ମୁଁ ସେମିତି ଭାବେନି। "ତୋ ନିଜ ପ୍ରତି ଘୃଣା ଓ ଆନ୍ତରିକ ବିହୀନତା ମୋତେ ଚିନ୍ତାରେ ପକାଉଛି। ତୁ ଯଦି ଭାବୁଛୁ ମୋତେ ତୋ କାହାଣୀ କହି କିଛିଟା ଶାନ୍ତି ଗୋଟେଇ ପାରିବୁ ତୁ କହ ବିନା ଚିନ୍ତାରେ।" ମୁଁ ମୋ ଜୀବନର ରହସ୍ୟ କାହା ଆଗରେ କହିବା ଆଗରୁ ଆଉ ଥରେ ଚିନ୍ତା କଲି, ଭାବିଲି ଭାରତୀୟ ଝିଅଟେ ପରି ପୁଣିଥରେ ଏକଥା କହିବା ଉଚିତ ନା ଅନୁଚିତ ? ପୁଣି ଭାବିଲି କହିଲେ କ୍ଷତି କ'ଣ, ଆମ ଦେଶର ଝିଅ ନୁହଁ ମୀରା, ତା' ଚିନ୍ତାଧାରା ଭିନ୍ନ, ଅନେକ ଦୁନିଆ ଦେଖିଚି, ମୋ କଥା କୋଉଠି ଉଠେଇ ମଜା ନେବନି, ଥଟ୍ଟା କରିବନି, ଯାହା ମୁଁ ଅନେକ ସାଙ୍ଗସାଥୀଙ୍କ ପାଖରେ ଅନୁଭବ କରିଛି। ତା'ର ଜୀବନ ପ୍ରତି ଅନୁଭବ ଅଲଗା। ସେଦିନ ସେ ମୋତେ ଦେଖି ଠିକ୍ ଅନୁଭବ କରିନେଇଥିଲା ମୁଁ ତାକୁ ମୋ ମନକଥା କହିବାକୁ ଚାହେଁ। ସେ କେବଳ ଜଣେ କାନ୍ଥ ପରି ଶୁଣିବ, ମୀରା ନିଜେ ସ୍ୱୀକାର କରିଗଲା। ମୀରା କହିଲା, "ତୁ ମୋତେ ନିର୍ଦ୍ୱନ୍ଦ୍ୱରେ କହ, କେଉଁ ଥେରାପିଷ୍ଟ କି ଲାଇଫ୍ କୋଚ୍‌ର ମୁଣ୍ଡ ଖରାପ କରିବା ଅପେକ୍ଷା ମୋ ପାଖରେ ଗପିଦେ, ଅନେକ ଶାନ୍ତି ମିଳିବ। ତୁମେମାନେ ଏମିତି ମିଛ ସମ୍ମାନକୁ ମୁଣ୍ଡେଇ ଏମିତି କଷ୍ଟ ପାଅ ସେକଥା ଅନେକ ବହିରେ ପଢ଼ିଛି, ଅନୁଭବ କରିଛି, ଆଜି ପ୍ଲଟ୍‌ଟେ ମିଳିଗଲା ତୋ କଥା ଶୁଣିବାକୁ।"

ଦ୍ୱିତୀୟ ଅଧ୍ୟାୟ

ମୁଁ ଏମିତି ହିଁ ଭୁଲ୍ କରେ ଅନେକ ସମୟ
ହସ ଚିହ୍ନିବାରେ,
ଲୁହର ଗଭୀରତା ମାପିବାରେ,
ମଣିଷ ଚିହ୍ନିବାରେ
ଏକଥା ମୁଁ ନିଜେ ସ୍ୱୀକାର କରୁଛି ।
ମଣିଷ ଏତେ କଂପ୍ଲିକେଟେଡ୍ ଯେ
ତାକୁ ସତରେ ବୁଝି ହୁଏନାହିଁ ।

ସେଦିନ ରେଷ୍ଟୋରାଁରେ ଅଳ୍ପ ଗହଳି। ମୁଁ, ଗୋଟିଏ ନିର୍ଦ୍ଦିଷ୍ଟ ଉଦ୍ଦେଶ୍ୟରେ ବାର୍‌କୁ ଆସେ, ସହରର ଅନେକ ବାର୍ ଥିଲେ ବି ମୁଁ କେବଳ ଏହି ସ୍ଥାନକୁ ହିଁ ବାଛେ। ମୁଁ ଅକ୍ଷୟ ମହାନ୍ତିଙ୍କର ଗୀତ ପଦେ ଗୁଣୁଗୁଣାଉଥିଲି।

"ରାତି ଯେ ଖୋଜେ ଚନ୍ଦ୍ରମୁଖୀ,
ଦିନ ଯେ ଖୋଜେ ନିଶିଗନ୍ଧା,
ଚାତକ ଖୋଜେ ନିଦାଘ ଜ୍ୱାଳା
ଚକୋର ଖୋଜେ ମଧୁ ସନ୍ଧ୍ୟା
ମୁଁ ଯେ ଖୋଜେ ଖୋଜେ..."

ହଁ ଏହି ଖୋଜିବାର ପର୍ବ ହିଁ ମୋ ଜୀବନରେ। ଏବେ ମୀରାକୁ ଅପେକ୍ଷା। ୱେଟର କହିଲା ମାମ୍ କିଛି ନେବନି ଆଜି। ନାଇଁ ଥାଉ ଏବେ ମାରିଆ ଆସୁ, ମାରିଆକୁ ଏଠିକା ୱେଟର ଜାଣନ୍ତି, ମାରିଆ କହିଲା, ମୁଁ ଏ ପାଖରେ ରୁହେ, ଏଇଥି ପାଇଁ ଏଠିକି ଆସେ, ମୁଁ କହିଲି ଅଳ୍ପ ହସି ମୁଁ ଏଠୁ ଦୂରରେ ରୁହେ, ତଥାପି ଏଇଠିକି ଆସେ। ମୋର ଉଦ୍ଦେଶ୍ୟ ଭିନ୍ନ ଏଠିକି ଆସିବାର। ମୀରା କହିଲା ପୁଣି ଆମ କାହାଣୀ ଆରମ୍ଭ ହୋଇଗଲା। ମୀରା ମଗେଇଲା କ'ଣ ଗୋଟେ ବିଚ୍ କକ୍‌ଟେଲ୍, ମୋର ସେଇ ପୁରୁଣା ମାର୍ଗାରିଟା। ଖୁବ୍ ମାଇଲ୍‌ଡ କହିଲି ୱେଟରକୁ। ଏଠିକି ବସିବାକୁ ହେଲେ କିଛି ତ ନେବାକୁ ହେବ। ମୀରା ଆରମ୍ଭ କଲା ତୁ କହ ଆଜି କାହାଣୀ ମୁଁ ସବୁ ଶୁଣିବି। ଏହା ମୋର ଆଜିର କାମ ବୋଲି ମୁଁ ଏହା ଭାବିନେଇଛି। ମୁଁ ଆରମ୍ଭ କରିବା ଆଗରୁ କହିଲି ଆମ ଭାରତୀୟ ନାରୀଙ୍କ ବିଷୟରେ ତୁ କେତେ ଜାଣୁ ମୁଁ ଜାଣିନି। କିନ୍ତୁ ଶୁଣିଲେ ଦୟାକରି ଏମାନେ ଏତେ ଜଟିଳ ବୋଲି ଭାବିବୁ ନାହିଁ। ଆମକୁ ଆମ ପରିସ୍ଥିତି ହିଁ ଜଟିଳ ହେବାକୁ ବାଧ୍ୟ କରେ। ମୋତେ ତ ଆଜିକାଲି ଗୋଟିଏ କଥା ସନ୍ଦେହରେ ପକେଇଚି। ସନ୍ଦେହ ତ ନୁହଁ, ବିଶ୍ୱାସ କହିଲେ ଚାଲିବ। "ନାରୀଟିଏ କ'ଣ ଶ୍ରଦ୍ଧା, ସମ୍ମାନ ଓ ସ୍ନେହ ପାଇବା ପାଇଁ ଯୋଗ୍ୟ ନୁହଁ ?"

ମୀରା ମୋ ସାମ୍ନାରେ ବସିଥାଏ, ମୋ ହାତ ଉପରେ ହାତ ଥାପିଲା।

କାନ୍ଦିବାକୁ ନଚାହିଁ ବି ଲୁହ ଗାଲ ଉପରକୁ ଖସିଆସିଥିଲେ, ମୀରା ସାମ୍ନା ସିଟ୍‌ରୁ ଆସି ମୋ ପାଖରେ ବସିଲା, ନ କହ ପଛେ ଆଗ ଲୁହ ପୋଛ ତାଗିଦ କଲା ପରି କହିଲା। ମୀରାର ସ୍ପର୍ଶ ସେଦିନ ମୋ ଭିତରେ ମା' କଥା ମନେପକାଇ ଦେଇଥିଲା। ମୁଁ କହିଲି "ତୁ ଛୁଇଁଲେ ଆଜି ମା' କଥା ମନେପଡୁଛି।" ମୀରା ମୋ ମୁଣ୍ଡ ଚୂଳ ସଜାଡ଼ିଦେଉଥିଲା। ମୁଁ ତା' କାନ୍ଧ ଉପରେ କୁନିଝିଅଟେ ପରି ଲଦି ହୋଇଗଲି। ମୀରା କହିଲା, "ତୁ ତା'ହେଲେ ତୋ ଜୀବନରେ ମା'କୁ ବେଶୀ ଭଲପାଉ, ନୁହେଁ?" ମୁଁ କହିଲି, "ହଁ ଭଲପାଏ ମା'ଟିଏ ବୋଲି, ନାରୀଟିଏ ବୋଲି ନୁହେଁ।" ମୀରା କହିଲା, ଏମିତି କାହିଁକି? ମୁଁ କହିଲି, ସେ ମୋତେ ସ୍ନେହ ମମତା ଦେଇ ପାଳିଛି ସତ କିନ୍ତୁ ଝିଅଟିକୁ କେମିତି ଦୃଢ଼ ହୋଇଯିବାକୁ ହୁଏ ସେ କଥା ଶିଖେଇନାହିଁ। ତୁ ଝିଅ ହୋଇ ସହିବୁ, ଏ ସମାଜ ଏମିତି, ଏଠି ଝିଅ ମନକୁ ସବୁଠି ସାଲିସ କରିବାକୁ ହୁଏ, ତାଙ୍କର ମନ ମୁତାବକ ଜୀବନ ନାହିଁ, ତୋ ନିଜ ହିସାବରେ ମନ ହିସାବରେ ଚାଲିଲେ ସମାଜ ତାଙ୍କ ମୁହଁରେ ଛେପ ପକାଇବ, ନିନ୍ଦିବ ଏହିକଥା କହିଆସିଛି। ପୁରୁଷଟିଏ ହିଁ ନାରୀର ଭାଗ୍ୟ ନିର୍ଦ୍ଧାରକ। ମୁଁ ସେମିତି ଜୀବନ ଜିଇଁଆସିଛି ଆଜିଯାଏଁ ତା'ରି ଶିକ୍ଷାରୁ। ଏବେ ଏବେ ନିଜ ଜୀବନର ଦିଗ ପରିବର୍ତ୍ତନ ଦେଖି ନିଜ ପ୍ରତି ଦୃଷ୍ଟିକୋଣ ବଦଳିଲା ବେଳକୁ ବହୁତ ଡେରି, ମୁଁ ଆପଣେଇ ନେଇଛି ମୋ ପରିସ୍ଥିତିକୁ ଇଚ୍ଛାରେ ନୁହଁ, ଅନିଚ୍ଛାରେ ବୋଲି କହିଲେ ଚଳେ।

ମୀରା ତା' ଦେଇଥିବା କଥା ଅନୁସାରେ କେବଳ ଶୁଣୁଥିଲା। କେବଳ ପଚାରିଲା ଭଳି କହିଲା, ତୁ ତା'ହେଲେ ମା'କୁ ଭଲପାଉ, କିନ୍ତୁ ତାଙ୍କ ଆଇଡିଓଲୋଜିକୁ ପସନ୍ଦ କରୁନା? ମୁଁ କହିଲି, ସେ ସେମିତି ଗୋଟେ ଜୀବନ ଜିଇଁ ଜିଇଁ ଆରପାରିକୁ ଚାଲିଗଲା। ଶେଷ ସମୟରେ ତା'ର କ'ଣ ହେଲା କେଜାଣି ସେ କାହାକୁ କିଛି କହିଲା ନାଇଁ, କାହାକୁ ଖୋଜିଲା ନାଇଁ, କାହା ପାଖରେ ଅଭିଯୋଗ ବି କଲା ନାଇଁ, କି କାହା ପାଇଁ କୃତଜ୍ଞତା ବି ନାହିଁ, ତା'ର ଦୁଇଟା ନିର୍ଲିପ୍ତ ଆଖି ଶେଷରେ ଆଖି ବୁଜିଦେଲେ ବିନା ତୃପ୍ତିରେ। ମୋ କୋଳରେ ଶୋଇଥିଲା ତା'ର ଶେଷ ସମୟରେ। ତା'ର ଆରପାରିକି ଯିବା ସମୟରେ ମୋର ମନେହେଲା ସେ ଅନେକ ଆଗରୁ ମରିସାରିଥିଲା, କେବଳ ଆଖିବୁଜି କାହାକୁ ଆଉ ନଦେଖିବାର ଦିନଟିକୁ ସେ ଅପେକ୍ଷା କରିଥିଲା କୌଣସିମତେ। ମୁଁ କାନ୍ଦିଥିଲି କିନ୍ତୁ ମୋ ଭିତରୁ ସେ ଯେମିତି କହୁଥିଲା, "ତୁ କାନ୍ଦୁଛୁ କାହିଁକି? ମୋର ଏମିତି ଗୋଟେ ଜୀବନ

ଜିଇଁବା ପାଇଁ କୌଣସି ଆସକ୍ତି ନଥିଲା । ମୁଁ ଯେମିତି ଏ ଦୁନିଆ ଛାଡ଼ି ଚାଲିଗଲେ ଭଲ ।” ବେଳେବେଳେ ମୁଁ ଭାବେ ମା’କୁ ତା’ କ୍ୟାନ୍‌ସର ରୋଗ ଏମିତି ପରିବର୍ତ୍ତନ କରିଥିଲା ନା ବାପାଙ୍କର ତା’ ପ୍ରତି ଜୀବନସାରାର ଚରମ ଅବହେଳା । ମୁଁ ସେକଥା ଆଜି ତୋତେ କହିବି ନାଇଁ ସେ ଆଉ ଗୋଟେ କାହାଣୀ ।

ଏସବୁ ମୋ ପିଲାଦିନୁ ମୋ ଉପରେ ଗଭୀର ପ୍ରଭାବ ପକାଇଛି । ମୀରା ତୋତେ କହିବି ସେ କେବଳ ଜଣେ ଏକୁଟିଆ ନାରୀ ନୁହଁ ଏ ଦେଶରେ, ଏମିତି ଆମେ ଅନେକ ଦେଖୁ । ଏମିତି କୋଟିଏ କୋଟିଏ ନାରୀ ଏ ଦେଶରେ ମିଳିବେ ଯୋଉମାନେ ମରିବା ପୂର୍ବରୁ ହିଁ ଶବ ପାଲଟିଯାନ୍ତି । ମୀରା ମୋତେ ଚାହିଁଲା ଆଶ୍ଚର୍ଯ୍ୟ ଭାବେ । ଛାଡ଼ ସେକଥା ଗଲାଣି, ଏବେ ମୁଁ ମୋ କଥା କହୁଛି ଶୁଣ । ମୀରା ବି ସେଇକଥା କହିଲା, ଜୀବନ ଯେମିତି ଆମକୁ ଆଗକୁ ବଢ଼ିଯିବାକୁ ହୁଏ ଅନେକ ଦୁର୍ଘଟଣା ପରେ ବି । ସେ ତ ସ୍ୱର୍ଗପ୍ରାପ୍ତି କରିଥିବେ ତୁ ବ୍ୟସ୍ତ ହୁଅନି । ମୁଁ କହିଲି, “ସେ ଏଇଠି ନର୍କରୁ ମୁକ୍ତିପାଇଲା ବୋଲି ଜାଣ । ହେଲେ ଆମକୁ ମାତୃହରା କରିଗଲା । ଦୁଃଖରେ ସୁଖରେ ଯେଉଁ ମା’କୁ ଆମେ ଖୋଜିଥାଉ ସେ ମୁହୂର୍ତ୍ତମାନ ଆମ ପାଇଁ ଉଭେଇଗଲେ ସବୁଦିନ ପାଇଁ ଜୀବନରୁ ।” ତେବେ ଶୁଣ ତୋତେ ମୋ କଥା କହୁଛି । ମୀରା ମୋ’ଠୁ ଦୂରେଇ ବସିଲା କାହାଣୀ ଶୁଣିବାକୁ । ମୁଁ ଆରମ୍ଭ କଲି ।

ମୁଁ କହିଲି ଶୁଣ ମୋ ଜୀବନରେ ମୁଁ ନିଜେ ହିଁ ଗୋଟେ ବଡ଼ କାହାଣୀ, ତୁ ତାହାକୁ ଭୁଲ୍ କହିପାରୁ ବା ଠିକ୍ ସେକଥା ନିଷ୍ପତ୍ତି ତୁ ନେଇପାରୁ ମୁଁ କିନ୍ତୁ ଭାବିଚି ଏହା ମୋର ଭୁଲ୍-ଠିକ୍ ମଝିରେ ଝୁଲିଥିବା ଗୋଟେ ଜୀବନ । ମୀରା କହିଲା କିଛି ଭୁଲ୍ ନଥାଏ କି ଠିକ୍ ବି ନଥାଏ, ସବୁ ନିଜ ନିଜର ଚିନ୍ତାଧାରା । ଆମେ ସମସ୍ତେ ଭିନ୍ନ ମଣିଷ । ଏଇ ଯେମିତି ତୋ ପ୍ରସ୍‌ପେକ୍ଟିଭ୍ ମୋ ସହ ମିଶେନି । ଏମିତି ବେଳେ ସ୍ୱାମୀ ଫୋନ୍ କଲେ, ପ୍ରଶ୍ନ କେତେବେଳେ ଆସିବ ? ମୁଁ ଫୋନ୍ ରଖି ମୀରାକୁ ତା’ ଉଦ୍ଦେଶ୍ୟରେ କହିଲି, ସେ ପଚାରନ୍ତି କୁଆଡ଼େ ଗଲେ କିନ୍ତୁ କେବେ ରୋକିନାହାନ୍ତି ବି । ଏମିତି ସାଙ୍ଗସାଥୀରେ ଗଲେ ଚଳେ ମୁଁ ହସି କହିଲି ମୀରାକୁ । ମୀରା କହିଲା, ତା’ହେଲେ ସେ କେୟାରିଙ୍ଗ, ଗୁଡ୍ ମ୍ୟାନ୍ । ହଁ ମୋ ସ୍ୱାମୀ ଜଣେ ଭଲ ମଣିଷ ବୋଲି ଦୁନିଆକୁ କହିଛି । ମୋ ଜିଭ ଶୁଖିଗଲା, ଗ୍ଲାସ୍ ଉପରେ ଆଖି ରଖି କହିଲି, ପ୍ରକୃତରେ ମଣିଷକୁ ବୁଝିବା ବେଶ କଷ୍ଟ । ମୁଁ ବୁଝିପାରିନି ସୁମନ୍ତଙ୍କୁ ଆଜିଯାଏଁ, ମୋତେ ସେମିତି ମଣିଷକୁ ବୁଝିଲା

ଭଳି ମୁଣ୍ଡଟେ ମିଳିନି ସେକଥା କିଏ କହିବ ? ତାଙ୍କ ଭଲପାଇବାରେ କି ଦୂରେଇଦେବାରେ ସ୍ଥିରତା ନଥାଏ। ମଣିଷର ମନରେ କ'ଣ ଥାଏ ସେକଥା ଜାଣିବା ବହୁତ କଷ୍ଟକର। ବେଳେବେଳେ ଜାଣିଗଲେ କଷ୍ଟଦାୟକ ବି ହୋଇପାରେ। ତେଣୁ ମୁଁ ସୁଅରେ ଚାଲିଲେ ଭଲ ବୋଲି ଭାବିନେଇଛି। କିଛି ଅସୁବିଧା ହୁଏନି। ଅଶାନ୍ତି ବଢ଼ାଇନି ଘରେ। ମୁଁ ଅନେକ ଦାୟିତ୍ୱ ନେଇଯାଏ ଅନେକ ସମୟରେ ନିଜେ ନିଜେ। ମୀରା ହସିଲା କେମିତି ଗୋଟେ ଅଲଗା ପ୍ରକାରର। ମୁଁ ପ୍ରକୃତରେ ଜାଣିପାରିଲିନି ସେ ହସର ମାନେ କ'ଣ ?

ମୁଁ ଏମିତି ହିଁ ଭୁଲ୍ କରେ ଅନେକ ସମୟ ହସ ଚିହ୍ନିବାରେ, ଲୁହର ଗଭୀରତା ମାପିବାରେ, ମଣିଷ ଚିହ୍ନିବାରେ ଏକଥା ମୁଁ ନିଜେ ସ୍ୱୀକାର କରୁଛି। ମଣିଷ ଏତେ କଂପ୍ଲିକେଟେଡ୍ ଯେ ତାକୁ ସତରେ ବୁଝି ହୁଏନାହିଁ। ମୀରାର ଫୋନ୍ ଆସିଲା, ତା' ଅଫିସ୍ ବସ୍‌ଠୁ। ଏକ୍ସକ୍ୟୁଜ୍ ମି କହି ସେ ଉଠିଗଲା। ସେଠାରୁ ସେ ଯିବା ଭିତରେ ମୁଁ ଅନେକ କଥା ଭାବିଲିଣି। ମୁଁ ଏଇ ସମୟରେ ଭାବୁଥିଲି ସ୍ୱାମୀ ସୁମନ୍ତଙ୍କୁ କହିଦେବାର ଥିଲା ମୋର ଡେରି ହେଉଛି, ମୁଁ ଏଠିକି ଆସେ ବୋଲି ସୁମନ୍ତ ଜାଣନ୍ତିନି, ସେ ଭାବନ୍ତି, ମୁଁ ଅଫିସ୍ କାମରେ କି ସାଙ୍ଗଙ୍କୁ ଦେଖା କରିବାକୁ ଆସେ। ଆଜି ବି କାହିଁକି କହିଲିନି ମୀରା ପାଖରେ ଅଛି ତା' ସହ ବସିଛି। ଥାଉ ମୋ ସ୍ୱାମୀ ସୁମନ୍ତ କ'ଣ ସବୁ କଥା ମୋତେ ଜଣାନ୍ତି ?

ମୀରା ଫେରିଆସିଲା। ମୋତେ କହିଲା ସରି। ମୋତେ ଲାଗୁଥିଲା ଏସବୁ କହିବା ଦରକାର ଥିଲା ନା ନାଇଁ? ମୁଁ ଯେ ନିଜକୁ କାହା ପାଖରେ ମୁକ୍ତ କରିବାକୁ ଚାହେ, ସେ ମୀରା ହିଁ ମୋ ପାଇଁ ମୁକ୍ତିର ପଥ। ସେଦିନ ମୀରା ତା' ବିଷୟରେ ଆଉ କିଛି ନୂଆ କଥା କହିଲା, ଏଠି ଏକ ଛୋଟ କଂପାନୀରେ ସେ କାମ କରୁଛି ଏବେ କହିଲା, କଣ୍ଟେଣ୍ଟ୍ କ୍ରିଏରିଟେର ଭାବେ, ଅଳ୍ପଦିନ ହେଲାଣି। ପ୍ରଥମ ଦେଖାରେ ଛୁଟି କଟେଇବାକୁ ଆସିଛି ବୋଲି ସେ ମୋତେ ମିଛ କହିଥିଲା। ସେକଥା ମୁଁ ଏବେ ଏବେ ଜାଣିଲି। ସେ ବି ମୋ ପରି ଅନେକ ସମସ୍ୟା ଦେଇ ଜୀବନରେ ଦେଖିଚି। ସେ ହିଁ ମୋ ମାନସିକ ଅବସ୍ଥା ବୁଝିପାରିବ। ମୁଁ ଏକଥା ଭାବି ପୁଣି କହିବା ଆରମ୍ଭ କରିଦେଇଥିଲି। କହିଲି, ବାପା ମୋ ଜୀବନର ପ୍ରଥମ ପୁରୁଷ ଯାହାଙ୍କୁ ଦେଖି ମୁଁ ପିଲାଦିନୁ କଳନା କରିସାରିଥିଲି ଏମାନେ ସର୍ବକ୍ଷମତାପୂର୍ଣ୍ଣ। ନାରୀ ପୁରୁଷରେ ଅଧୀନରେ ରୁହନ୍ତି। ଏହା ସଂସାରର ନିୟମ। ପୁରୁଷ ପାଏ

ଅଖଣ୍ଡ ସ୍ୱାଧୀନତା, ବିଚାର ବୁଦ୍ଧିରେ ସେ ନାରୀଠାରୁ କୁହାଯାଏ ଉତ୍କୃଷ୍ଟ । ପୁରୁଷ ସର୍ବଶକ୍ତିମାନ ଓ ପ୍ରଭାବଶାଳୀ ପରିଚୟ ନେଇ ବଞ୍ଚେ ନାରୀ ତା' ଅଧିନସ୍ଥ ଜଣେ ମଣିଷ, ତା'ରି ଦୟାରୁ କିଛି ଅନୁଗ୍ରହକୁ ସେ ଜୀବନର ସାର୍ଥକତା ବୋଲି ବିଚାର କରିଥାଏ । ତା'ର ଇଚ୍ଛା ଅନିଚ୍ଛା ବୋଲି କିଛି ନଥାଏ । ଏକଥା ପିଲାଦିନୁ ବାପାଙ୍କୁ ଦେଖି ମୁଁ ପ୍ରାଞ୍ଜଳ ବୁଝିଯାଇଥିଲି । ଆମେ ପରିବାରର କୌଣସି ସଦସ୍ୟ ବାପାଙ୍କ ବିଚାର ଉପରେ ଆଖି ଉଠେଇବାକୁ ସାହସ କରୁନଥିଲୁ । ମା'ଙ୍କ ପ୍ରଭାବ ଘରେ ପିଲାଙ୍କ ଦେହପା'ରୁ ଖାଇବା ପିଇବା ବୁଝିବା ପର୍ଯ୍ୟନ୍ତ । କୌଣସି ନିଷ୍ପତ୍ତି ନେବାର ସମୟ ଆସିଲେ, ବାପା ହିଁ ବିଚାରପତି ଭଳି ବେଶି ରୁହନ୍ତି । ମା' କେବଳ ବାପାଙ୍କ ସବୁକଥାରେ ସମର୍ଥନ କରିବା କାମଟି କରେ । ସମର୍ଥନ ନକଲେ ବି ବାପା ଯାହା କରିବା କଥା କରିଯାନ୍ତି । ମୁଁ ବି ସେଇଆ ହିଁ ଶିଖିଥିଲି ପିଲାଟିଦିନରୁ ।

ମୀରା କହିଲା ତୋର ତା'ହେଲେ ସୁମନ୍ତ ସହ ଆରେଞ୍ଜ୍ ମ୍ୟାରେଜ୍ । ମୁଁ ହଁ ମାରିଲି ମୁହଁ ତଳକୁ କରି । ମୀରା କହିଲା ଏଇଟା ତୁମମାନଙ୍କ ପାଇଁ ନୂଆ ତ ନୁହଁ ? ମୁଁ କଥାଯୋଡ଼ି କହିଲି ଆମେ ବରଂ ବୁଝୁ ଏଇଆ ହିଁ ବିବାହର ଶ୍ରେଷ୍ଠ ପନ୍ଥା । ମୁଁ କହିଲି ସୁମନ୍ତ ଠିକ୍ ସେମିତି ଭାରତୀୟ ସ୍ୱାମୀ, ଭଦ୍ର ଶିକ୍ଷିତ । ଭଦ୍ର ଶିକ୍ଷିତ ପରିବାରରେ ଆମେ ସ୍ତ୍ରୀକୁ ହାତ ଉଠାଉନା କି ଯୌତୁକ ନିର୍ଯାତନା ଦିଆହୁଏନାହିଁ କିନ୍ତୁ ଅନେକ ବିବାହ ପରିସ୍ଥିତି ଦେଖିଲେ ମନେହୁଏ କିଛିଟା ଅର୍ଥ ବରପାତ୍ରଙ୍କୁ ଦେଇଦେବା ଭଲ, ନହେଲେ ବିଚାରୀ ଝିଅଟିକୁ ଜୀବନସାରା ଶୁଣିବାକୁ ପଡ଼େ । ଆମେ ଏମିତି ମାନସିକତାରେ ଏସବୁ ଠିକ୍ ବୋଲି ବୁଝିଯାଉ । କେବଳ ଯୌତୁକ ନିର୍ଯାତନା ନଦେଲେ ଯେ ସ୍ତ୍ରୀ କି ବୋହୂଟିଏ ସବର୍ସ୍ୱ ସୁଖ ପ୍ରାପ୍ତି କରେ କି ? ଏହା ଆମ ପାଇଁ ଆଉ ଏକ ପ୍ରଶ୍ନ ? ଆମେ କିଛିଟା ମଣିଷ ଆଦର୍ଶବାଦୀ ଦେଖେଇବାକୁ ଅନେକ କାମ ଏମିତି କରିଥାଉ କିନ୍ତୁ ଆମ ମନରେ ପ୍ରକୃତରେ ସେ ଉଦାରତା ନଥାଏ । ସେଥିପାଇଁ ଝିଅଟିଏ ବିଭିନ୍ନ ସ୍ତରରେ କଷ୍ଟ ପାଏ । ମୋ ପରିବାର ମୋ ପାଇଁ ଯୌତୁକ ଦେଇ ବିବାହ କରିଥିଲେ ସୁମନ୍ତ ସହ । ଯାହାର ପ୍ରଭାବ ପ୍ରଥମରୁ ମୋ ମନରେ ଭଲ ନଥିଲା । ମୋ ଅସନ୍ତୋଷ ଭାବନାକୁ ସାନ୍ତ୍ୱନା ଦିଅନ୍ତି ମୋ ବାପା । ବାପା ମୋତେ ଏଇକଥା କୁହନ୍ତି ତୁ ଭାଗ୍ୟବାନ୍ ତୁ ମଦ୍ୟପ କି ଅସଭ୍ୟ ଅତ୍ୟାଚାରୀ ସ୍ୱାମୀ ପାଇନାହୁଁ । ସେଥିପାଇଁ ସୁମନ୍ତ ପାଖରେ ମୁଣ୍ଡ ନୁଆଇଁଦେବା କଥା । ବାପାଙ୍କୁ ଉତ୍ତର ଦେଇପାରେନି ଯେ ସବୁ ଅତ୍ୟାଚାର

ଶାରୀରିକ ନୁହେଁ, କିଛି ଅତ୍ୟାଚାର ମାନସିକ ବି ହୋଇପାରେ। ତୁମେ ବି ତ ମା'କୁ ବି କେବେ ହାତ ଉଠେଇନଥିଲ, ତଥାପି କେମିତି ସେ ମାନସିକ ଅତ୍ୟାଚାରରେ ଶଢ଼ିଗଲା ଦିନକୁ ଦିନ। ମୀରା କହିଲା ଶାରୀରିକ ଅତ୍ୟାଚାର ଯେତିକି କଷ୍ଟଦାୟକ ମାନସିକ ବି ସେତିକି। ସେଥିପାଇଁ ତୁମର ଏଠି ପୁରୁଷ ସମାଜ ଗୁଡ଼ିଏ ନିଜକୁ ସୁହାଇଲା ଭଳି ନିୟମ ବନେଇ, ମାନସିକ କଷ୍ଟ ଦେବାକୁ ଭଲପାଅ। ମିଛ ଆଶ୍ୱାସନାରେ ବଞ୍ଚିବାକୁ ଆଦର୍ଶ ବୋଲି ଭାବ।

ମୁଁ କେବଳ ତା' ମୁହଁକୁ ଚାହିଁଲି, କିଛି ଉତ୍ତର ଫେରେଇ ପାରିଲିନାହିଁ। ତୁ ଏତେକଥା କେମିତି ଜାଣିଲୁ। 'ସେକଥା ପରେ' ମାରିଆ କହିଲା। ମୁଁ ବି ଏଥର କଥାଯୋଡ଼ି କହିଲି ଆମେ ଚାରିପାଖରେ ସମସ୍ତ ପୁରୁଷଙ୍କୁ ମୁଁ ଏଇମିତି ହିଁ ପାଇଛି। ନ ଆପଣେଇଲେ ବାଟ ନାହିଁ। ସ୍ତ୍ରୀକୁ ଯେ ମାଡ଼ କି ଗାଳିଗୁଲଜ କରନ୍ତିନି ସମସ୍ତଙ୍କ ସାମ୍ନାରେ ତା'ହେଲେ ଆମେ ତାଙ୍କୁ ଦେଖି ଧରିନେଉ ସେମାନେ ଭଦ୍ର ଆଉ ମାର୍ଜିତ, ସୁପୁରୁଷ। ସେମାନଙ୍କ ମୁଖାତଳର ମଣିଷ ଆମେ ଚିହ୍ନିବାକୁ ଚେଷ୍ଟା କରୁନା। ମୀରା ଦୁଇ ସିପ୍ କଫି ନେଇ କହିଲା ତୁ କ'ଣ ତା'ହେଲେ ସମସ୍ତଙ୍କ ମୁଖା ଖୋଲି ଦେଖିଚୁ ? ମୁଁ କହିଥିଲି ଅନ୍ତତଃ ମୋ ଅତି ପାଖରୁ ତିନିଟି ପୁରୁଷଙ୍କୁ। ବାପାଙ୍କ କଥା ତ ତୋତେ କହିସାରିଲିଣି। କିନ୍ତୁ ଯୌବନରେ ଭେଟିଥିବା ପୁରୁଷଙ୍କ କଥା ତୋତେ କହିନି। କିଛି ପିଲାଦିନ କ୍ରଶ୍ ପୁଅମାନେ ତ ପିଲାଦିନ ସହ ମିଳେଇଯାନ୍ତି। ସେମାନେ ତୁମ ଦେଶରେ ବି ଥାନ୍ତି କି ନାହିଁ ପଚାରିଲି। ସେ କହିଲା ଆମେ ୧୦-୧୨ ବର୍ଷ ଭିତରେ ଏଥିରେ ସିଦ୍ଧହସ୍ତ ହୋଇସାରିଥାଉ। ଏଥିରେ କିଛି ନୂଆ କଥା ନାହିଁ। ଏ ତ ସାଧାରଣ କଥା। ସେକ୍ସ ତ ବହୁ ଝିଅ ବଡ଼ ହେବା ଆଗରୁ ହିଁ ଅନୁଭବ କରିସାରିଥାନ୍ତି ଆମ ଦେଶରେ, ଯାହାକୁ ମୁଁ ବି ସଂପୂର୍ଣ୍ଣ ସମର୍ଥନ କରେନି। ତୁମ ଭଳି କଂଜରଭେଟିବ୍ ହେଇ ବି ଏସବୁ ଘଟୁଥିବା ମୋର ଯା' ବିଷୟରେ ଧାରଣା ନଥିଲା। ମୁଁ ଟିକେ ଲଜ୍ଜିତ ହେଲି। ମାରିଆ ସେଇଠୁ କହିଲା ନିଜକଥା। ମୋତେ ଚୁପ୍ କରେଇଦେଇ କହିଲା ମୋତେ, ରୁଚିତା ବୁଝିଲୁ, ମୋ ଜୀବନରେ ପ୍ରେମ ଓ ପ୍ରଣୟ ଏକଥା ମୁଁ ବୁଝିବା ଆଗରୁ ଘଟିସାରିଥିଲା। ଏବେ ମନେପକେଇ କିନ୍ତୁ ମୁଁ ରିଗ୍ରେଟ୍ କରେନି, ଯାହା ସରିଛି ତାହା ସରିଛି, ସମୟକୁ ଫେରେଇ ହୁଏନି। ଏବେ ତ ମୁଁ ଭାବେ ପୂରା ଇଣ୍ଟେଲିଜେଣ୍ଟ୍ ଝିଅଟେ ଭଳି, ଏତେ ଜୀବନରେ ଅନୁଭୂତି ନଥିଲେ ବୋଧେ ମୁଁ ଲେଖିକା

ହୋଇପାରିନଥାନ୍ତି। କି ଭୁଲ୍-ଠିକ୍‌ର ବିଚାର କରିପାରୁନଥାନ୍ତି। ମୁଁ ମାରିଆ ଆଡ଼କୁ ଚାହିଁଲି ଉତ୍ସାହର ସହ। ଆଚ୍ଛା କହିଲୁ କ'ଣ ତୋର କାହାଣୀ।

ମାରିଆ କହିଲା ତୋତେ ମୁଁ ମିଛ କହିଥିଲି, ମୁଁ ଏଠିକି ଛୁଟି କାଟିବା ପାଇଁ ଆସିଛି ସତ କିନ୍ତୁ ଆଉ ଗୋଟେ ଉଦ୍ଦେଶ୍ୟ ବି ଅଛି। ପ୍ରକୃତରେ ମୁଁ ଆଶିଷର ପରିବାରକୁ ଦେଖାକରିବାକୁ ଆସିଥିଲି। ମୋର ଆଶିଷଙ୍କୁ ଆଉ ବୟଫ୍ରେଣ୍ଡ୍ ବୋଲି କହିବାକୁ ଇଚ୍ଛା ନାହିଁ। ସେ ନରୱେରେ ଆସିଥିଲା ପଢ଼ିବାକୁ ମେକାନିକାଲ୍ ଇଞ୍ଜିନିୟରିଂ ଗ୍ରାଜୁଏସନ୍, ସେଇଠି ଆମେ ଏକ କ୍ଲାସ୍‌ରେ ଥିଲୁ କିଛିଦିନ, ମୁଁ ଷ୍ଟ୍ରିମ୍ ଚେଞ୍ଜ କଲି। ସେ ସମୟରେ ସେ ମୋତେ କହିଥିଲା ସେ ମୋତେ ପ୍ରେମ କରେ। ଆମେ ଖୁବ୍‌ଶୀଘ୍ର ବିବାହ କରିବା। ମୁଁ ମୋ ପୁରୁଣା ଅନୁଭୂତିରୁ ଅତିଷ୍ଠ ହୋଇସାରିଥିଲି। ତେଣୁ ଦୁଃଖ ବାଣ୍ଟିବା ପାଇଁ ପ୍ରକୃତ ସାଥୀଟିଏ ଖୋଜୁଥିଲି। ଆଶିଷଙ୍କୁ ଭେଟିବା ପରେ ଭାରତୀୟ ପୁରୁଷଙ୍କ ମାନସିକତାକୁ ଅନୁକରଣ କରୁଥିଲି ଖୁବ୍ ପାଖରୁ। ତେଣୁ ଆଶିଷ ମୋତେ ବେଶି ପ୍ରଭାବିତ କରିପାରୁନଥିଲା। ସେ ମୋତେ ଯାହା ଭାବୁ ମୁଁ ତାକୁ ମୋ ସହ ବନ୍ଧୁ ଭଳି ମୋ ସହ ରହ ବୋଲି କହିଥିଲି। ସେଇ ସମୟରେ ମୋର ଆଶିଷ ସହ ଦେଖା ଆଜି ଅନ୍ୟ ଏକ ସଂପର୍କର ରୂପ ନେଇପାରେ। ମୁଁ ପ୍ରଥମରୁ ତାକୁ ବିଶ୍ୱାସ କରିବା କି ପ୍ରେମରେ ପଡ଼ିବା ପରି ଅବସ୍ଥାରେ ନଥିଲି। କାରଣ ମୋର ନିଜ ବାପାଙ୍କଠୁ ଭାରତୀୟ ପୁରୁଷମାନଙ୍କ ବିଷୟରେ ଭଲ ଧାରଣା ନଥିଲା। ମୁଁ ଏଠିକି ଆସିବି ବୋଲି କେବେ ଭାବି ନଥିଲି। କଲେଜରେ ଦେଖା, ସେଇଠୁ ବନ୍ଧୁତା। ଆଶିଷ ଆମ ପାଠପଢ଼ା ଶେଷ ପରେ ଲଣ୍ଡନ ଗଲା। ଆଶିଷ ସହ ଦେଖାହେବା ମୋତେ ପୁଣି ଓଡ଼ିଶାକୁ ଫେରେଇଛି। ଏବେ ବି ସେ ମୋ ସହ କଥାବାର୍ତ୍ତା ହେବାକୁ ଚାହେ। ଆମ ସଂପର୍କକୁ ନେଇ ସେ ଆଶାବାଦୀ। କିଛି ତା' ବିଷୟରେ ଭଲ ଭାବରେ ନଜାଣି, ମୁଁ କିନ୍ତୁ ଏ ସଂପର୍କରେ ଆଗେଇବାକୁ ଚାହେନି। ମୁଁ ଏକପ୍ରକାର କନ୍‌ଫ୍ୟୁଜନ୍ ଭିତରେ ଝୁଲୁଛି। ବୋଧେ ଏବେ ଏମିତି ଅନୁଭବ ହୁଏ ମୋର ଆଶିଷ ଜଣେ ଉତ୍ତମ ବନ୍ଧୁ। ସେ ଉତ୍ତମ ବନ୍ଧୁଟିଏ ହୋଇ ରହିବା ଭଲ। ମୁଁ ବିବାହ କରିବି ନାହିଁ ବୋଲି ଆଜୀବନ ସ୍ଥିର କରିଛି। କିନ୍ତୁ ଆଶିଷର ଭଲପାଇବା ମୋତେ ଏଠିକୁ ଟାଣି ଆଣିଛି। ମୁଁ ଭାବେନି ବିବାହ ହିଁ ପ୍ରେମକୁ ବଞ୍ଚେଇବାର ଏକମାତ୍ର ପନ୍ଥା। କିଛି ପ୍ରେମ ମୋର ଜୀବନରେ ଖୁବ୍ ଭଲ ସମୟ ହୋଇ ରହୁ।

ଏମିତି ଅନେକ ଆଦର୍ଶ କଥା ମୀରା ଆରମ୍ଭ କରିଦେଇଥିଲା । ଏତେ ଆଦର୍ଶକୁ ନେଇ କ'ଣ ପୂରା ଜୀବନଟେ ବିତେଇ ହୁଏ ? ଭାବିଲି ।

ଫୋନ୍‌କୁ ଦେଖିଲି ସମୟ ଦଶଟା । କହିଲି ଚାଲ । ଆର ସପ୍ତାହାନ୍ତରେ ବାକି ମୋ କାହାଣୀ କହିବି । ଆଜି ବହୁତ ଲେଟ୍ ହେଲାଣି କହିଲି ମୀରାକୁ । ସେଦିନ ଗୋଟାପଣେ ଭାବିଲି ଯାକୁ ଆଉ କିଛି କହିବିନି ମୋ କଷ୍ଟ ମୋ ପାଖରେ ଥାଉ । କ'ଣ ସବୁକଥାରେ ମୋଠୁ ବେଶୀ ବୋହିଗଲାଣି ଯେ । କ'ଣ ନାହିଁ କ'ଣ କହିବ ମୋ କଥା ଶୁଣି, ମୋ କଥା ଶୁଣି ତା' ଜୀବନର ଗତି ବଦଳିଯିବନି ତ ? କ'ଣ ଭାବିବ ମୀରା ଆମ ପରି ନିମ୍ନମଧ୍ୟବିତ୍ତ ପରିବାରରୁ ଆସିଥିବା ଭାରତୀୟମାନଙ୍କୁ । ଗଲା କଥା ସରିଛି, ଭାବି ଆଉ ଲାଭ କ'ଣ ? ଆଉ ମୋ ବିଷୟରେ ଏତେ କଥା ମୀରା ସହ ଗପିବିନି ଭାବି ଘରକୁ ଫେରିଲି ।

ମୀରା ସହ ଘନିଷ୍ଠତା

ସେଦିନ ସନ୍ଧ୍ୟାରେ ଅଳ୍ପ ବର୍ଷା ହେଉଥାଏ, ବାଙ୍ଗାଲୋରର ସଞ୍ଜୁଆ ଆକାଶରେ ଧୂସର ମେଘମାଳର ରାଜୁତି । ମୀରା ସହ ଆଜି ଦେଖା ସମାନ ଜାଗାରେ ଆମେ ମେସେଜ୍‌ରେ କଥା ହୋଇସାରିଥିଲୁ । ସଞ୍ଜର ଅଳ୍ପ ବର୍ଷା ପରେ ମୁଁ କ୍ୟାବ୍ ଅପେକ୍ଷାରେ ଥିଲି । ଟ୍ରାଫିକ୍ ଏମିତି ବଢ଼ିଯାଏ ଏଠି, ମୀରାକୁ ମେସେଜ୍ କଲି ମୋର ଡେରି ହେଉଛି, ତୁ ଟିକେ ଅଧିକ ଅପେକ୍ଷା କର । ତୁ ବ୍ୟସ୍ତ ହେବୁନି, ମୁଁ ପହଞ୍ଚିଯିବି । ସେ ଉତ୍ତରରେ ଇମୋଜୀ ଦେଇ କହିଲା, ତୋ ପାଇଁ କିଛି ବି କରିପାରେ । ବର୍ଷା ବାହାରେ ଠପଠାପ ଗୀତ ଗାଉଥାଏ । କାଚ ଝରକା ଆରପାଖେ ବର୍ଷା । ମୁଁ ଭିଜେନି ଏମିତି ବର୍ଷା ହେଲେ ଅନେକ ଦିନରୁ । କାହା ଅନ୍ୟମନସ୍କତାରେ ଓଦାହେବା ସମୟ ବୋଧେ ଆଉ ନାହିଁ ଜୀବନରେ, କ'ଣ ସବୁ ଏ ବର୍ଷା ଭାବନା ଦିଏ ମୁଁ ନିଜେ ଜାଣିପାରେନି ବେଳେବେଳେ । ମୁଁ ଏମିତି ଭାବି ନିଜକୁ ବୁଝାଏ ସତ କିନ୍ତୁ ସତେ କେହି ଜଣେ ବଂଶୀ ଫୁଙ୍କୁଛି ଅନେକ ଦିନରୁ ଖୁବ୍ ଧୀରେ । ଗାଉଛି ମଧୁର ସଂଗୀତ, ମୁଁ ନିଶାଗ୍ରସ୍ତ ପରି ଚାହିଁଛି କେଉଁ ନିଜ ମଣିଷର ଆଲିଙ୍ଗନକୁ । ସତରେ କେହି ଜଣେ ଏମିତି ଅଛି ମୋ ଜୀବନରେ, ମୁଁ ସେ ଆକର୍ଷଣକୁ ଏଡ଼େଇ ପାରୁନି କାହିଁକି ଏଯାଏଁ ? ଶେଷକୁ କ୍ୟାବ୍ ରହିଲା ମୋ ସ୍ୱପ୍ନ ଭାଙ୍ଗିଲା । ନିର୍ଦ୍ଧାରିତ ରେଷ୍ଟୋରାଁରେ ମୀରା ଅପେକ୍ଷାରତ ମୋ ପାଇଁ ସବୁଦିନ

ସପ୍ତାହାନ୍ତ ପରି। ମୁଁ ଅଳପ ଟିକେ ଭିଜିଯାଇଥିଲି ବର୍ଷା ପରେ। ମୀରା ମୋ ଅବସ୍ଥା ଦେଖି ବ୍ୟସ୍ତ ହୋଇପଡ଼ିଲା। ମୀରା ମୋର ଏତିକି କେୟାର କରିବା ଦେଖି ମୋର ଆଖି ଭର୍ତ୍ତି ହୋଇଗଲା। ଅବଶ୍ୟ ସେ ସବୁବେଳେ ମୋ ପାଇଁ ସେମିତି ବ୍ୟସ୍ତ। କ'ଣ ଅର୍ଡର କରିବି କହି ଗଲା ବ୍ଲାକ୍ କଫି, ଆଉ ଗୋଟେ ଉଷୁମ ମଫିନ ଅର୍ଡର କଲା ମୋ ପାଇଁ। ମୀରା ଏଥର ମୋ ଆଡ଼କୁ ଆଖି ଫେରେଇଲା। ଓ୍ୱେଟରକୁ ଅର୍ଡର ଦେଲା ବ୍ଲାକ୍ କଫି। ମାଫିନ ଦେଖି ମୁଁ ଖାଇବା ଆରମ୍ଭ କହିଦେଇଥିଲି।

ମୀରା ଏଥର ମୋତେ କହିଲା ମୋତେ ଆଜି ତୁ ତୋ କାହାଣୀ କହିବୁ। ଯାହା ଗତ ସପ୍ତାହଠୁ ଅଧା ରଖିଛୁ। ମୁଁ କହିଲି ଶୁଣ। ମୀରା କହିଲା, ଆଉ ଦୁଃଖ କଥା କହନା, ତୋ ଜୀବନର ରୋମାଞ୍ଚକର ବିଷୟଟି କହ ଯାହା ମୋ ଉପନ୍ୟାସର ମୁଖ୍ୟ ଆକର୍ଷଣ ହେବ। ମୁଁ ଭାବୁଛି ତୋ ଭିତରେ ସେମିତି କିଛି ସାଇତା ଅଧ୍ୟାୟ ନିଶ୍ଚିତ ଥିବ, ମୁଁ ଯେତିକି ଅନୁମାନ କରୁଛି ତୁ ଆଉ କିଛି କହିବାକୁ ଚାହୁଁଚୁ। ମୀରାର ପ୍ରଶ୍ନ ଶୁଣି ମୁଁ ଅବାକ୍ ହୋଇଗଲି। ମୁଁ କହିଲି ତା'ହେଲେ ତୁ ମୋ'ଠୁ କାହାଣୀ ଆଦାୟ କରୁଚୁ ତୋ ଉପନ୍ୟାସ ପାଇଁ। ମୁଁ ମୀରାକୁ କହିଲି ତୁ ସମସ୍ତଙ୍କୁ ଖୁବ୍ ନିଖୁଣ ଭାବେ ପରଖି ନେଉ, ନୁହେଁ? ସେଥିପାଇଁ ତୁ ବୋଧେ ମୋ'ଠୁ ସ୍ମାର୍ଟ, ସେ ହସିଲା। ମୁଁ ଆରମ୍ଭ କଲି, ଆମ ସମସ୍ତଙ୍କ ଜୀବନ ଗୋଟେ ଘଟଣାବହୁଳ ଉପନ୍ୟାସ ନୁହେଁ କି! ମୁଁ ଯାହା ମୋ ବିଷୟରେ ତୋତେ କହିଛି ସେ ଗୋଟେ ଦୀର୍ଘ କାହାଣୀର କିଛି ଫର୍ଦ୍ଦ ଭଳି ଭାବିପାରୁ? ମୁଁ ମୀରାକୁ ଆଉ ବି କହିଲି ତୁ ବହୁତ ସାହସୀ ସେଥିପାଇଁ ଲେଖିପାରୁ, କହିପାରୁ। ମୋ ଅବସ୍ଥା ଦେଖ, ତୋ ସହ ଏତେ ବନ୍ଧୁତା ପରେ ବି ଭାବେ କହିବି ନା ନାହିଁ। ମୀରା କହିଲା ମୁଁ ଯେତେବେଳେ କଲେଜରେ ପଢୁଥିଲି ଦୁଇଜଣ ଗେ'ଙ୍କ ଜୀବନର ଅସୁବିଧା ବିଷୟରେ ଛୋଟ କାହାଣୀ ଲେଖିଥିଲି, ସମସ୍ତେ ବହୁତ ପସନ୍ଦ କଲେ। କିନ୍ତୁ ତା'ଠୁ ଭଲ ଜିନିଷଟେ ଘଟିଥିଲା ତା'ପରେ। ସେ କାହାଣୀର ଘଟଣା ତାଙ୍କ ପ୍ରତି ଥିବା ମୋ ଆଖପାଖ ସମାଜର ଚିନ୍ତାଧାରା ବଦଳିଥିଲା, ଏମିତିକି ପରିବାରର ମଧ୍ୟ, କିଏ ଜାଣେ ତୋର ଏ କାହାଣୀ କିଛି ଉନ୍ନତିମୂଳକ ପରିବର୍ତ୍ତନ ଆଣିପାରେ କିଛି ଅନ୍ୟ ଲୋକଙ୍କ ଜୀବନରେ। ତୁ ଟିକେ ମୁଡ୍ ଭଲ କରି କହ ତୋ କାହାଣୀ। ମାରିଆ ଅନୁରୋଧ କଲା ପରି କହିଲା। କହ ଆଜି ମୁଁ ସମୟ ନେଇ ଶୁଣିବି। ମାରିଆ ଆଜି ଜିଦ୍ କରିବସିଥିଲା।

ମୁଁ ସେଇଠୁ ଆରମ୍ଭ କଲି, ଶୁଣ ମୋତେ ସେଦିନ ନିଦ ଲାଗୁନଥାଏ। ବହୁତ ଦିନ ପରେ ମୋତେ ସଂସାରରୁ ଟିକେ ବିରତି ମିଳିଥାଏ। ତୁ ତ ଜାଣିଚୁ ଅଫିସ୍ କାମ ପରେ ଘର କାମ ସେଇଥିରେ ସରିଯାଏ ଏଠି ଆମର ଜୀବନ। ମୋର ବୟସ ଆସି ତିରିଶ ପାର ହେଲାଣି। ନିଜକୁ ବୁଝିବା ଆଗରୁ, କମ୍ ବୟସରେ ଆମେ ଏଠି ବାହା ହେଇଯାଉ, ମାରିଆ ହସିଲା କହିଲା ମୁଁ ତୋ ବୟସର, ଦେଖ ବାହା ନହୋଇ କିଛି କ୍ଷତି ହୋଇଛି କି ? ମୁଁ କହିଲି ତୁ କାନ୍ଥ ଭଳି ଶୁଣିବୁ ମୋ କଥା, ଏଇଆ ପ୍ରତିଶ୍ରୁତି ଦେ। ମୀରାକୁ ମୁଁ ଏମିତି ଖୁସିରେ ମାରିଆ କୁହେ। ତୁ ତ ଆଉ ଓଡ଼ିଆ ଝିଅ ହୋଇ ନାହୁଁ, ତେଣୁ ବେଶୀ ଆଉ ଚିନ୍ତା କରେନି। ମାରିଆ ଚୁପ୍ ରହିଲା ସେଇଠୁ। ମୁଁ ପୁଣି ଆରମ୍ଭ କଲି ପୁଅ ହଷ୍ଟେଲ୍ ଗଲା ପରେ କାମ କିଛିଟା କମିଛି କିନ୍ତୁ ଜଞ୍ଜାଳ ସେମିତି କିଛି କମ୍ ନୁହେଁ। ସମସ୍ତଙ୍କ ଦାୟିତ୍ୱ କଥା ଆଉ ସବୁବେଳେ ସେ କାମର ଚିନ୍ତା ଦିନପରେ ଦିନ ଚାଲିଯାଏ। ସେଦିନ ଅଫିସ୍ ଟୁର୍ ପାଇଁ ହାଇଦ୍ରାବାଦ ଯାଇଥିଲି। ଏତେ ଦିନେ ଟିକେ ସ୍ୱାଧୀନତା ମିଳିଥିଲା ମୋତେ ସମସ୍ତଙ୍କଠୁ ମୁକୁଳିଯିବାକୁ। ସତ କହିବାକୁ ଗଲେ ମୋତେ ଡେଣା ଲାଗିବା ପରି ଲାଗୁଥାଏ। ଦିନସାରା ମିଟିଂ ପରେ ନରମ ବିଛଣାରେ ଦେହ ବିଛେଇଥାଏ। ସେଦିନ ପୁଅକୁ ଫୋନ୍ କରିବାର, ସ୍ୱାମୀ ପାଇଁ ଡିନର ପାଇଁ ଚିନ୍ତା ନାଇଁ, ଯେମିତି ମୁଁ ମୁକ୍ତ ଠିକ୍ ଅବିବାହିତ ଝିଅଟେ ପରି। ଜାଣିଚି ଏ ମୁକ୍ତି କ୍ଷଣସ୍ଥାୟୀ, ମନଭରି ଉପଭୋଗ କଲେ କ୍ଷତି କ'ଣ ?

ଭାରତରେ ଝିଅଟିଏ ବୋହୂ ହେଲା ପରେ ତା' ଦୁନିଆ ବଦଳିଯାଏ, ବଦଳିଯାଏ ସ୍ୱପ୍ନ, ମା' ହେଲା ପରେ ସେ ଗୋଟିଏ ଅଲଗା ଦୁନିଆରେ ବସବାସ କରେ। ଯେମିତି ତା' ଜୀବନରେ ଆଉ କିଛି ପ୍ରାଥମିକତା ନାହିଁ କେବଳ ନିଜର ପିଲାକୁ ଆବଶ୍ୟକତାଠାରୁ ଅଧିକ ଯତ୍ନରେ ପାଳିବା ହିଁ ତା'ର ପ୍ରଥମ କର୍ତ୍ତବ୍ୟ, ଏକଥା ମୁଁ ମା' ହେଲା ପରେ ବୁଝିଲି। ତା'ର କିଛି ଅବହେଳା ନହେଉ ସେଥିପାଇଁ ମୁଁ କିଛି ଦିନ ଚାକିରୀ ଛାଡ଼ିଥିଲି। ରାତିସାରା ଅନିଦ୍ରା ରହିବା ପରେ ମୋର ଆଉ ଅଫିସ୍ ସହ ତାଳମେଳ ରହିଲା ନାହିଁ। ସ୍ୱାମୀମାନେ ଏଠି କେବଳ ଗର୍ଭ ଧାରଣ କରିବାରେ ସାହାଯ୍ୟ କରନ୍ତି, ପାଳିବା, ବଡ଼ କରିବା ଦାୟିତ୍ୱ ସ୍ତ୍ରୀର। ସୁମନ୍ତ କେବେ କେବେ ରାତିରେ ପିଲା ପାଇଁ ନଶୋଇପାରିଲେ ବିରକ୍ତି ହୁଅନ୍ତି, କୁହନ୍ତି ଏମିତି ତ ଚାକିରୀ ହିଁ ମୁଁ ହରେଇବି, ତାଙ୍କ ସୁବିଧା ପାଇଁ ଆଉ ସବୁ ସୁରୁଖୁରୁରେ

ଚାଲୁ ଯା' ଭାବି ମୁଁ ନିଜଆଡୁ ରିଜାଇନ୍ କରିଗଲି। ସୁମନ୍ତ ବି ସେଇଆ ଚାହୁଁଥିଲେ ମୁଁ ଘର ସମ୍ଭାଳେ, ସବୁ ସୁବିଧା ଅଫିସ୍‌ରୁ ଫେରିଲେ ତାଙ୍କୁ ଯୋଗାଏ, ତାଙ୍କରି କଥା ବୁଝୁଥାଏ, ତାଙ୍କୁ ନିଜକୁ ଅସୁବିଧାରେ ପକାଇବାକୁ ସେ ଜମା ପସନ୍ଦ କରନ୍ତିନି। ବିଶେଷ କରି ମୋ ଚାକିରୀ ଛାଡ଼ିଦେଲେ କିଛି ଅସୁବିଧା ତାଙ୍କ ଚଳିବାରେ ହେବନି, ଏପରି ଅପ୍‌ସନ୍ ଥିବା ବେଳେ ସେ କାହିଁକି ମୋ ଚାକିରୀ ପ୍ରତି ଆଗ୍ରହ ଦେଖେଇବେ। କିନ୍ତୁ ପରିସ୍ଥିତି ସମାନ ରୁହେନି ସବୁ ସମୟରେ। ପୁଅ ବଡ଼ ହୋଇଗଲା ଧୀରେ ଧୀରେ। ମୋତେ କିଛିଦିନ ପରେ ତୃପ୍ତି ମିଳିଲାନି, ମୁଁ ପିଲାଦିନୁ କେବେ ଗୃହିଣୀ ହୋଇ ରହିବି ଏକଥା ଭାବି ନଥିଲି, ତେଣୁ ମୋ ଭିତରେ ଅସନ୍ତୁଷ୍ଟତା ବଢ଼ିଲା, ଖାଲିପଣ କୁହୁଳିଲା।

ବାପା ମା' ବି ଅଶାନ୍ତି ହେଲେ ମୋର ଘରେ ସମୟ କାଟିବା ଦେଖି। ବାପା କହିଲେ ତୁ ଆମ ମୁହଁ ତଳକୁ କରିଦେଲୁ। ତୋତେ କ'ଣ ଏତେ ଖର୍ଚ୍ଚବାର୍ଚ୍ଚ କରି ଏଇଥିପାଇଁ ପାଠ ପଢ଼ାଇଥିଲୁ। ସୁମନ୍ତଙ୍କ ବାପା ମା' ଆଗରେ ଆମେ ଛୋଟ ହେଇଯାଉଚୁ, ଏଇଥିପାଇଁ ଯେ ତୁ ଏବେ ସୁମନ୍ତଙ୍କ ପଇସାରେ ଚାଲିବୁ। ମୋତେ ଏକଥା ଖୁବ୍ ବାଧୁଥିଲା, ମୋ ପାଖରେ ରାସ୍ତା ନାହିଁ, କେମିତି କହିବି ଯାହା ମୁଁ କରୁଛି ସେ କ'ଣ ତୁମ ପାଇଁ ଗର୍ବର ବିଷୟ ନୁହଁ କି ? ଅବଶ୍ୟ ଏ କାହାଣୀ ପଛରେ ସୁମନ୍ତଙ୍କ ବାପା ମା'ଙ୍କ ହସ୍ତକ୍ଷେପ ବି କମ ନଥିଲା। କଥା କଥାରେ ତାଙ୍କ ପୁଅ ରୋଜଗାରରେ ମୁଁ ଅୟସ କରୁଛି ବୋଲି କହୁଥିଲେ, ମୋ ବାପା ମା' ସେଥିପାଇଁ ମୋ ପାଖକୁ ଯିବାଆସିବା କରିବାକୁ ସଂକୋଚ ପ୍ରକାଶ କଲେ। ଏମିତି କଥା ସବୁ ଆମମାନଙ୍କ ପରିବାରରେ ନିତିଦିନ ଘଟୁଥାଏ। କେଉଁ ପ୍ରକାରେ ସ୍ତ୍ରୀଟିକୁ ନିମ୍ନ ଦେଖେଇବାକୁ ହୁଏ ସେ କୌଶଳ ଆମକୁ ଜଣା। ସର୍ବୋପରେ ଚାକିରି ଛାଡ଼ି ବସିଥିବା ଗୃହିଣୀଟିର ବାଧ୍ୟବାଧକତା କାହାକୁ ଦେଖାଯାଏନି ବରଂ ତା'ର ଅପାରଗତାକୁ ଏ ସମାଜ ଆକ୍ଷେପ କରିବାକୁ ଆଗେଇ ଆସେ। ସୁମନ୍ତଙ୍କ ବାପା ମା', ସେମାନେ ପରୋକ୍ଷ ଭାବରେ ପ୍ରକାଶ କରୁଥିଲେ ମୋ ବାପା ମା'ଙ୍କୁ ମୁଁ ଦୂରେଇ ରହିବା ଉଚିତ ଯେହେତୁ ମୋର କିଛି ନିଜସ୍ୱ ରୋଜଗାର ନାହିଁ। ତାଙ୍କ ପୁଅଙ୍କ ରୋଜଗାରରେ ମୋ ବାପା ମା'ଙ୍କ ବୁଝାଶୁଝା ହେବା କଥା ନୁହଁ, ଆମ ସମାଜରେ ଏମିତି କିଛି ନିୟମ ଓ ପ୍ରଥା ଅଛି ମାରିଆ, ଯଦି ଝିଅର ବାପା ମା', ନିଜ ଝିଅକୁ ଦେଖିବାକୁ ଆସନ୍ତି ତାଙ୍କ ଅଭ୍ୟର୍ଥନା ପାଇଁ

ତାଙ୍କୁ ନିଜ ଖର୍ଚ୍ଚ ଦେବାକୁ ପଡ଼େ। ତୋତେ ଅଧିକ କ'ଣ କହିବି ଏସବୁ ଆମ ଭାରତୀୟ ସମାଜର ବ୍ୟାଧି। ଏତେ ମାରାତ୍ମକ ଯେ ଝିଅ କେମିତି ବଞ୍ଚିବ, କ'ଣ କରିବ ଉଚିତ ଅନୁଚିତ ଭାବି ଭାବି ହତାଶ ହୋଇଯାଏ। ଯୁଗ ଯୁଗରୁ ଏ ସମାଜ ଏମିତି ତିଆରି ହୋଇଛି, ଝିଅ ବାହାଘର ପରେ ତା'ର ସମସ୍ତ ଅଧିକାର ଓ କର୍ତ୍ତବ୍ୟ ବାପା ମା'ଙ୍କ ପ୍ରତି ସେ ହରାଇ ବସେ, ସେଇଠି ପାଇଁ ଝିଅଙ୍କ ପ୍ରତି ହୀନମନ୍ୟତା ଓ ଅବିଚାର ବଢ଼ିଚାଲିଛି। ଶେଷକୁ ମୁଁ ମାନସିକ ଶାନ୍ତି ପାଇଁ ଗୋଟେ ଜବ୍ ଜଏନ୍ ହେଇଗଲି। ଅଳ୍ପ ସାଲେରୀ କିନ୍ତୁ ଫାଙ୍କା ସମୟରେ ପରିବାର କଥା ଠିକ୍ ବୁଝିପାରିବି ବୋଲି ଭାବିଲି। କିଛି ବଳକା ସମୟରେ ଆର୍ଟ କଲି। ଭଲ ଲାଗିଲା।

ମାରିଆ କହିଲା ଏଠି ତୁମ ବାପା ମା' କ'ଣ ତୁମେ ପ୍ରାପ୍ତବୟସ୍କ ପରେ ବି ତୁମେ କ'ଣ କରିବ ନକରିବ ସ୍ଥିର କରନ୍ତି। ତୁମେ କ'ଣ କରିବ ନକରିବ ସେ ସ୍ୱାଧୀନତା ବି ତୁମର ନାହିଁ? ମୁଁ କହିଲି, ନା... ? ସବୁ ଆମେ କରିଚାଲୁ ପରିବାରକୁ ସୁହାଇଲା ଭଳି, ପରିବାର ଆମଠୁ ଯାହା ଚାହେଁ ସେଇଆ ହିଁ କରିଥାଉ ଜୀବନସାରା। ଆଉ ରହିଲେ ନିଜ ବାପା ମା'ଙ୍କ ସମର୍ଥନ, ସେମାନେ ପ୍ରତ୍ୟେକଟି ପ୍ରକ୍ରିୟାରେ ନିଜର ଅଭିଜ୍ଞତାର କଥା କହି ଓ ପ୍ରମାଣ ଦେଇ କୁହନ୍ତି ସେମାନେ ସର୍ବୋତ୍କୃଷ୍ଟ ଚିନ୍ତା କରିପାରନ୍ତି ପିଲାମାନଙ୍କ ପାଇଁ। ତେଣୁ ତୁମର ଇଚ୍ଛାସବୁ ମାରିଦେବା ଉଚିତ। କିନ୍ତୁ ଅନେକ ସମୟରେ ସେମାନଙ୍କ ଚିନ୍ତାଧାରା ନୂଆ ସମୟ ସହ ଖାପ ଖାଏନି। କିମ୍ବା ସେମାନଙ୍କ କଥା ଶୁଣି ବାଟ ଚାଲି, ଅନେକାଂଶରେ ଅସୁବିଧା ଭୋଗ କରିବାକୁ ପଡ଼େ କିନ୍ତୁ ମୁକ୍ତି ପାଇଁ ବାଟ ନଥାଏ। ସେକଥା ଛାଡ଼, ମୁଁ ମୁଖ୍ୟ କଥାକୁ ଆସେ। ଏଇ ଅବସର ସମୟରେ ମୁଁ ନୂଆ ନୂଆ ଆର୍ଟ କରୁଥାଏ, ଆର୍ଟ ମୋ ପିଲାଦିନୁ ପ୍ୟାସନ୍। ପିଲାଦିନେ ମୋତେ ଏହି କାମ ଭଲ ଲାଗେ। ମୋ ନୂଆ ଆର୍ଟର ପ୍ରଚାର ପ୍ରସାର ପାଇଁ ଅନ୍‌ଲାଇନ୍‌ରେ ନୂଆ ପେଜ୍‌ଟିଏ ବି ଖୋଲିଥାଏ। ସୋସିଆଲ୍ ମିଡିଆରେ ଭଲ ରେକଗ୍ନିସନ୍ ମିଳୁଥାଏ। ଭଲ ରେସ୍‌ପନ୍‌ସ ମୋତେ ଆହୁରି ଭଲ କାମ କରିବାକୁ ଉତ୍ସାହ ମିଳୁଥିଲା। କ୍ରମେ କ୍ରମେ ମୁଁ ଭାବିଲି ଏହାକୁ କ୍ୟାରିଅର କଲେ କ୍ଷତି କ'ଣ? ମୋର ସେତେ ସନ୍ତୁଷ୍ଟତା ଚାକିରିରୁ ନଥିଲା। ତା'ର ଆଉ ଗୋଟେ କାରଣ ବି ଥିଲା ସେମାନେ ମଝିରେ ମଝିରେ ମୋତେ ଆଉଟ୍‌ଷ୍ଟେସନ୍ ଯିବାକୁ କହୁଥିଲେ। ସେପଟେ ମୋର

ଆର୍ଟ ପେଜ୍‌ର ପ୍ରଶଂସକ ବଢ଼ିଚାଲିଥିଲେ। ମୁଁ ନୂଆ ନୂଆ ଆର୍ଟ ପାଇଁ ଓ ନୂଆ ପେଜର କାମରେ ଅଧିକାଂଶ ସମୟ ବିତାଇଲି। ଅନେକ ଅଚିହ୍ନା ଓ ଚିହ୍ନାମୁହଁ ମୋ ସହ ଯୋଡ଼ି ହୋଇସାରିଥିଲେ ଅଳ୍ପ ସମୟରେ। କିଛି ସଂପର୍କ ସେଇଠୁ ବଢ଼ି ଅତି ନିଜର ବନ୍ଧୁ ବୋଲି ପରିଚୟ ପାଇଲେ। ଗୋଟେ ନୂଆ ଦୁନିଆ ମୋ ପାଇଁ ସୃଷ୍ଟି ହୋଇସାରିଥିଲା ପରିବାର ବାହାରେ। ଏଇଟା କିଛି ନୂଆ କଥା ନୁହେଁ, ଏଇଟା ନୂଆ ଟ୍ରେଣ୍ଡ୍ ବନ୍ଧୁତ୍ୱର। ଯେଉଁ ପ୍ରଶଂସା ଓ ଉତ୍ସାହ ମୁଁ ଘରେ ଖୋଜୁଥିଲି ତାହା ପାଉ ନଥିଲି, ଏଇମିତି କି ସ୍ୱାମୀ ସୁମନ୍ତ ବି କେବେ ମୋର ଏସବୁ କଳା ପ୍ରତି ଉତ୍ସାହ ଦେଖଉ ନଥିଲେ ବରଂ ମଝିରେ ମଝିରେ କଟାକ୍ଷ କରୁଥିଲେ। ମୋର କାମ କରିବାର ଉତ୍ସାହ ମୁଁ ବାହାର ଲୋକଙ୍କଠୁ ପାଉଥିଲି। ଏହା ମୋତେ ନୂଆ ଆଶା ଓ ପ୍ରୋତ୍ସାହନ ଦେଉଥିଲା। ଏସବୁ କାମରେ ମୋ ସ୍ୱାମୀଙ୍କ ଉଦାସୀନତା ମୋତେ ଭଲ ଲାଗୁନଥିଲା, କିନ୍ତୁ ମୁଁ ଜାଣିଥିଲି ସେ ସେମିତି ମଣିଷ, ତେଣୁ କ୍ରମେ କ୍ରମେ ତାଙ୍କଠୁ ଆଶା ରଖିବା ଛାଡ଼ି ଦେଇଥିଲି। ସବୁ ସାଙ୍ଗସାଥୀଙ୍କ ମଧ୍ୟରେ ତୁଷାର ବି ମଝିରେ ମଝିରେ ମୋ ପୋଷ୍ଟରେ ଲାଇକ୍ କମେଣ୍ଟ୍ କରିଥାନ୍ତି। ହଁ ତୁଷାର କଥା ତୋତେ କହିଦିଏ, ମୀରା ମୋତେ ପ୍ରଶ୍ନିଳ ଆଖିରେ ଚାହିଁଥାଏ।

ମୀରା ଉଦ୍ଦେଶ୍ୟରେ ମୁଁ କହିଲି ଶୁଣ ମୋର ତୁଷାର ସହ ଦେଖାହେଇଥିଲା ଗୋଟେ ଅଫିସିଆଲ୍ ଅନ୍‌ଲାଇନ୍ ମିଟିଂରୁ। ସେଇ ମିଟିଂରୁ ମୁଁ ଜାଣିଲି ତାଙ୍କ ଘର ମୋର ଜନ୍ମିତ ସ୍ଥାନର ପାଖାପାଖି, ଆମେ ଦୁହେଁ ଗୋଟିଏ ଜାଗାରୁ ହିଁ ଆସିଚୁ ବାଙ୍ଗାଲୋରକୁ ଜାଣି ଖୁସି ହେଲି। ସେ ବି ବାଙ୍ଗାଲୋରରେ ରୁହନ୍ତି। ଆମେ ସେଠି ଭେଟହେବା ପରେ କାମ ଉଦ୍ଦେଶ୍ୟରେ ଫୋନ୍ ଆଉ ହ୍ୱାଟ୍‌ସଆପ୍‌ରେ କଥାବାର୍ତ୍ତା ହେଲୁ। ପରସ୍ପରକୁ ପର୍ବପର୍ବାଣୀରେ ଶୁଭେଚ୍ଛା ଜଣେଇଲୁ। ପରସ୍ପର ବିଷୟରେ ମଧ୍ୟ ଜାଣିଲୁ। କିଛିଟା ବନ୍ଧୁତା ଆମର ସେଇଠୁ ଆରମ୍ଭ ହେଲା। କିଛିଦିନ ପରେ ଜାଣିଲି ଆମର ସମାନ ପ୍ୟାସନ୍, ଆର୍ଟ। ଆମ ଇଣ୍ଟରେଷ୍ଟ ମିଶୁଥିବା ଦେଖି ମୁଁ ତାଙ୍କୁ ମୋର ସବୁ ସୋସିଆଲ୍ ମିଡିଆରେ ବି ବନ୍ଧୁତା ପାଇଁ ଅନୁରୋଧ କଲି। ଆମେ ଫେସ୍‌ବୁକ୍ ଆଉ ଇନ୍‌ଷ୍ଟାଗ୍ରାମ୍ ବନ୍ଧୁ ହେଇଗଲୁ। ସେ ଧୀରେ ଧୀରେ ମୋ କଳାର ଜଣେ ମୁଗ୍ଧ ପ୍ରଶଂସକ ପାଲଟିଗଲେ। ମୋର ଭଲ ଭଲ ଆର୍ଟ ପିସ୍ ଉପରେ ମନ୍ତବ୍ୟ ଦେବାକୁ ସେ ଭୁଲୁ ନଥିଲେ। ସେ ଜଣେ ଭଦ୍ର ମାର୍ଜିତ ମଣିଷ ପରି ମତାମତ ରଖୁଥିଲେ, ଏକଥା ତାଙ୍କ ମତାମତରୁ ସ୍ପଷ୍ଟ

ବାରିହେଇପଡୁଥିଲା । ତେଣୁ ଧୀରେ ଧୀରେ ମୁଁ ମଧ୍ୟ ତାଙ୍କ ମତାମତ ପାଇଁ ଆଶା ରଖୁଥିଲି ।

ତୁଷାର ବାଙ୍ଗଲୋର ମଲ୍‌ଟିନାସ୍‌ନାଲ୍ କଂପାନୀରେ ସଫ୍ଟୱେର ଇଞ୍ଜିନିଅର ଭାବେ କାମ କରନ୍ତି । ଆର୍ଟ ତାଙ୍କ ନିଶା ଓ ଦୁର୍ବଳତା, ସେ ଯେଉଁଠି ନୂଆ ନୂଆ ଆର୍ଟ ଦେଖିଲେ ମୋତେ ପଠାଇବାକୁ ଭୁଲୁ ନଥିଲେ ତା' ପରେ ପରେ । ଏହା ତାଙ୍କ ପରିବାରରୁ ସେ ପାଇଥିଲେ, ତାଙ୍କ ବାପା ଜଣେ ଭଲ ଆର୍ଟିଷ୍ଟ ଥିଲେ । ରାଜ୍ୟ ପୁରସ୍କାରପ୍ରାପ୍ତ ଜଣେ ଆର୍ଟିଷ୍ଟ ହୋଇ ସେ ବେଶ୍ ନାମ କରିଥିଲେ । ପିଲାଦିନୁ ସେ ସେହି ପରିବେଶରେ ବଢ଼ିଥିବାରୁ ସେ ମଧ୍ୟ ଚିତ୍ରକଳା ଆଡ଼କୁ ପିଲାଦିନୁ ଆକର୍ଷିତ । ବେଳେବେଳେ ସେ ତାଙ୍କ ବାପାଙ୍କୁ ମୋ ଆର୍ଟ ଦେଖେଇ ମୋତେ ଗାଇଡ୍ କରିବାକୁ ଉପଦେଶ ଦେଉଥିଲେ । ମୁଁ ମଧ୍ୟ ତାଙ୍କର ଏ କାମ ପାଇଁ ସବୁବେଳେ କୃତଜ୍ଞତା ଓ ଧନ୍ୟବାଦ ଜଣାଇବାକୁ ଭୁଲୁ ନଥିଲି । ସେ କେବଳ ପ୍ରଶଂସା କରୁନଥିଲେ ବରଂ ଅପରପକ୍ଷରେ ମୋତେ ଉତ୍ସାହିତ କରୁଥିଲେ । ମୋର ଆଗକୁ ବଢ଼ିବାର ପଥ ସୁଗମ କରାଉଥିଲେ । ତେଣୁ ମୋର ସବୁ ଫ୍ୟାନ୍‌ଙ୍କ ମଧ୍ୟରେ ସେ ବାରି ହୋଇପଡ଼ନ୍ତି । ସେ ମୋ ପାଇଁ ଅଳ୍ପଦିନ ଭିତରେ ଜଣେ ଦିଗ୍‌ଦର୍ଶକ ସାଜିବା ସହ ଜଣେ ଭଲ ବନ୍ଧୁରେ ପରିଣତ ହୋଇସାରିଥିଲେ । ତାଙ୍କ କଥାର ଉଷ୍ମତା, ଉଦାରତା, ତାଙ୍କ ଆଦର୍ଶ ମୋତେ ଅନୁପ୍ରାଣିତ କରୁଥିଲା ଧୀରେ ଧୀରେ । ମୋତେ ଭଲ ଲାଗୁଥିଲା ପ୍ରେରଣା, ସେଥିରେ ତାଙ୍କ ବ୍ୟକ୍ତିତ୍ୱକୁ ସମ୍ମାନ କରିବା ପାଇଁ ମୁ ବାଧ୍ୟ ହେଉଥିଲି । ତାଙ୍କ ବନ୍ଧୁତ୍ୱକୁ ଏଡ଼ାଇଯିବାର ମୋ ପାଇଁ କୌଣସି କାରଣ ନଥିଲା । ବରଂ ତାଙ୍କ ଦ୍ୱାରା ଅଣଦେଖା ହେବାଟା ମୋର ଅକୃତକାର୍ଯ୍ୟ ପରି ମନେ ହେଉଥିଲା ।

ଏଇମିତି ଭାବେ ଅଳ୍ପ ଦିନରେ ଆମ ଭିତରେ ଗୋଟେ ସୁବନ୍ଧୁତା ଗଢ଼ିଉଠିଥିଲା । ଦିନେ ତୁଷାର କହିଲେ ଆମ ଏତେ ସମାନ ଚିନ୍ତା କରିପାରନ୍ତି ଯେ ମୋତେ ବେଳେବେଳେ ଆଶ୍ଚର୍ଯ୍ୟ ଲାଗେ । ଏଇ କଳା କ୍ଷେତରେ ଆମ ଆକର୍ଷଣ ମଧ୍ୟ ଏକା । "ମୋତେ ଲାଗୁଚି ଆମେ ଉତ୍ତମ ବନ୍ଧୁ ହୋଇପାରିବା, ଅନ୍ତତଃ କେହି ଜଣେ ମୋ ପାଖରେ ବନ୍ଧୁ ହୋଇ ମୋ ଦୁଃଖସୁଖ ବାଣ୍ଟିବାକୁ ଆଗ୍ରହ ଦେଖେଇବ । ମୁଁ ଜାଣିଚି ତୁମେ ଏଥିପାଇଁ ନା କହିବନି । ମୋତେ ଅନୁଭବ ହୁଏ, ଆମ ଭିତରେ ଏମିତି ଅନେକ କଥା ଅଛି ଯାହା ବାଣ୍ଟିଲେ ଆମର

କିଛି କ୍ଷତି ହେବନି ବରଂ କିଛିଟା କଷ୍ଟ ମେଣ୍ଟିବ। ଆମେ ଦୁହେଁ ଘନିଷ୍ଠ ବନ୍ଧୁ ହୋଇପାରିଲେ କ୍ଷତି କ'ଣ?" ତୁଷାର କହିଲେ। ସତ କହୁଛି ମୀରା ମୋ ଜୀବନରେ ମୁଁ କାହାକୁ ଜଣେ ଭଲ ବନ୍ଧୁ ଭାବେ ପାଇନି। ପିଲାଦିନରୁ ଆଜିଯାଏଁ ମୁଁ ସବୁଠି ପ୍ରତାରିତ ଓ ବନ୍ଧୁଙ୍କ ମେଳରେ ଈର୍ଷାର ହିଁ ଶିକାର ହୋଇଆସିଚି। ଅନେକ ସମୟରେ ବନ୍ଧୁତାର ଆଳରେ ଠକାମିର ଶିକାର ହୋଇଛି। ବନ୍ଧୁତାର ହାତ ବଢ଼ଉଥିବା ସୁମଣିଷ ଯେ ତୁଷାର ହେବେ ଦିନେ ତାହା ମୋ ପାଇଁ ଅବିଶ୍ୱସନୀୟ ଥିଲା। ତାଙ୍କ ବ୍ୟକ୍ତିତ୍ୱ ମୋ ମନ ଓ ମସ୍ତିଷ୍କକୁ ଅନେକ ଦିନରୁ ପ୍ରଭାବ ପକାଇସାରିଥିଲା। ଜଣେ ଦରଦୀ ଓ କଳାପ୍ରିୟ ମଣିଷକୁ ବନ୍ଧୁ ଭାବରେ ପାଇବା ମୋର ଭାଗ୍ୟ ବୋଲି ମୁଁ କହିଥିଲି ସମ୍ମାନର ସହ ତୁଷାରଙ୍କୁ। ସେଦିନ ମୋର ତାଙ୍କ ପ୍ରତି ଥିବା ସମ୍ମାନ ଆଉ ଟିକେ ବଢ଼ିଯାଇଥିଲା। ତୁଷାର ସମ୍ଭ୍ରାନ୍ତ ସୁନ୍ଦର ମଣିଷ। ତାଙ୍କ ବ୍ୟକ୍ତିତ୍ୱ ଦେଖିଲେ ଯେ କୌଣସି ମଣିଷ ତାଙ୍କର ବନ୍ଧୁତ୍ୱ ପାଇଁ ହାତ ବଢ଼ାଇବ। ମୋର ଭାଗ୍ୟ ସେ ମୋ ଆଡ଼କୁ ଏ ପ୍ରସ୍ତାବ ନେଇ ଆସିଛନ୍ତି, ମୀରା ସେଦିନ ମୁଁ ଏଇଆ ଭାବିଥିଲି।

ମନ ମସ୍ତିଷ୍କ ଅନେକ ସମୟରେ ଆମକୁ ଦ୍ୱନ୍ଦ୍ୱରେ ପକାଇଦିଏ। ହଠାତ୍ ମନେହେଲା ମୁଁ କିଛି ଭୁଲ୍ କରିନି ତ? ମୁଁ ତ ଏଯାଏଁ ୟା' ବିଷୟରେ ସ୍ୱାମୀଙ୍କୁ ଜଣାଇ ନାହିଁ। ଟିକେ ସଙ୍କୋଚରେ ମୁଁ କିଛିଦିନ ଚୁପ୍ ରହିଲି। ସେଦିନ ତୁଷାରଙ୍କ ପ୍ରସ୍ତାବରେ ଥ୍ୟାଙ୍କ୍ସ ଛଡ଼ା ଆଉ କିଛି ଉତ୍ତର ଲେଖିଲି ନାହିଁ। ତୁଷାର ମୋତେ ସେଦିନ ମୋତେ ଯେଉଁ ଭାବରେ ବନ୍ଧୁତ୍ୱ ପାଇଁ ଓ ବନ୍ଧୁଟିଏ ହୋଇ ବାଟ ଚାଲିବା ପାଇଁ ଇଚ୍ଛା ପ୍ରକାଶ କରିଥିଲେ ସେଥିରେ ମନା କରିବା ଦୂରର କଥା ବରଂ ମୁଁ ନିଜକୁ ଧନ୍ୟ ମନେ କରିଥିଲି। ପ୍ରକୃତରେ ମୋ ଜୀବନର ଏ ସୁନ୍ଦର ସଂପର୍କ ପାଇଁ ଗର୍ବିତ ଅନୁଭବ କରୁଥିଲି। ଏଭଳି ଜଣେ ବ୍ୟକ୍ତିତ୍ୱଙ୍କୁ ବନ୍ଧୁ ରୂପରେ ପାଇଁ ମୁଁ ମନେ ମନେ ଢେର୍ ଖୁସି ହୋଇଥିଲି ଅବଶ୍ୟ ଏକଥା ମୁଁ ତୁଷାରଙ୍କୁ ଜଣାଇନଥିଲି। ମୁଁ ସେଦିନ ତାଙ୍କ ପ୍ରୋଫାଇଲ ଘଣ୍ଟାଏ ସମୟ ଦେଖି ଆତ୍ମବିଭୋର ହୋଇଥିଲି। ଗର୍ବରେ ଟିକେ ନିଜକୁ ଥାପୁଡ଼ାଇଥିଲି। ମୋ ସ୍ଥାନରେ ଆଉ କେହି ଥିଲେ ବି ବୋଧେ ସେ ସେଇଆ କରିଥାନ୍ତା। ସତରେ ମୁଁ କିଛି ସମୟ ପାଇଁ ଭୁଲିଗଲି ମୁଁ ବିବାହିତା। କଲେଜ ଜୀବନର ଗୋଟେ ମୁକ୍ତ ପକ୍ଷୀ, ସାଙ୍ଗସାଥୀ ମେଳରେ ଖୁସି ଓ ଦୁଃଖ ବାଣ୍ଟି ହଜିଯିବାର ବୟସ। ଭାବନା କମ୍ ଓ ବେଶୀ

ବଞ୍ଚିବାର ଦିନ। ଆଗରୁ ତୁଷାରଙ୍କ ପ୍ରୋଫାଇଲ୍ ଦେଖିଥିଲେ ବି ସେଦିନ ଆଉ ଥରେ ଦେଖୁଥିଲି ତୁଷାରଙ୍କ ପ୍ରତିଟି ଛବି ଓ ଛବିର କ୍ୟାପ୍ସନ୍ ତଥ୍ୟକୁ।

ଜଣେ ଚିରସବୁଜ ବ୍ୟକ୍ତିତ୍ୱ ପରି ଦିଶୁଥାନ୍ତି ତୁଷାର ମହାପାତ୍ର। ସମୁଦ୍ରକୁ ପଛକରି ଠିଆ ହୋଇଥିବା ମଣିଷ। କେଉଁ ଭାବନାରେ ସେ ବନ୍ଦୀ କେଜାଣି। ଜଣେ ମୁଗ୍ଧ ଚେତନାର ଖିଆଲି ଆଖିରେ ସେ ଚାହିଁଛନ୍ତି ପ୍ରତିଟି ଛବିରେ। ବେଳେବେଳେ ଅନୁଭବ ହୁଏ ସେ ସମସ୍ତ ଆତ୍ମସନ୍ତୋଷ ପାଇଛନ୍ତି ଜୀବନରୁ, ଏକଦମ୍ ପଜିଟିଭ ଚିନ୍ତା ଚେତନାରେ ପ୍ରଫୁଲ୍ଲିତ। ସୁନ୍ଦର ସୌମ୍ୟକାନ୍ତ ଚେହେରା। ପୁଅମାନେ ଫର୍ମାଲ୍ ସାର୍ଟରେ ବେଶୀ ଭଲ ଦିଶନ୍ତି ନୁହେଁ, ପଚାରିଲି ସ୍ୱପ୍ନରୁ ଖସିପଡ଼ିଲା ପରି ମୀରାକୁ। ସେ କିଛି ଉତ୍ତର ଦେବା ଆଗରୁ ପୁଣି କହିଲି ଗୋଟେ ସରୁ ଧାରୁଆ ହସର ପ୍ରୋଫାଇଲ୍ ଫଟୋରୁ ତୁଷାର ଲାଗୁଥାନ୍ତି ଖୁବ୍ ଭଦ୍ର ଓ ମାର୍ଜିତ। ସେଦିନ ଦେଖିଥିଲି ତୁଷାରଙ୍କ ଝିଅଟିଏ ବି ଅଛି। ଆଉ ଫଟୋରେ କିଛି ବୁଲାବୁଲି ସ୍ମୃତି କିନ୍ତୁ ମୁଁ ଯାହା ଖୋଜୁଥିଲି ପାଇଲି ନାହିଁ, ଗୋଟିଏ ବି ତାଙ୍କ ସ୍ତ୍ରୀଙ୍କ ଫଟୋ ପାଇଲି ନାହିଁ ଅନେକ ଖୋଜିଲା ପରେ, ଲାଗିଲା ସବୁ ଠିକ୍ ଅଛି ନା ନାହିଁ, ଏ ପ୍ରଶ୍ନ ମୋ ଆଗକୁ ଆସିବା ସ୍ୱାଭାବିକ ଥିଲା। କିନ୍ତୁ ଝିଅ ସହ ହସଖୁସିର ଫଟୋରୁ ବୁଝିହେଉଥିଲା ସ୍ପଷ୍ଟ, ସେ ଗୋଟେ ସୁନ୍ଦର ପରିବାର ଗଢ଼ିବାରେ ମଧ୍ୟ ସଫଳ ବ୍ୟକ୍ତିତ୍ୱ। ଆମେ ତାହାହିଁ ତ ଦେଖୁ ସୋସିଆଲ୍ ମିଡିଆରେ। କିଏ କେତେ ବୁଲାବୁଲି କରି ଖୁସି, କାହାର ହସକୁରା ମୁହଁ ପଛରେ ଚେହେରା କ'ଣ ବୁଝିହୁଏ କ'ଣ ସୋସିଆଲ୍ ମିଡିଆର ଫଟୋଟିଏ ଦେଖି ? ତୁଷାରଙ୍କ ବିଷୟରେ ଅଧିକ ଜାଣିବାର ସେଦିନ ଗୋଟିଏ ହିଁ କାରଣ ଥିଲା ସେ ମୋ ବନ୍ଧୁ, ଆଉ ବନ୍ଧୁ ବିଷୟରେ ସବିଶେଷ ନଜାଣି ମୁଁ କେମିତି ଆଗକୁ ଭଲ ବନ୍ଧୁଟିଏ ବୋଲି ଆପଣେଇ ପାରିବି। ସେ ମୋ ପାଇଁ କେବଳ ହାଲୋ ହାଏ କଲା ପରି କେବଳ ବନ୍ଧୁ ନୁହଁ ବରଂ ସୁଖ ଦୁଃଖରେ ଠିଆହେବା ପରି ମଣିଷ ନିଶ୍ଚିତ ଏକଥା ମୁଁ ଉପଲବ୍ଧି କରୁଥିଲି।

ମୁଁ ଧୀରେ ଧୀରେ ଏମିତି ଗୋଟେ ବନ୍ଧୁତ୍ୱକୁ ଉପଭୋଗ କରିବାକୁ ଲାଗିଲି। ନିଜେ ନିଜେ ଫୋନ୍‌ରେ ତାଙ୍କ ସହ ସମୟ ବିତାଇବାକୁ ଚାହିଁଲି। ଆମ ଭିତରେ ଦୂରତା ମିଳେଇ ଯାଉଥିଲା ଯେମିତି। ମୁଁ ମନ ଭଲ ନଥିଲେ ହ୍ୱାଟ୍ସଆପ୍‌ରେ ତାଙ୍କୁ ଦେଖୁଥିଲି। ଏକପ୍ରକାର ନିରାପତ୍ତା ତାଙ୍କ ପାଖରେ ପାଉଥିଲି।

ଏହା ଯେ ନିଶ୍ଚିତ ଏକ ସୁନ୍ଦର ବନ୍ଧୁତା ମୁଁ ସୁନିଶ୍ଚିତ ହେଲି । ତେଣୁ ଏକଥା ସୁମନ୍ତଙ୍କୁ ଜଣାଇଦେଲେ କ୍ଷତି କ'ଣ, ଏକଥା ମନେ ମନେ ଭାବିଲି । ୟା' ବିଷୟରେ ସୁମନ୍ତ ପଛରେ ଜାଣିଲେ ସେ ମୋତେ ଅଯଥା ସନ୍ଦେହ କରିବେ ଏକଥା ବି ଚିନ୍ତା କଲି । ଆମେ ଭିତରେ ତୁଷାରଙ୍କୁ ନେଇ ମନୋମାଳିନ୍ୟ ହେଉ ଏକଥା ହେଉ ମୁଁ ଚାହୁଁ ନଥିଲି । ମୀରା ସତ କହିବି ମୁଁ ଏମିତି ହିଁ ଭାବୁଥିଲି । କିନ୍ତୁ ତୋତେ ଏଇଠି ଗୋଟେ କଥା କହିବାକୁ ଚାହିଁବି ମୁଁ ସେମିତି କଲି ନାହିଁ, ତା'ର ବି ଗୋଟେ କାରଣ ଅଛି । ସେକଥା ତୋତେ ପରେ କହିବି । ସେ ଯାହାହେଉ ତୁ ଭୁଲ୍ ବୁଝିପାରୁ ମୁଁ କିନ୍ତୁ ତୁଷାର ସହ ଗଢ଼ିଉଠିଥିବା ସଂପର୍କକୁ ନେଇ ନିରାପଦ ମଣୁଥିଲି, ଯେମିତି ଏହା କୌଣସି ପ୍ରକାରର ସଂପର୍କ ମୋତେ ସେତେବେଳେ ମନେ ହେଉନଥିଲା । ଏଇମିତି ଆମେ ଆମ କର୍ମକ୍ଷେତ୍ରେ ମଧ୍ୟ ଅନେକ ବନ୍ଧୁ କରିଥାଉ ଅବଶ୍ୟ ସେସବୁରେ ଏତେ ନିବିଡ଼ତା ନଥାଏ କିନ୍ତୁ କେହି ଜଣେ ଭଲ ମଣିଷ ଯଦି ତୁମକୁ ଭଲପାଏ ଓ ଭଲ ବନ୍ଧୁଟିଏ ଭାବି ନିକଟତର ହୁଏ ତା'ହେଲେ ତାଙ୍କୁ କ'ଣ ସହଜରେ ଏଡ଼ାଇ ଯାଇପାରିବା ? ଆମେ ପ୍ରଗତିଶୀଳ ସମାଜର ମଣିଷ, ସୁମନ୍ତଙ୍କର ମଧ୍ୟ ଅଫିସ୍‌ରେ ଝିଅ ବନ୍ଧୁ କମ୍ ନଥିଲେ, ସେମାନଙ୍କ ମଧ୍ୟରୁ କିଛି ଘନିଷ୍ଠ ମଧ୍ୟ, ମୁଁ ତାଙ୍କ କଥାବାର୍ତ୍ତାରୁ ଲକ୍ଷ୍ୟ କରେ । ତେଣୁ ମୁଁ କାହିଁକି ଏସବୁ କରିପାରିବି ନାହିଁ ନିଜକୁ ପ୍ରଶ୍ନ କଲି ସେଦିନ, କିନ୍ତୁ ସବୁ ସୀମା ଭିତରେ ରହିଲେ ଭଲ ଓ ସୁନ୍ଦର । ସୁମନ୍ତ ତା'ହେଲେ ମୋତେ କାହିଁକି ମନା କରିବେ ବା ଅପସନ୍ଦ କରିବେ ମୋ ବନ୍ଧୁତାକୁ ନେଇ ମୁଁ ନିଜେ ନିଜେ ଯୁକ୍ତି କରୁଥିଲି ନିଜ ସହ ।

ଦିନେ ଜଣାଇଲି ସୁମନ୍ତଙ୍କୁ ତୁଷାର କଥା । ୟା' ଭିତରେ ମୁଁ ଜଣେ ବନ୍ଧୁ ପାଇଛି । ସେ ତୁଷାର ମହାପାତ୍ର, ପ୍ରଥମେ ମୋର ଜଣେ ପ୍ରଶଂସକ କିଛିଦିନ ପରସ୍ପରକୁ ଜାଣିବା ପରେ ସେ ମୋର ଜଣେ ଭଲ ବନ୍ଧୁ ପାଲଟିସାରିଛନ୍ତି । ତା'ପରେ ତୁଷାରଙ୍କ ବିଷୟରେ ଆବଶ୍ୟକ ତଥ୍ୟ ମଧ୍ୟ ସୁମନ୍ତଙ୍କୁ ଜଣାଇଲି, ଏଇ ଯେମିତି ସେ ବିବାହିତ, ତାଙ୍କର ପରିବାରରେ ଝିଅଟିଏ, ସେ ଗୋଟେ ମଲଟିନାସ୍‌ନାଲ କଂପାନିରେ କାମ କରନ୍ତି । ମୀରା ସେଦିନ ସୁମନ୍ତ କହିଲେ ବାଃ... ଆଉ କିଛି ପ୍ରତ୍ୟୁତ୍ତର ନୁହଁ, ବାସ୍ ସେତିକି । ମୁଁ ଚୁପ୍ ରହିଲି ବାହାରକୁ ଚାହିଁ । ମୀରା କହିଲା ତୁମ ସ୍ୱାମୀ ତା'ହେଲେ ଈର୍ଷାନ୍ୱିତ ହୋଇଥିବେ ନା କ'ଣ ବୋଲି ଭାବୁଛ । ମୁଁ ଦୀର୍ଘଶ୍ୱାସ ନେଇ କହିଲି ମୁଁ ଆଜିଯାଏଁ ବୁଝିପାରିନି ସୁମନ୍ତଙ୍କୁ ।

ତୁ ଜାଣିଥିବୁ ମୀରା କିଛି ସଂପର୍କ ଏମିତି ଥାଏ ତାକୁ ଜଜ୍ କରିହୁଏନି ଆଉ ଆମକୁ ଜଜ୍ କରିବାର ସାହସ କି କ୍ଷମତା ନାହିଁ ବୋଲି କୁହାଯାଇଛି। ଏଇ ଯେମିତି ସ୍ୱାମୀ ଯାହା ହେଲେବି ଦେବତା କୁହାଯାଏ ଏଠି। ସେ କେଉଁ କଥାକୁ ଠିକ୍ କୁହନ୍ତି ପୁଣି ସେଇ କଥାକୁ ଭୁଲ୍ କୁହନ୍ତି ଠିକ୍ ଜଣେ ଦେବତା ଭଳି। ବେଳେ ବେଳେ କିଛି ନବୁଝି କୁହନ୍ତି ଇଆଡୁ ସିଆଡୁ, ଏମିତିକି ସେ ଦାୟିତ୍ୱବାନ୍ ନୁହନ୍ତି କି ଡିସିପ୍ଲିନ୍‌ରେ ଚାଲିବା ଲୋକ ସେ ନୁହନ୍ତି। ଯାହା ମନ ହେଲା କୁହନ୍ତି ଓ ଯାହା ମନ ହେଲା କରନ୍ତି। ମୁକ୍ତ ପକ୍ଷୀ ସେ, ନିଜ ସ୍ୱାଧୀନତାରେ ଟିକେ ଚହଲିଗଲେ କଥା ସରିଲା। ଖୁବ୍ ହାଲୁକା ମିଜାଜର ଲୋକ। ଯଦିବା ମୋ ପ୍ରତି ସେ ଅତ୍ୟାଚାର କରନ୍ତି ନାହିଁ ଶାରୀରିକ ଭାବେ କିନ୍ତୁ ତାଙ୍କର ଅନେକ କାର୍ଯ୍ୟକଳାପ ମୋତେ ଅତିଷ୍ଠ କରିପକାଏ। ସେ ଜଣାନ୍ତି ମୁଁ ଅସନ୍ତୁଷ୍ଟ କିନ୍ତୁ ତାଙ୍କୁ ଫରକ ପଡ଼େନି। କି ସୁଧାରିବାକୁ ବି ଚେଷ୍ଟା କରନ୍ତିନି। କେଉଁଠି ନା କେଉଁଠି ସ୍ୱାମୀର ଶ୍ରେଷ୍ଠତ୍ୱ ଦେଖାଇ ନିଜର ହୁକୁମ ଚଳାନ୍ତି।

ସୁମନ୍ତଙ୍କର ସେଦିନ ମୋତେ କିଛି ଉତ୍ତର ନଫେରାଇବାର କାରଣ ମୁଁ ଠିକ୍ ଜାଣେ ସେ ଅନେକ ଝିଅ ବନ୍ଧୁଙ୍କ ସହ ଘନିଷ୍ଠତା ରଖିପାରନ୍ତି, ମୋତେ ରୋକିଲେ ମୁଁ ତାଙ୍କୁ ଆକ୍ଷେପ କରିପାରେ। ଘରେ ସବୁ ଶୃଙ୍ଖଳାରେ ଚାଲିଥାଉ ସେଥିପାଇଁ ସବୁ ସହିଯିବାକୁ ହୁଏ, ମୁଁ ତାଙ୍କୁ ଅସନ୍ତୁଷ୍ଟ କଲା ପରି କିଛି କାମ କରିବିନି ଏକଥା ବାପା ମା' ପ୍ରଥମରୁ ଶିଖାଇଛନ୍ତି, ବରଂ ତେଣିକି ପଛେ ତୁ ନିଜେ କଷ୍ଟ ପା' କିନ୍ତୁ ତାଙ୍କୁ କଷ୍ଟ ଦେବୁନାହିଁ। ମା'ର ଏକଥା ମୋତେ ଏବେବି ଶୁଭେ, ମୀରା ଏଇଠି କହିଲା, "କିନ୍ତୁ ସମାଜରେ ପୁଅର ମା'ମାନେ ବି ଏହି ସମାନ କଥା ପୁଅମାନଙ୍କୁ ଶିଖାଇବା କଥା ହେଲେ ସେମିତି ହୁଏନି କାହିଁକି ଏଠି?" ମୁଁ କହିଲି ନାରୀ ସର୍ବଂସହା କହି ଏଠି ସମସ୍ତେ ନାରୀକୁ ଦୁଃଖ ଲଦିଦେବାକୁ ପଛାନ୍ତିନି। ମୀରା ମୁଁ ତୋତେ ଆଗରୁ କହିଛି ବାପାଙ୍କୁ ମା' ଉପରେ କରିଥିବା ମାନସିକ ଅତ୍ୟାଚାର, ଶାରୀରିକ ଅତ୍ୟାଚାର ନିଜ ଆଖିରେ ପିଲାଦିନୁ ଦେଖିଚି, ତା' ଅବସ୍ଥାକୁ ମୋ ସହ ତୁଳନା କଲେ ମୁଁ ଭାବେ ବେଶ୍ ଭଲରେ ଅଛି। ମୋ ବୈବାହିକ ସ୍ଥିତି ଅନ୍ତତଃ ମା'ଠୁ ଭଲ। କେତେ ଭଲ ତା'ର ମାପକାଠି ତଉଲିବାକୁ ମୋର ସାହସ ନାହିଁ କି ମୁଁ ଝିଅଟିଏ ବୋଲି ଯୋଗ୍ୟ ବି ନୁହଁ। ଯଦିବା ଆମ ଦୁଇଜଣଙ୍କ ଚିନ୍ତାଧାରା, ହବି, ଜୀବନଶୈଳୀ କିଛି ବି ମିଶେନି ତଥାପି ଚଳିଯାଉ ପରିପୂରକ ଭାବେ। ମୁଁ ନାରୀଟିଏ ହୋଇ ଜନ୍ମ

ପାଇବା ପରଠୁ ହିଁ, ମୋ ନିଜ ଜୀବନ ଉପରେ ଅଧିକାର ହରାଇଦେଇଛି, ତେଣୁ ମୋର କିଛି ଅଭିଯୋଗ ନାହିଁ କାହା ପାଖରେ।

ମୀରା, ଆମ ସମାଜରେ ନାରୀଟିଏର ଜୀବନ ତା' ବାପା, ସ୍ୱାମୀ ଓ ଶେଷକୁ ନିଜପୁଅ ହିଁ ନିର୍ଦ୍ଧାରଣ କରିଥାନ୍ତି। ତେଣୁ ଆମର ବୈବାହିକ ଜୀବନରୁ ବହୁତ କିଛି ଆଶା ନଥାଏ, ଯାହା ଯେମିତି ଏ ଜୀବନ ସବୁ ନିରାଶ, ନିଥର, ଆଶାହୀନ, କିଂକର୍ତ୍ତବ୍ୟବିମୂଢ଼ ବୋଲି ବୁଝିଥାଉ କୌଣସିମତେ। ବରଂ ପିଲାଦିନୁ ଆମେ ଏକପ୍ରକାର ମାନି ନେଇଥାଉ ଆମ ନାରୀଙ୍କ ଜୀବନ ବିବାହ ପରେ ହିଁ କଷ୍ଟମୟ ହେବାଟା ସୁନିଶ୍ଚିତ, ତେଣୁ କଷ୍ଟର ଆଉ ମାପକାଠି ଆମେ ଖୋଜୁନି, ଶାଶୂଘରେ ନିଜର ଭବିଷ୍ୟତକୁ ନେଇ ପ୍ରମାଦ ଗଣୁ ପିଲାଦିନରୁ। ଝିଅମାନଙ୍କ କପାଳରେ ହିଁ ଲେଖାଥାଏ ଏହା ସମସ୍ତେ କୁହନ୍ତି, ସମସ୍ତେ ଶିଖାଇଥାନ୍ତି। ଏହିକଥା ଆମ ପୁରୁଣା ପିଢ଼ିରୁ ନୂଆ ପିଢ଼ିକୁ ମଧ୍ୟ ପ୍ରବାହିତ ଏବଂ ଏହା ପଛରେ ନାରୀଟିଏ ହିଁ ପ୍ରକୃତ ଖଳନାୟିକା ସାଜି ଅନ୍ୟ ନାରୀଟିଏର ଦୁର୍ଦ୍ଦଶା କରିବାକୁ ଆଗେଇଯାଏ। ଏହାକୁ ଆମେ ଏଠି ସଂସ୍କାର କହୁ। ମା'ଟିଏ ହିଁ ଏହାର ମୂଳଭିତ୍ତି ସୃଷ୍ଟି କରିଥାଏ। ଯଦି ନାରୀଟିଏ ସଂସ୍କାରୀ କହି ନିଜକୁ ସେ ପୁରୁଣା ରୀତିନୀତି, ଅନ୍ଧବିଶ୍ୱାସକୁ ତା'ର ନୂଆ ପିଢ଼ିକୁ ଦେବାକୁ ଗର୍ବ କରେ, ନୂତନତାକୁ ଗ୍ରହଣ କରେନି ତା'ହେଲେ କ'ଣ କରାଯାଇପାରେ ? ହେଉ ପଛେ ସେଥିରେ ତା'ର କ୍ଷତି କିନ୍ତୁ ଚିନ୍ତାଧାରା ବଦଳିବାଟା ଏଠି ନୂଆ ପିଢ଼ି ପାଖରେ ଭୁଲ୍ ବୋଲି ମାନି ନିଆଯାଇଛି। ଏଇମିତି ଅନେକ ମିଛ ଆଦର୍ଶକୁ କେନ୍ଦ୍ର କରି ଆମେ ନାରୀଜାତି ଏଠି ନିଜର ଶ୍ରେଷ୍ଠତ୍ୱ, ବିଶାଳତା ପ୍ରମାଣ କରିବାରେ ବ୍ୟସ୍ତ, ସେମିତି ସେମିତି ଜୀବନଟେ କାଟିଦେଉ। ମୁଁ ବି ସେଇ ଦୌଡ଼ରେ ସାମିଲ ନହଲେ ଏଠି ବଞ୍ଚିବି କେମିତି ? ଏ ଡର ସମାଜକୁ ଆମର ପିଲାଦିନୁ। ମୀରା ମୋ କଥା ଶୁଣିସାରିଲା ପରେ କହିଲା, "ଭଲ ହେଇଚି ମୁଁ ତୁମ ପରି ନାରୀ ନୁହଁ, ଅନ୍ତତଃ ମୋ ଜୀବନର କଷ୍ଟ ତୁମମାନଙ୍କ ପରି ନୁହଁ। ନିଜକୁ ଯେମିତି ତୁମେମାନେ ବାନ୍ଧିପକେଇଚ କୋଉଠି, ସବୁଠି ଅନ୍ୟକୁ ଖୁସି କରିବାରେ ବ୍ୟସ୍ତ, ଅନ୍ୟ ପାଇଁ ବଞ୍ଚିବାରେ ବ୍ୟସ୍ତ। ନିଜ ପାଇଁ ବଞ୍ଚିବ କେତେବେଳେ ତୁମେ। ଏ ଜୀବନ ତ ତୁମର, ଏ ଶରୀର ତୁମର, ମନ ତୁମର, ମସ୍ତିଷ୍କ ତୁମର, କିନ୍ତୁ ତୁମର ନିଜ ଉପରେ କିଛି ଅଧିକାର ନାହିଁ।" ଓ ମାଇଁ ଗଡ୍ ମୀରା କହିଲା। ମୁଁ କହିଲି ଶୁଣ କାହାଣୀ ଏତିକିରେ ସରିନି।

ତୃତୀୟ ଅଧ୍ୟାୟ

ଫୋନ୍ ହାତରୁ ଖସାଇ ନେଇ
ମୁହୂର୍ତ୍ତେ ମୋ ହୃଦୟ ସ୍ପନ୍ଦନକୁ
ଅନୁଭବ କରିବାକୁ ଇଚ୍ଛା ହେଲା ।
ସତରେ କ'ଣ ମୋତେ ସେ ଏତେ ଭଲ ଲାଗନ୍ତି,
ସେ ପୁଣି କାହିଁକି, ମୋ ଜୀବନର ଏଇ ସମୟରେ ।
ଏମିତି କଥା ମୁଁ ଆଉ କାହାଠୁ କେବେ ଶୁଣିନି ।

ଗୋଟିଏ ରାତିର କାହାଣୀ

ସେଦିନ କହିଥିଲି ନା ମୀରା ମୁଁ ଅଫିସ୍ କାମରେ ଯାଇଥିଲି ଆଉଟ୍‌ଷ୍ଟେସନ୍। ହାଇଦ୍ରାବାଦରେ କାମ, ବୁଲିବାର ନିଶା ମୋ ଆଗରୁ ଥିଲା। ମୁଁ ବୁଲାବୁଲି କରିବାକୁ ଭଲପାଏ କିନ୍ତୁ ସମୟ ଅଭାବରୁ ସେଥିରୁ ବଞ୍ଚିତ। ତା'ପରେ ସ୍ୱାମୀଙ୍କ ସେମିତି ଇଚ୍ଛାନାହିଁ। ଏମିତି ଅଫିସ୍ କାମରେ ମୁଁ ଯାଏ କିନ୍ତୁ ସେଦିନ କିଛି ନୂଆ ଘଟିଥିଲା ମୋ ସହ। ଦିନସାରା ମିଟିଂ ରହିଲା ପରେ ରୁମ୍‌କୁ ଆସିଲି କଥା ହେବାକୁ ଇଚ୍ଛା ହେଉଥିଲା ସୁମନ୍ତ ସହ, ସେ ସେମିତି ମୋତେ ଦରକାର ନଥିଲେ କଲ୍ କରନ୍ତିନି। ମୁଁ ସ୍ତ୍ରୀର ଦାୟିତ୍ୱ ଭାବି ନିଜଆଡୁ କଲ୍ କରେ। ସୁମନ୍ତ ସେମିତି ବୋଲି ମୁଁ ସ୍ୱୀକାର କରିସାରିଛି ତେଣୁ କୌଣସି ମୋର ଅଭିଯୋଗ ନାହିଁ, ଅଭିଯୋଗ ଥିଲେ ବି କ'ଣ କରିପାରିବି ? ଅନେକ ସମୟରେ ଫୋନ୍ ଦେଖି ଏକା ବସିଲି ଖୋଲା ଆକାଶକୁ ଚାହିଁ। ମନରେ ଖୁସି ଥାଏ ଅନ୍ତତଃ ଅନେକ ଦିନପରେ ମୋତେ ଟିକେ ଏକା ସମୟ ବିତେଇବାକୁ ମିଳିଛି।

ସେଦିନ ମୋ ସୋସିଆଲ୍ ମିଡିଆ ପେଜ୍‌ରେ ନୂଆ କିଛି ଆର୍ଟ ଅପ୍‌ଲୋଡ୍ କରିଥାଏ। ମୁଁ ଅପ୍‌ଲୋଡ୍ ପରେ ତୁଷାରଙ୍କ ମେସେଜ୍ ଆସିଲା। ଅନେକ ଦିନ ଯାଏଁ ତୁମ ସହ କଥା ହେଇନି। ତୁମ ପୁରୁଣା ମେସେଜ୍‌ର ମୁଁ ରିପ୍ଲାଏ କରିପାରିନି। ଟିକେ ବ୍ୟସ୍ତ ଥିଲି। ସ୍ୱାଭାବିକ ମୁଁ କହିଲି କିଛି କଥା ନାଇଁ। ଆମେ ସମସ୍ତେ ବ୍ୟସ୍ତ ନିଜ ନିଜ ଜୀବନରେ। ମୋର ତୁଷାରଙ୍କ ପ୍ରତି ଥିବା ସମ୍ମାନ ହିଁ ସୌଜନ୍ୟତା ରକ୍ଷାକରିବାକୁ ବାଧ୍ୟ କରେ ତାଙ୍କ ସହ କଥାବାର୍ତ୍ତା ବେଳେ। ତୁଷାର ପଚାରିଲେ ଆଜି ଫ୍ରି ଅଛ ? ଟିକେ କଥାହେବି ଭାବୁଥିଲି। ସମୟ ମିଳିପାରିବ ? ତୁଷାର ମୋ ପାଇଁ ନୂଆ ବନ୍ଧୁ ନଥିଲେ କିନ୍ତୁ ଆଗରୁ ଯେବେ

କଥାବାର୍ତ୍ତା କେବଳ ଆର୍ଟ ଆଉ କାମ ନେଇ। ତେଣୁ ଆମ ଭିତରେ ଅନେକ କଥା ଏବେ ବି ଗୋପନୀୟ। ତୁଷାର ପୁଣି ପଚାରିଲେ ମୋ ନୀରବତା ଦେଖି, ତୁମେ ମନା କଲେ ବି ମୁଁ ସେମିତି ତୁମ ଫ୍ୟାନ୍ ହୋଇ ରହିବି, ମଜା କରିବା ଭଳି ଇମୋଜି ସହ ପଠେଇଲେ ମେସେଜ୍।

ମୁଁ ସେଦିନ ତୁଷାରଙ୍କୁ ଆଡ଼େଇଯିବାର କୌଣସି କାରଣ ନଥିଲା। ତୁଷାରଙ୍କ ବିଷୟରେ ମୁଁ ପ୍ରକୃତରେ ଅଧିକ ଜାଣିବାକୁ ଚାହେଁ ଏକଥା ନିଜେ ନିଜେ ସ୍ୱୀକାର କଲି। ମୁଁ ତୁଷାରଙ୍କୁ ମେସେଜ୍ କଲି ଯଦି ସମୟ ଅଛି ତା'ହେଲେ କଲ୍ କରିପାରିବେ? ତୁଷାରଙ୍କଠୁ ମୁଁ ସଂଗେ ସଂଗେ କଲ୍ ପାଇଲି। ସୌଜନ୍ୟମୂଳକ ଭାବେ ପଚାରିଲି ଆଉ କ'ଣ ଚାଲିଛି ? ତୁଷାର ସିଧା କହିଲେ ମୁଁ ଅନେକ ଦିନରୁ ଭାବୁଛି ତୁମକୁ କହିବି କିନ୍ତୁ କହିପାରୁନି। ମୁଁ ଟିକେ ସ୍ତବ୍ଧ ରହିଲି। ପଚାରିଲି ଭୟ ସତ୍ତ୍ୱେ କ'ଣ କହିବାକୁ ଚାହୁଁଛନ୍ତି କୁହନ୍ତୁ? ତୁଷାର ସେଇଠୁ ଆରମ୍ଭ କଲେ ମୁଁ ତୁମକୁ ଦେଖିଲାଦିନଠୁ ଲାଗେ କେହି ଜଣେ ଖୁବ୍ ନିଜର, ମୁଁ ଯେଉଁକଥା ତୁମକୁ କହିବାକୁ ଯାଉଛି ସେ ମୋ ଜୀବନର ଗୋଟେ ନିଭୃତ କୋଣର କଥା। ଆଶା ତୁମେ ମୋତେ ଏକଥା ଶୁଣିଲା ପରେ ହତାଶ କରିବ ନାହିଁ। ମୁଁ ଠିକ୍ ଭଲ ବନ୍ଧୁଟିଏ ପରି କହିଲି ମନରେ ଦ୍ୱନ୍ଦ୍ୱ ନରଖି କୁହନ୍ତୁ। ମୁଁ ଏମିତି ବି ତାଙ୍କ ବ୍ୟକ୍ତିତ୍ୱ ପାଖରେ ମୁଣ୍ଡ ନୁଆଁଇଥିଲି ଆଗରୁ।

ଖୁବ୍ ଭଦ୍ର ମଣିଷ ଜଣେ ଯେବେ ଏମିତି ଆତ୍ମୀୟତା ଚାହେଁ ମୁଁ କେମିତି ଆଡ଼େଇପାରିଥାନ୍ତି କହିଲୁ। ମୁଁ ପିଲାଦିନୁ ଅନ୍ୟର ଦୁଃଖକଷ୍ଟ ଦେଖିଲେ କାନ୍ଦିପକାଏ। ସିନେମା ସିନ୍ ଦେଖିଲେ ଆଜି ବି କାନ୍ଦିକାନ୍ଦି ଗଡ଼ିଯାଇପାରେ। ସେଇ ମୁହୂର୍ତ୍ତରେ ଲାଗିଲା ତୁଷାରଙ୍କ ଏଇ ନିଜରପଣ ମୋ ପାଇଁ ଏକ ମହାର୍ଘ ଅନୁଭବ। ମୁଁ କଥା ଆଗକୁ ବଢ଼ାଇବାକୁ ଯାଇ କହିଲି ମୁଁ ଚାରିଦିନ ପାଇଁ ହାଇଦ୍ରାବାଦ ଆସିଛି ଅଫିସ୍ କାମରେ। ଏମିତି ବି ବୋର୍ ହେଉଛି, ତୁମେ ମୋର ସବୁ ସମୟ ନେଇପାରିବ, କିଛି ଭାବିବାର ନାହିଁ। ଯାହା କହିବା କଥା କୁହନ୍ତୁ, ତୁଷାରଙ୍କୁ ଟିକେ ସହଜ ହେବା ପାଇଁ ଏମିତି କହିଲି। ତୁଷାର ଜଣେ ସଚେତନ ମଣିଷ ପରି ପଚାରିଲେ ମୋ ସହ ବନ୍ଧୁତା ଯୋଗୁଁ ତୁମ ପରିବାରରେ କିଛି ଅସୁବିଧା ନାହିଁ ତ? ବେଳେବେଳେ ସେଇଆ ଭାବି ମୁଁ ନୀରବ ରୁହେ। ମାନେ ତୁମ ସ୍ୱାମୀଙ୍କ କଥା କହୁଥିଲି... ମୋର କିଛି କହିବାକୁ ଇଚ୍ଛା ହେଲା

ନାହିଁ ସେଦିନ... କାରଣ ମୋଟାମୋଟି ଏ ପ୍ରଶ୍ନର ଉତ୍ତର ମୁଁ ନିଜେ ଜାଣି ନଥିଲି। କ'ଣ କହିଥାନ୍ତି ଯେ... କହିବାକୁ ଇଚ୍ଛା ହେଲା ଆମେ ପ୍ରଗତିଶୀଳ ସମାଜର ମଣିଷ, ପୁରୁଣା ଚିନ୍ତାଧାରାରୁ ଊର୍ଦ୍ଧ୍ୱରେ... ମୁଁ ତା' ନିଜେ ବି ଜାଣିନି କ'ଣ କହିବା ଠିକ୍ ହେବ ଏ ସମୟରେ, ସତ ନା ମିଛ। କିନ୍ତୁ ତୁଷାରଙ୍କୁ ଅଟକାଇବାକୁ, ଆମ ବନ୍ଧୁତା ଭାଙ୍ଗିଯାଉ ଏମିତି ଭାବି ମୋର କିଛି ପରିଷ୍କାର କହିବାକୁ ଇଚ୍ଛାହେଲା ନାହିଁ। କେବଳ କହିଲି ଏମିତି କାହା ସହ ଫୋନ୍‌ରେ କଥା ହେଇଗଲେ, ବନ୍ଧୁତା ରଖିଲେ କାହା ସହ ଯଦି ଦୁଃଖସୁଖ ବାଣ୍ଟିପାରିଲେ ଅସୁବିଧା କ'ଣ ? ଆପଣ ତ ବେଶ୍ ଭଲ ମଣିଷ ପରି ଅନୁଭବ ହୁଏ। ମୋର ବିଶ୍ୱାସ ଏହା କାହା ପାଇଁ ବ୍ୟଥିତ ହେବାର କାରଣ ନ ହୋଇପାରେ। ମୋର ଉତ୍ତର ତାଙ୍କୁ କେବଳ ଟିକେ ସହଜ କରିଦେବା ହିଁ ଲକ୍ଷ୍ୟ ଥିଲା। ସେ ବି ବେଶ୍ ସହଜ ହେଲା ଭଳି କହିଲେ ଠିକ୍ ଅଛି, ନିଜ କଥା ଆରମ୍ଭ କଲେ। କେମିତି କଟେ ବାଙ୍ଗଲୋରରେ ତାଙ୍କ ଜୀବନ, ଅଫିସ୍‌ର କେମିତି ଝାମେଲା କାମ। ଆମେ ପରସ୍ପର ପାଖରେ ସହଜ ହେବା ଆମକୁ ଭଲ ଲାଗୁଥିଲା। ଆମେ ଖୁସି ହେଲୁ ଉଭୟ କିଛି ନିଜ ଜୀବନକଥା ବାଣ୍ଟିପାରିବା ଦ୍ୱାରା। ତୁଷାରଙ୍କ ସହ ସହଜ ହେବା ଆମ ଦୁହିଁଙ୍କୁ ଭଲ ଲାଗୁଥିଲା। ତା' ପଛର କାରଣ ଥିଲା ଆମେ ଉଭୟ ଉଭୟଙ୍କୁ ସମ୍ମାନ କରିଥିଲୁ ଓ ଉଭୟ ଉଭୟଙ୍କ ବ୍ୟକ୍ତିତ୍ୱ ପ୍ରତି ଆକୃଷ୍ଟ ହେଇଚୁ।

ସେ ଚାଟ୍‌ରେ ଲେଖୁଥିଲେ ମୁଁ ତୁମ ପରି ବନ୍ଧୁଟିଏ ପାଇଁ ଗର୍ବିତ, ମୋର ବି ସେତେବେଳକୁ ଛାତି ଖୁସିରେ ଫୁଲିଉଠୁଥିଲା। ସେ କହୁଥିଲେ ମୁଁ ଅନେକ କଥା ତୁମକୁ କହିପାରିବି ଭାବୁଛି, ମୁଁ ବି ଭାବୁଥିଲି ମୋର ତୁଷାରଙ୍କୁ କିଛି ଲୁଚେଇବାର ନାହିଁ। ଖୁବ୍ ନିର୍ଦ୍ୱନ୍ଦ୍ୱରେ ଆମେ ପରସ୍ପରକୁ ଖୋଜି ପାରିବୁ ବୋଲି ଆଶା ରଖିଲୁ। ସେଦିନ ମନେହେଲା ଆଉ କିଛି ଦରକାର ନାହିଁ, ଏତିକି ହିଁ ଯଥେଷ୍ଟ, ଜଣେ ସୁନ୍ଦର ମଣିଷର ବନ୍ଧୁତ୍ୱ। କିନ୍ତୁ ଏ ବନ୍ଧୁତା ମୋର ନିତାନ୍ତ ଆବଶ୍ୟକ କି ନା, ସେକଥା ଭାବିନଥିଲି। କହିବାକୁ ଗଲେ ମୁଁ କାହା ସହ ନିଜକୁ ଖୋଲିବାର ସୁଯୋଗ ପାଇନି, ସବୁଠି କିଛି ନା କିଛି ସୀମାବଦ୍ଧତା। ସବୁଠି ମାପଚୁପରେ କଥାବାର୍ତ୍ତା। ଘରେ ବାହାରେ ସବୁଠି, ଅନ୍ତତଃ କେହି ଜଣେ ଥାଉ ଜୀବନେ ଯାହା ପାଖରେ ମନଖୋଲି ଗପିହେବ। ସେଇଥିପାଇଁ କ'ଣ ବନ୍ଧୁଟିଏ ଲୋଡ଼ା ନୁହଁ କି ? କିନ୍ତୁ ମୋ ପାଖରେ ଗୋଟିଏ ଦ୍ୱିଧା

ବଢୁଥାଏ ମୋ ସ୍ୱାମୀଙ୍କ ଏ ବନ୍ଧୁତା ନେଇ ମାନସିକତା କ'ଣ ଅଛି। ଅବଶ୍ୟ ତୁଷାର ପାଖରେ କ'ଣ ଭାବନା ଥିଲା ମୋତେ ସେଦିନ ଅଜଣା। କିନ୍ତୁ ଜଣେ ବିବାହିତ ପୁରୁଷ ସହ ବନ୍ଧୁତାକୁ ଅଭଦ୍ରାମି ବୋଲି ତ କୁହାଯିବନି ? ନିଜକୁ ଏହା ବୁଝାଇ ସାନ୍ତ୍ୱନା ଦେଇଥିଲି। ମୁଁ ବି ଜଣେ ପରିପକ୍ୱ ନାରୀ। ଜୀବନରେ ସ୍ଥିରତା ଆସିଗଲାଣି, ଆଉ ତ କଲେଜ ଜୀବନ ମୁଁ ଜୀଉଁନି। ସେ ବୟସରେ କିଛି ଘଟଣା ଦୁର୍ଘଟଣା ଘଟିପାରିଲାନି ଯଦି ତା'ହେଲେ ଏ ବୟସରେ ଏତେ ଡର କାହିଁକି ? ଜଣେ ସୁନ୍ଦର ବ୍ୟକ୍ତିତ୍ୱଙ୍କୁ ଦେଖିଲେ ସମସ୍ତେ ପ୍ରଭାବିତ ହୁଅନ୍ତି, ସେ ଆକର୍ଷଣକୁ 'ପ୍ରେମ'ର ନାଁ ଦିଆଯାଇ ନପାରେ। ତୁଷାର ଯଦି ମୋ ପାଖରେ ବିନା କୌଣସି ପରିଚୟରେ ମୋ ପାଖରେ ଠିଆହୋଇ ରୁହନ୍ତି, ତା'ହେଲେ ମୁଁ ନିଶ୍ଚିତ ଗର୍ବ କରିବି। ଏଇ ଭାବନା ସେଦିନ ମୋ ପାଖରେ ଜନ୍ମିଥିଲା।

ସେ ଯାହାବି ହେଉ ଆମେ ଖୁବ୍ ସହଜରେ କଥା ହେଇପାରିବୁ ବୋଲି ଏଥର ଆଶା ରଖିଲି। ସେ କ'ଣ ଭାବୁଥିଲେ ମୋତେ ତାହା ଅଜଣା। ଜଣେ ଭଲ ମଣିଷ ପ୍ରତି ଆକର୍ଷିତ ହୋଇଯିବା କି ବନ୍ଧୁତା ରଖିଲେ ପାପ ବି ନୁହଁ ଏକଥା ବି ନିଜକୁ ବୁଝେଇଲି। ନିଜ ସହ ଏଇ ଯୁକ୍ତିତର୍କ ଭିତରେ ମୁଁ ତୁଷାରଙ୍କଠୁ ଆଉ ଗୋଟିଏ ମେସେଜ୍ ପାଇଲି। ସେ ଲେଖିଥିଲେ ମୁଁ ଖୁବ୍ ହାଲୁକା ଅନୁଭବ କରୁଛି ତୁମ ପାଖରେ। ଧାରେ ପବନର ଶିହରଣ ପରି ତୁମ କଥା ମୋତେ ଛୁଇଁଯାଏ। ଖୁବ୍ ଗର୍ବ କରେ ତୁମକୁ ବନ୍ଧୁ ରୂପରେ ପାଇ। ମନେ ମନେ ଭାବୁଥିଲି ସୁନ୍ଦର ଚିତ୍ରକରର ହୃଦୟ ସତରେ କ'ଣ କଥାକାର ଗଳ୍ପ କହିଲା ପରି କଥା କହିପାରେ। ମୁଁ ବେଶୀ ଟିକେ ତୁଷାରଙ୍କୁ ଜାଣୁଥିଲି ସମୟ ସହ। ମୋତେ ସେ ବେଳକୁ ବେଳ ଅଧିକ ବିସ୍ମିତ କରିବାକୁ ଲାଗିଥିଲେ। ଜଣେ କଳାରୁ ଆକୃଷ୍ଟ ହୋଇ ବନ୍ଧୁତ୍ୱ, ତା'ପରେ ପୁଣି ମୋତେ ତା' କଥାରେ ଛନ୍ଦିପକାଇବା ଭଳି ମୋହରେ ପକାଇପାରେ, ମୋତେ ସବୁ ନୂଆ ନୂଆ ଲାଗୁଥିଲା। ମୁଁ ସେଦିନ କେବଳ ଧନ୍ୟବାଦ ଲେଖି ଦୁଇ ଚାରିଟା ଇମୋଜୀ ଦେଇଦେଲି। ଫୋନ୍ ହାତରୁ ଖସାଇ ନେଇ ମୁହୂର୍ତ୍ତେ ମୋ ହୃଦୟ ସ୍ପନ୍ଦନକୁ ଅନୁଭବ କରିବାକୁ ଇଚ୍ଛା ହେଲା। ସତରେ କ'ଣ ମୋତେ ସେ ଏତେ ଭଲ ଲାଗନ୍ତି, ସେ ପୁଣି କାହିଁକି, ମୋ ଜୀବନର ଏଇ ସମୟରେ। ଏମିତି କଥା ତ ମୁଁ ଆଉ କାହାଠୁ କେବେ ଶୁଣିନି। ଏସବୁ କଥା ଏତେ ବିଭୋର ମୋତେ କାହିଁକି କରୁଛି ? ମୁଁ ଯେ

ବିବାହିତା, ଏସବୁ କରି ମୁଁ ନିଜକୁ ଡିଷ୍ଟର୍ବ କରୁନି ତ ? କ'ଣ ଭାବୁଥିବେ ଯେ ତୁଷାର ଏଇଆ ନା ତାଙ୍କ ସହ ମୁଁ ବି ସଂପର୍କ ରଖିବାକୁ ବେଶ୍ ଆଗ୍ରହୀ, ନହେଲେ କାହିଁକି ଏତେ ଚଟାପଟ ଉତ୍ତର ଲେଖୁଥାନ୍ତା । ଅବଶ୍ୟ କଥାଟା ଆଂଶିକ ସତ । ମୁଁ ନିଜକୁ ନିଜେ କିପରି ମିଛ କହିପାରିବି ? ଏସବୁ କଥା କହିବା ଆଗରୁ ମୋ ଜୀବନର ଆଉ ଗୋଟେ କାହାଣୀ ମୁଁ ତୋତେ କହିବାକୁ ଚାହେଁ ।

ସୁମନ୍ତ ସହ ବିଶ୍ୱାସ ଭାଙ୍ଗିବାର ଘଟଣା

ଏସବୁ ଭିତରେ ଆଉ ଗୋଟିଏ କାହାଣୀ ମୋ ଜୀବନରେ ଘଟିଥିଲା ମୋ ଅଜ୍ଞାତରେ । କିଛିଦିନ ତଳେ ସୁମନ୍ତଙ୍କ ସହ ମୋର ଖୁବ୍ ଯୁକ୍ତିତର୍କ ହୋଇଥାଏ । ସୁମନ୍ତ ମୋତେ ଅନେକ କଥା ଲୁଚେଇବା ତାଙ୍କ ପୁରୁଣା ଅଭ୍ୟାସ । ସେ ଅନେକ କଥା ନପଚାରି କରିଯାନ୍ତି । ଆଉ ଯାହା ମୋ ବିନା କରିବା ଅସମ୍ଭବ ତା' ପାଇଁ ଖୁବ୍ ଚାଲାକିରେ କରିନିଅନ୍ତି । ସୁମନ୍ତ ମୋତେ ଲୁଚେଇଥିବା କିଛି ମେଲ୍‌କୁ ନେଇ ସେଦିନ ଆମର କଳହ ହୋଇଥିଲା । ସେ ସେହି ମେଲ୍‌ଗୁଡ଼ିକ ତାଙ୍କର ଜଣେ ବାନ୍ଧବୀଙ୍କୁ ଲେଖିଥିଲେ । ସେଗୁଡ଼ିକ ମୋ ହାତରେ ଧରାପଡ଼ିଲା ପରେ ମୁଁ ପଢ଼ିନେଇଥିଲି । ସେ କୌଣସି ଭାବପ୍ରବଣ ମୁହୂର୍ତ୍ତରେ ସେସବୁ ଲେଖିଥିଲେ, ଯାହା ସୂଚାଉଥିଲା ସେମାନଙ୍କ ସଂପର୍କ କେବଳ ବନ୍ଧୁତ୍ୱରେ ସୀମିତ ନାହିଁ । ମୁଁ ସେଥିପାଇଁ ଯେତିକି ରାଗି ନଥିଲି ତାଙ୍କୁ ନିଜକୁ ହୀନ ମନେ କରିଥିଲି, ମୋତେ ସେଦିନ ବି ସୁମନ୍ତ ଖୁବ୍ ଜୋର୍‌ରେ କହିଥିଲେ ତୁମେ ମୋତେ ଓ ତାଙ୍କ ବନ୍ଧୁଙ୍କୁ ସନ୍ଦେହ କରିପାରୁନ, ସେଥିପାଇଁ ଏମିତି ପ୍ରତିକ୍ରିୟା ଦେଖଉଚ । ମୁଁ ସେଦିନ ଅନେକ ସନ୍ଦେହ କରି ତାଙ୍କୁ ପ୍ରଶ୍ନ କରିଥିଲି । କହିବାକୁ ଗଲେ ମୋର ବିଶ୍ୱାସ ଭାଙ୍ଗିବାର ସେଇଟା ପ୍ରଥମ ଘଟଣା ନଥିଲା ବରଂ ଅନେକ ସମୟରେ ମୁଁ ଏଭଳି ପରିସ୍ଥିତି ଦେଇ ଗତି କରିଛି । ସେଦିନ ସୁମନ୍ତ ସେ ଚିଠି ଲେଖିବାର କାରଣ ପଚାରିବାରୁ ଠିକ୍ ଠିକ୍ ଜବାବ ଦେଇପାରିନଥିଲେ । ମୋଟାମୋଟି ମୁଁ ତାଙ୍କର ଏମିତି ଉତ୍ତରରେ ଖୁସି ନଥିଲି, ଯାହା କୌଣସି ସଠିକ୍ କାରଣ ଦେଖେଇପାରିବାକୁ ବିଫଳ ଥିଲା । ଏଇକଥା ମୋର ମନେପଡ଼ିଲେ ମୋର ଇଚ୍ଛା ହୁଏ ସୁମନ୍ତଙ୍କୁ କିଛି ଜଣାଇବା ଉଚିତ ନୁହଁ,

ଏମିତିକି ତୁଷାରଙ୍କ କଥା ବି? ତାଙ୍କ ସହ ମୋର କୌଣସି ମାନସିକ ଭାବପ୍ରବଣତା ନରହିବା ଉଚିତ।

ଏସବୁ କଥା ମୋ ଭିତରେ ବସା ବାନ୍ଧିଥାଏ। ମୋର ତାଙ୍କ ପ୍ରତି ଅନୁଗତ୍ୟତା କମିସାରିଥିଲା ବୋଲି ମୀରା ବୁଝିପାରୁଥିଲା। ମୀରା ଏ କଥା ଶୁଣି କହିଲା ତୁ ତା'ହେଲେ ତୁଷାର ସହ ବନ୍ଧୁତା କରି ରିଭେଞ୍ଜ ନେବୁ ବୋଲି ଭାବୁଥିଲୁ ନା କ'ଣ। ଠିକ୍ ସେଇଆ ନୁହଁ, କିନ୍ତୁ ସୁମନ୍ତଙ୍କୁ ନେଇ ମୋର ସୁରକ୍ଷିତ ଭାବଟି ମରିସାରିଥିଲା, ଆଗରୁ ବି ଆମ ସଂପର୍କ ଉତ୍ସାହଜନକ ନଥିଲା। କେମିତି ଗୋଟେ ଆଗ୍ରହହୀନତା ଆମ ଭିତରେ ବଢୁଥିଲା। ମୋର ଏ ଅସହାୟପଣ ବଢୁଥିଲା ଦିନକୁ ଦିନ ଅସହ୍ୟ ଭାବେ। କିନ୍ତୁ ମୁଁ ଜାଣିଚି ସୁମନ୍ତଙ୍କୁ ନା ବଦଳାଇ ପାରିବି ନା କିଛି ତାଙ୍କର କ୍ଷତି କରିପାରିବି। ସେ ତାଙ୍କ ନିଜ ଇଚ୍ଛାର ମାଲିକ। ସେ ପୁରୁଷ। ଅଖଣ୍ଡ ସ୍ୱାଧୀନତା ତାଙ୍କର। ସେ ଯାହା ଇଚ୍ଛା କରିପାରିବେ। ମୋର କଷ୍ଟ ପାଇବାରେ ତାଙ୍କର କିଛି ଫରକ ପଡ଼େନି। ସେ ବି ତ ମୋ ପ୍ରତି ସଂପୂର୍ଣ୍ଣ ସମର୍ପିତ ନୁହନ୍ତି। ତା'ହେଲେ ତାଙ୍କର ବି ମୋଠୁ ଆଶା କରିବା ଅନୁଚିତ। ଏସବୁ କଥା କେବଳ ଏଇଥିପାଇଁ ଏ ଜୀବନରେ ଗତିପଥ ସୁରୁଖୁରୁରେ ଚାଲିଥାଉ। କିଛି ଟେନ୍‌ସନ୍ ନହେଉ କାହାକୁ। ଟିକେ ସହିଗଲେ ଚାଲିଯାଉଛି ଯଦି ଚାଲିଯାଉ। କିନ୍ତୁ ପ୍ରକୃତରେ ଏମିତି ଗୋଟିଏ ଝୁଲୁଥିବା ନାମମାତ୍ର ସଂପର୍କକୁ ଆମେ କେତେ ଆଦରିପାରୁ ମନରୁ। ଏକଥା କାହାକୁ କହି ହୁଏନା ମୀରା ଏଠି। ଏକଥା ଏଠି କହିରଖେ ଏକଥା କହିଲେ ତୁ ନିଜେ ନିଜକୁ ମାରିଦେବା ଭଲ। ସ୍ତ୍ରୀଟିଏ ସ୍ୱାମୀ ପାଖରୁ କି ଅନୁଭବ ପାଏ ସେ ଅନୁଭବ କେବଳ ତା' ନିଜର। ତା'ର କୌଣସି ଯୁକ୍ତିସଂଗତ ବିଚାର କରାଯାଇ ନପାରେ। ଦୁଇଜଣଙ୍କ ସମସ୍ୟା ଏମିତି ବ୍ୟକ୍ତିଗତ ଯେ ତାହା କେବଳ ସେମାନେ ହିଁ ଜାଣିଥାନ୍ତି। ଏଠି କୌଣସି ସ୍ତ୍ରୀ ସ୍ୱାମୀ ପାଖରେ ସଂପୂର୍ଣ୍ଣ ମୁକ୍ତ କି ସ୍ୱାମୀଟିଏ ସ୍ତ୍ରୀ ପାଖରେ ମୁକ୍ତ ସେକଥା ଜଟିଳ ପ୍ରଶ୍ନ। ସଂପୂର୍ଣ୍ଣ ମୁକ୍ତ ବୋଲି ଅନୁଭବ ବୋଧେ କାହାର କାହା ପାଖରେ ନଥାଏ। ଗୋଟିଏ କେବଳ ବିବାହର ବୁଝାମଣା ନେଇ ସଂପର୍କକୁ କେତେବାଟ ଟାଣିହୁଏ। ମନ ବଦଳିଯିବାଟା କୌଣସି ଆଶ୍ଚର୍ଯ୍ୟଜନକ ଘଟଣା ନହୋଇପାରେ ଦୁଇଜଣଙ୍କ ମଧ୍ୟରେ। ତା'ହେଲେ ତୁ କହ ମୀରା, ଆମ ଦୁଇଜଣଙ୍କ ବୈବାହିକ ସଂପର୍କ ଏଠି କେବଳ ନାମମାତ୍ର

ନୁହେଁ କି ? ତଥାପି ଏ ସଂପର୍କକୁ ସମ୍ମାନ ଦେଇ ଆମେ ଜୀବନ ଜିଇଁଚାଲୁ ସମାଜ ଡରରେ ।

ତୁଷାର ସହ କଥୋପକଥନ

ସେଦିନ ତୁଷାର ପୁଣି ମେସେଜ୍ କଲେ ସକାଳୁ ସକାଳୁ । ଆଜି କେତେବେଳେ ତୁମ ୱାର୍କସପ୍ । ମୁଁ କେବଳ ସୁପ୍ରଭାତ କହି ବିଦାୟ ନେଲି । ମୋତେ ଏମିତି ବେଳେ ବେଳେ ସୁମନ୍ତ କଥା ଭାବି ବ୍ୟସ୍ତ ଲାଗେ । ଭାବେ ଆଉ କାହା ସହ କଥା ହେବିନି । ଦିନସାରା ସେଦିନ ତୁଷାରଙ୍କ କଥା ମନେପଡ଼ିଲା । ଆହା ସକାଳୁ ସକାଳୁ ମନେପକାଇଲେ ଆଉ ମୁଁ କିଛି ଉତ୍ତର ବି ଦେଲିନି । ସନ୍ଧ୍ୟା ସମୟକୁ ଅପେକ୍ଷା କଲି । ସନ୍ଧ୍ୟାରେ ମିଟିଂ ପରେ ଠିକ୍ ତାଙ୍କ ମେସେଜ୍ ପଢ଼ି ସ୍ୱାଭାବିକ ଢଙ୍ଗରେ ଲେଖିଲି, ନା ସକାଳୁ ସମୟ ନଥିଲା । ଆଉ କେମିତି ଅଛନ୍ତି ? ମୁଁ ଆଉ କିଛି ଲେଖିବା ଆଗରୁ ସେ ପଚାରିଲେ ଆଉ ଯଦି ଫ୍ରି ଅଛ ତା'ହେଲେ ଫୋନ୍ କରିପାରିବି ? ଆମେ ପରସ୍ପରକୁ ସାମାନ୍ୟ ଜାଣିଥିବା କି ଅଜଣା ଲୋକ ଭଳି ବ୍ୟବହାର କରିବାର କୌଣସି କାରଣ ନଥିଲା । ମୁଁ ଅନେକ ମାନସମନ୍ଥନ ପରେ ଲେଖିଲି ମୁଁ ଏମିତି ହଠାତ୍ ମନେପଡ଼ିଲି ଯେ ? ଆଜି କ'ଣ ଅଫିସ୍ କାମ ନାହିଁ ? ଆଜି ଏତେ ରାତିଯାଏଁ ଶୋଇନାହାନ୍ତି ଯେ ? ସବୁକଥା ଠିକ୍ ଅଛି ତ ? ତୁଷାର ଉତ୍ତର ଦେଲେ ଆଜିକାଲି ରାତି ଅଧା ନହେଲେ ନିଦ ହୁଏନି । ସବୁ କାମ ସରୁ ସରୁ ଏମିତି ସମୟ ଜଣାପଡ଼େନି । ତାଙ୍କ ଅଫିସ୍‌ଗତ କିଛି ସମସ୍ୟା କଥା ଲେଖିଲେ । ରାତି ଅଧା ହେଲେ ବି ସଫ୍ଟୱେର ଇଞ୍ଜିନିଅରମାନେ କୋଉ ଶୋଇପାରନ୍ତି ଯେ । ପୁଣି କହୁଥିଲେ ତୁମେ ପୋଷ୍ଟ୍ କରିଥିବା ଆର୍ଟ ବେଳେ ବେଳେ ରାତିଯାଏଁ ଦେଖେ । କେବଳ ଇମୋଜୀ ସହ ମୁଁ ବି ହସିଲି ତାଙ୍କ ଏମିତି ପିଲାଳିଆମୀ କଥାରେ ।

ମୋତେ ସେଦିନ ଜୀବନରେ ପ୍ରଥମଥର ପାଇଁ ବୋଧେ ତୁଷାର ଭଳି ଜଣେ ସୁପୁରୁଷ ପ୍ରଶଂସା କଲାଭଳି ମନେହେଲା । ୟଙ୍ଗ୍, ହାଣ୍ଡସମ୍, ଏନର୍ଜେଟିକ୍ ଯାହାଙ୍କ ବ୍ୟକ୍ତିତ୍ୱ, ସେଭଳି ପୁରୁଷମାନେ କାହାକୁ ଖରାପ ଲାଗିବା ଏତେ ସ୍ୱାଭାବିକ କଥା ନୁହେଁ ନିଶ୍ଚିତ । ମୋ ପ୍ରତି ଥିବା ଦୁର୍ବଳତା କଥା ତୁଷାର ନକହିଲେ ବି ସେଦିନ ଆପେ ଆପେ ଧରାପଡ଼ିଯାଇଥିଲା । ଅଳ୍ପ ସମୟ ଭିତରେ ସେ ତାଙ୍କ

ଜୀବନର ସବୁକଥା କହିବାକୁ ଚେଷ୍ଟା କରୁଥାନ୍ତି। ପୁଣି କହିଉଠିଲେ ତୁଷାର, ତୁମେ ମୋ ପାଖରେ ଥିଲେ ଜୀବନ କେତେ ସୁନ୍ଦର ହୋଇନଥାନ୍ତା। ସେଦିନ ସେତିକିରେ ସରିଥିଲା। କିନ୍ତୁ ଯା' ପରେ ଆମେ ଦୀର୍ଘ ସମୟ ଧରି କଥାବାର୍ତ୍ତା ହେବାକୁ ଲାଗିଲୁ। ସେ ଏମିତି ଲେଖିପକାନ୍ତି ଲମ୍ବା ଲମ୍ବା ମେସେଜ୍, ଯାହା ପଢ଼ିବାକୁ ମୁଁ ସମୟ ନେଲେ ସେ ଆହୁରି ଲେଖିଚାଲନ୍ତି, ଯେମିତି ସମୟ ତାଙ୍କ ପାଖରେ ଅଳ୍ପ ଆଉ ସେଇ ସମୟ ଭିତରେ ତାଙ୍କୁ ଅନେକ କଥା ମୋତେ କହିବାର ଅଛି। ମୋତେ ଏସବୁ ଏତେ ଭଲ ଲାଗୁଥିଲା ଯେ ମୁଁ ଭାବୁଥିଲି ମୁଁ ହାତରେ ଜହ୍ନ ପାଇଛି।

ମୁଁ ମୋ ଆଡୁ ଲେଖିଥିଲି- 'ଆଇ ଲାଇକ୍ ୟୁ, ଦ ୱେ, ଟକ୍, ଥିଙ୍କ୍, ଇଭିନ୍ ୟୋର୍ ପର୍ସପେକ୍ଟିଭ୍ ଆଇ ଲାଇକ୍ ଦ ମୋଷ୍ଟ୍। ଦ ୱେ ୟୁ ଗିଭ୍ ମି ଆଟେନ୍‌ସନ୍, ଦ ୱେ ୟୁ ସର୍ପୋଟ୍ ଆଣ୍ଡ୍ ଆପ୍ରିସିଏଟ୍।' ବୋଧେ ଏମିତି ଜଣେ ପ୍ରଶଂସକକୁ ମୁଁ ଜୀବନରେ ପ୍ରଥମେ ଭେଟିଛି। ୟେ କ'ଣ ଲେଖୁଛି ମୁଁ? ଆଉ ନିଜକୁ କେତେ ମିଛ କହିବି ଭାବି ମୁଁ ସେଦିନ ତାଙ୍କୁ ଲେଖିଥିଲି, ଯଦି କେହି ଭଲ ଲାଗୁଥିବା ପୁରୁଷଟିଏ ଭଲଲାଗୁଥିବା ନାରୀ ଆଡ଼କୁ ଆକର୍ଷିତ ହୁଅନ୍ତି କାହାକୁ କ'ଣ ଏହା ଖରାପ ଲାଗିବ? ତାକୁ କେମିତି ଦୂରେଇ ହେବ କହିଲୁ, ମୀରା ନୀରବ ରହିଲା। ତୁଷାରର ଏହି ଆକର୍ଷଣ ମୋ ପାଇଁ କେତେ ସମୀଚୀନ ଜାଣିବା ମୁଁ ଉଚିତ ମନେ କଲିନାହିଁ ବରଂ ତା' ସହ ଘଣ୍ଟା ଘଣ୍ଟା ସମୟ କଥାହେବାକୁ ଇଚ୍ଛା ହେଲା। ତୁଷାରଙ୍କୁ ମୁଁ ଲେଖୁଥିଲି ମୁଁ ବିବାହିତା, ତୁଷାର ଲେଖୁଥିଲେ ମୁଁ ତୁମକୁ ସେମିତି ଦୃଷ୍ଟିରେ ଦେଖିନି, ମୋ ପାଇଁ ତୁମେ ସୁନ୍ଦର ସ୍ୱପ୍ନ। ଦଲକାଏ ଶୀତଳ ସମିରଣ। ମୋତେ ଏହି ସ୍ୱପ୍ନରେ ହିଁ ରହିବାକୁ ଦିଅ। ମୋର ତୁମେ ବିବାହିତା କି ନା ଜାଣିବା କ'ଣ ଦରକାର? ମୁଁ ନିଃସର୍ତ୍ତ ଭଲପାଏ। ତୁମେ ମୋତେ ଆପଣାର ନଭାବିଲେ ବି କିଛି ଆପତ୍ତି ନାହିଁ।

ଆମେ ଦୁଇଜଣ ଏକା ସମୟରେ ଠିକ ସମାନ ଅନୁଭବ କରୁଥିଲୁ ପରସ୍ପର ପ୍ରତି, ମୋତେ ବି ସତରେ ଫରକ ପଡ଼େନି ସେ କ'ଣ ବିବାହିତ କି ନା, ମୁଁ କେବଳ ଅସ୍ଥିର ଏମିତି ଜଣଙ୍କୁ ଜୀବନର ଅନୁପଯୁକ୍ତ ସମୟରେ ଭେଟି। ଯାହା ସହ ପ୍ରତି ମୁହୂର୍ତ୍ତ ସୁନ୍ଦର, ସମୟ କେମିତି କଟିଯାଏ ଜାଣି ହୁଏନି, କଥା କୋଉଠି ଆରମ୍ଭ କେଉଁଠି ସରୁଛି କିଛି ଜଣାପଡୁନି ତା'ଠାରୁ କେମିତି ଦୂରେଇ ଯିବାକୁ

ହେବ କହିଲୁ। କିଛି କହିବା ପୂର୍ବରୁ ଯେମିତି ସବୁକିଛି ବୁଝି ହେଇଯାଉଛି ଆପେ ଆପେ, ସତରେ କ'ଣ ପ୍ରେମ ଏତେ ସୁନ୍ଦର? ଏ ଅସ୍ଥିରତାରର ସୀମା ହିଁ ଦିଶୁନାହିଁ ମୋତେ। ଯାଙ୍କୁ ଜୀବନରୁ ବାଦ ଦେଇ କ'ଣ ବଞ୍ଚିବା ସମ୍ଭବ? ବେଳେ ବେଳେ ଭୟ ଲାଗିଲା, ଅନୁଭବ ହୁଏ ଏ ସମୟ ମୋ ହାତରୁ ଖସି ନଯାଉ। ମୁଁ ଏଇଠି ଅଟକିଯାଏ। ଆଗକୁ ଜୀବନ ଆଉ ନବଢୁ, ମୁଁ ଭୁଲିଯାଏ ମୋର ସାମାଜିକ ସ୍ଥିତି, କାହିଁକି ନୁହେଁ ମୋର ନିଜ ଖୁସିରେ ବଞ୍ଚିବାର ସଂପୂର୍ଣ୍ଣ ଅଧିକାର ଅଛି। ମୁଁ ତୁଷାରକୁ ନିଃସର୍ତ୍ତ ଭଲପାଏ, ଜୀବନରେ ପ୍ରଥମେ ଏମିତି ଏ ଅନୁଭବ, କୌଣସି ବାଧ୍ୟବାଧକତା ନାହିଁ ସତରେ ଏ ସଂପର୍କରେ। ମୁଁ ସେଦିନ ଏଇଆ ହିଁ ଭାବୁଥିଲି। ଏତେ ସୁନ୍ଦର ସଂପର୍କ କ'ଣ ମଣିଷ କି ସ୍ତ୍ରୀ ଆଉ ପୁରୁଷ ମଧ୍ୟରେ ତିଆରି ହୋଇପାରେ। କ'ଣ ମୁଁ ଭାବୁଛି କ'ଣ ମୁଁ କରୁଛି ସବୁ ଦ୍ୱନ୍ଦ୍ୱ ମୋ ଭିତରେ ଲହଡ଼ି ଖେଳୁଥିଲେ। ସତେ ଯେମିତି ଗୋଟେ ଘୂର୍ଣ୍ଣିବଳୟ ଭିତରେ ମୁଁ ଝୁଲିଛି। ସବୁ ସୁନ୍ଦର ଅନୁଭୂତି ଭିତରେ ବି ମୋ ଭିତରେ ଅନେକ ଆଶଙ୍କା, ଦ୍ୱନ୍ଦ୍ୱ, ଭାଙ୍ଗିଯିବାର ଭୟ। କ'ଣ ଭାଙ୍ଗିଯିବ, କ'ଣ ଅଛି ଯେ ମୁଁ ଭାଙ୍ଗିଯିବାକୁ ଡରୁଛି? କାହା ସହ? ସୁମନ୍ତ ସହ? ନା.. ମୁଁ କିଛି ବୁଝିପାରୁନି ସତରେ। ଆଉ ବିଶେଷ କରି ତୁଷାର ସହ ଏଇ ମୁହୂର୍ତ୍ତରେ ତ ମୁଁ ବୁଝିବାକୁ ହିଁ ଚାହେଁନି। ହୁଏନା ଏମିତି?

କିଛି ମୁହୂର୍ତ୍ତରେ ଆସେ ଜୀବନରେ ଆମେ କିଛି ବୁଝିବାକୁ ଚାହାନ୍ତିନି? ସବୁ ବୁଝିବା ଓ ବୁଝେଇବା ଊର୍ଦ୍ଧ୍ୱରେ ଆମେ ସମର୍ପଣରେ ବିଶ୍ୱାସ କରନ୍ତି। ଯାହା ଆମକୁ ବହୁତ ଭଲ ଲାଗେ, ତା' ବିଷୟରେ ବହୁତ ତର୍ଜମା କରିପାରନ୍ତିନି। ପ୍ରେମ ବୋଧେ ଜୀବନର ଶ୍ରେଷ୍ଠ ଅନୁଭୂତି, ଯାହା ସହିତ ପ୍ରକୃତରେ ଘଟିନଥାଏ, ସେ କେବଳ ତା' ଭୁଲ୍-ଠିକ୍‌ର ତର୍ଜମାରେ ଘାଣ୍ଟି ହେଉଥାଏ। ଏଇ ମୋର ସେଇଦିନର ମାନେ ତୁଷାର ସହ ଭେଟହେବା ପରର ଅନୁଭୂତି। ଯେ ମୋ ପାଇଁ ଏମିତି ଅନୁଭୂତି ଥିଲା ଯାହା ପାଇଁ ମୁଁ କିଛି ଯୋଜନା କି ଆଶା କରି ନଥିଲି, ଯାହା ମୋ ପାଖକୁ ସ୍ୱତଃ ଆସିଥିଲା, ଯାହା ମୋତେ ଛଳନାହୀନ ଭାବେ ଆୟତ୍ତ କରିଥିଲା। ମୁଁ ଏଥର କଥାରେ ବ୍ରେକ୍ ଦେଇ କହିଲି ଆମେ ଆଉ କେବେ କଥା ହେବା। ଆଜି ବେଶ୍ ଥକିଛି। ପୁଣି କେବେ କଥାହେବା। ତୁଷାର ରହି ନପାରିବା ଭଳି କହିଲେ କୁହ ଏବେ ମୁଁ ତୁମ ଅପେକ୍ଷାରେ ହିଁ ଦିନ କାଟିବି। ତୁମ ଫ୍ରି

ଟାଇମ୍‌କୁ ହିଁ ଚାହିଁରହିବି। କେତେବେଳେ କଥା ହେଇପାରିବି କୁହ, ଆଜି ଜମା ବି ମନ ଭରିନାହିଁ। ତାଙ୍କ ଅସ୍ଥିରତାରେ ମୋ ଛାତି ଉଦାର ସଂଗୀତ ଗାଇ ସାରିଥିଲା। କହିଲି ବ୍ୟସ୍ତ ହୁଅନି ମୁଁ ନିଜେ ହିଁ କଲ୍ କରିନେବି ସୁବିଧା ଦେଖି।

ମୁଁ ଯେତିକି ଅପରାଧୀ ସେତିକି ଖୁସି ଅନୁଭବ କରୁଥାଏ। ଗୋଟିଏ ପ୍ରଶ୍ନ ମୁଁ ଏସବୁ କାହିଁକି କରୁଛି ? ଏମିତି ସବୁ ଅଦ୍ଭୁତ ଦୁନିଆରେ ପହଞ୍ଚିଗଲା ପରି କାହିଁକି ଲାଗୁଛି ? କାହିଁକି ନିଜକୁ ରୋକି ହେଉନାହିଁ ? ଏସବୁ କ'ଣ ସୁମନ୍ତଠୁ ଆଟେନ୍‌ସନ୍‌ରୁ ନପାଇବାର କାରଣ ? ନା ସତରେ ଆଉ କେହି ଜଣେ ସୁମନ୍ତଠୁ ଅଧିକ ଭଲ ଲାଗନ୍ତି। ଏମିତି ତ ଅନେକ ଭଲ ଲାଗନ୍ତି କିନ୍ତୁ ସମସ୍ତଙ୍କ ସହ ତୁଷାର ପରି ଭାବପ୍ରବଣତା ସ୍ୱର ଯୋଡ଼ିହୋଇପାରିନି। ସବୁପରେ କେହିଜଣେ ମୋତେ ଖୁବ୍ ଭଲ ଲାଗନ୍ତି ଆଉ ସେ ମଧ୍ୟ ଖୁବ୍ ଭଲପାଆନ୍ତି ବୋଲି ଖୁସିରେ ମୁଁ ଫାଟିପଡୁଥିଲି। ତୁଷାରଙ୍କ ପ୍ରତି ମୋର ଦୁର୍ବଳତା ମୋର ଅକ୍ତିଆରରେ ନଥିଲା। ମୋତେ ତାଙ୍କ ବିଷୟରେ ସବୁ ଭଲ ଲାଗୁଥିଲା। ଏମିତିକି ତାଙ୍କ ପରିବାର ବି। ସେଦିନ ମୁଁ ଅନେକ ଚିନ୍ତା କଲି। କିଛିଦିନ ନିଜକୁ ଆୟତ୍ତ କରିବାକୁ ନିରବ ରହିଲି। ନିଜ ଆଡୁ କିଛି କଲ୍ କି ମେସେଜ୍ ବି କଲି ନାହିଁ। ନିଜେ ଏତେ ଅନୁଶାସନରେ ବଢ଼ିଥିଲେ ବି ଏମିତି ପଥକୁ କେମିତି ଯାଇ ହୁଏ ସେକଥା ଭାବିଲା ବେଳକୁ ମୁଣ୍ଡ କାମ କରୁନଥାଏ। ଏମିତି ଭୁଲ୍ ସବୁ ଭଲ ବୋଲି ମୁଁ ଯୁକ୍ତି କରୁଥିଲି ନିଜେ ନିଜେ।

ସକାଳୁ ଫ୍ଲାଇଟ୍ ନେଇ ଘରକୁ ଫେରିଲି। ତା'ପରେ ଟାକ୍ସିରେ ଘର ଦୁଆରବନ୍ଧ ଆଗରେ। ଗଲା ଦୁଇଦିନ ଭିତରେ କ'ଣ ସ୍ୱପ୍ନ ଭଳି ଘଟିଛି ଭାବିଲାବେଳକୁ ଆଖିରେ ତନ୍ଦ୍ରା ଲହଡ଼ି ଖେଳୁଥାଏ। ଯେମିତି ମୁଁ କେଉଁ କଲେଜ କ୍ୟାଂପସ୍ ଉପରେ ଠିଆ ହୋଇଛି, ସବୁଜ ଘାସ ଉପରେ ଆକାଶକୁ ଚାହିଁ ସ୍ୱପ୍ନ ଦେଖୁଚି, ଠିକ୍ ଜଣେ ଅଳସୀ ପ୍ରେମିକା ପରି। ମୋ ଭଳି ପିଲାଦିନୁ ଅନୁଶାସନରେ ପିଲାଦିନୁ ବଢ଼ିଥିବା ଝିଅ, ଆଜିର ବିବାହିତା ଜଣେ ମହିଳା, ସମାଜର କଏଦ କାନୁନ ବିଷୟରେ ଯଥେଷ୍ଟ ଜ୍ଞାନ ଥିବା ନାରୀଟିଏ କେଉଁ ବିବାହିତ ପୁରୁଷ ସହ ବନ୍ଧୁତା କରିପାରେ। ସେ ବନ୍ଧୁତା ବନ୍ଧୁତାର ସୀମା ଡେଇଁ ପ୍ରେମର ପର୍ଯ୍ୟାୟରେ ପରିଣତ, ଏହା ମୋ ଆଶାରୁ ଊର୍ଦ୍ଧ୍ୱରେ ଅଟେ। ଏହା କ'ଣ ସତରେ ମୋର ଆବଶ୍ୟକ, ନା ମୁଁ ନିଜେ ନିଜ ଆକ୍ତିଆରରୁ ବାହାରେ ଏକଥା ମୁଁ ଯଥେଷ୍ଟ

ବୁଝିପାରୁଥିଲି। ଏସବୁ ଯେତେ ଅସଙ୍ଗତ ସମାଜ ପାଇଁ ହେଲେ ବି ମୋତେ ଦୋଳାଇ ପବନର ମିଠା ଶିହରଣ, ଯାହା ମୋର ମସ୍ତିଷ୍କର ସମସ୍ତ ପ୍ରତିରୋଧ ପରେ ଏଡ଼ାଇ ଯିବାକୁ ମନ କରୁନାହିଁ। ମସ୍ତିଷ୍କ ଆଉ ହୃଦୟର ଏଇଥିପାଇଁ ବୋଧେ ସାମଞ୍ଜସ୍ୟ ନଥାଏ। ହୃଦୟ କିଛି କହେ ଆଉ ମସ୍ତିଷ୍କ ଲଗାମ ଦିଏ। କିନ୍ତୁ ଜିତେ ସବୁବେଳେ ହୃଦୟ, ଆମେ ହୃଦୟ ପାଖରେ ନିରୁପାୟ ଭାବେ ହାରିଯାନ୍ତି। ତେଣୁ ତୁଷାରଙ୍କୁ ଆଡ଼େଇ ଯିବାକୁ ଏବେ ଆଉ ହୃଦୟ କହୁନଥିଲା। ମୋ ପାଇଁ ତୁଷାରଙ୍କ ଭଲପାଇବା ଏକ ଅପୂର୍ବ ଅନୁଭବ, ଏହି ଭଲପାଇବା ହିଁ, ଯାହା ମୋ ପାଇଁ ଆଜିଯାଏଁ ଦୁର୍ଲଭ ହୋଇ ରହିଛି, ମୁଁ ବୁଝିବାକୁ ଏତେଦିନ ନେଇଛି। ସମାଜ ପରିବାର ଡରରେ ମୁଁ ଆଜିଯାଏଁ ଭଲପାଇବା ବାଣ୍ଟିପାରିଛି ସତ ସେତିକି କାହାକୁ କିନ୍ତୁ ଭଲପାଇ ପାରିନାହିଁ।

ଏବେ ମୋ ଜୀବନର ସବୁ ସମୟ ତୁଷାରମୟ ହେଉ, ସୁମନ୍ତର ଟିକେ ବି ସ୍ଥାନ ଆଉ ନରହୁ, କିନ୍ତୁ ମୁଁ ସମାଜ ଡରରେ ଏହା କରିବାକୁ ଡରୁଚି। ଠିକ୍ ସେଦିନ ଏମିତି ଲାଗୁଥିଲା। ଯଦିବା ତୁଷାରର ବ୍ୟକ୍ତିଗତ ଜୀବନ ବିଷୟରେ ସଂପୂର୍ଣ୍ଣ ନଜାଣି ମୁଁ ଏମିତି ଭାବିସାରିଥିଲି। ଏମିତିକି କୌଣସିପ୍ରକାରେ ମୁଁ ତୁଷାରର ଜୀବନ ସହ ଯୋଡ଼ିହେଇଯିବାକୁ ଚାହୁଁଥିଲି, ଏମିତି ସ୍ତ୍ରୀ ନହେଲେ ନାହିଁ ସାରା ଜୀବନ ପ୍ରେମିକା ହୋଇ ରହିଗଲେ ବି ଏ ଜୀବନ କଟିଯିବ। ଏମିତି ଗୋଟେ ଧାରଣା ମୋର କାହିଁକି ସୃଷ୍ଟି ହୋଇଥିଲା ମୁଁ ଜାଣିନି। ଅପରପକ୍ଷରେ ମୁଁ ତାଙ୍କ ଜୀବନରେ କିଛି କ୍ଷତି ବି କରିବାକୁ ଚାହୁଁନି, କଷ୍ଟ ତାଙ୍କୁ ଦେବା ତ ଦୂରକଥା। ଅବଶ୍ୟ ଏ ଅନୁଭବ ସେ ହିଁ ମୋତେ ପରଷିଥିଲେ। ମୁଁ ଯେବେ ପ୍ରଶ୍ନ କଲି ଆମ ସଂପର୍କର ଭବିଷ୍ୟତ ନାହିଁ, ତୁଷାର କହିଲେ ନଥାଉ ତୁମେ ହାତ ଧରିଥା କେବଳ। ଜୀବନ ତୁମକୁ ଦେଖି ଦେଖି କଟିଯାଉ। ଏମିତି ତୁମ ସହ କଥାବାର୍ତ୍ତାରୁ ମୋତେ ବଞ୍ଚିତ କରନି। ମୁଁ ତୁମ ବିନା ରହିପାରିବିନି। ମୁଁ ସେଦିନ ମନେ ପକାଇଥିଲି ସୁମନ୍ତ ଦିନେ ଭଲରେ ଏମିତି ପଦେ କଥା କହିନଥିବେ, ବରଂ ଯୁକ୍ତିତର୍କ ବେଳେ କହିଥିବେ ଏ ଘର ଛାଡ଼ି ଚାଲିଯାଅ।

ସେଦିନ ଘରେ ପହଞ୍ଚିଲା ବେଳକୁ ସୁମନ୍ତ ବ୍ୟସ୍ତ ଥିଲେ। କେବଳ ପଚାରିଲେ କେମିତି ଥିଲା ଜର୍ଣ୍ଣି। ମୁଁ ଅଳ୍ପ ହସି କହିଲି ଭଲ। କହିପାରିଲିନି ଫ୍ଲାଇଟ୍‌ସାରା ତୁଷାର କଥା ଭାବୁଥିଲି। କେହି ଜଣେ ପରପୁରୁଷ ମୋତେ ଖୁବ୍ ଭଲ ଲାଗନ୍ତି,

ତୁମେ ନୁହଁ। ସେଇ ଭାବନାରେ ଆଜି ସାରାରାସ୍ତା ବିତେଇଛି। ଆଉ ଏସବୁ ମୋତେ କରିବାକୁ ଖରାପ ଲାଗୁନି ବରଂ ଜୀବନରେ କିଛି ନୂଆ ଆବିଷ୍କାର କଲା ଭଳି ଲାଗୁଛି, ଯାହା ମୁଁ ଖୋଜୁଛି ପିଲାଦିନରୁ। ଏତକ ସମୟ ଭିତରେ ତୁଷାରଙ୍କ ଚାରିଟା ମେସେଜ୍, କେମିତି ଅଛ ? ପହଞ୍ଚିଲ ନ ନାହିଁ ? ମୁଁ ତୁମ ସହ କେତେବେଳେ ଟିକେ କଥା ହେଇପାରିବି। ମୋ ଛାତିରେ ପଥର ଭାଙ୍ଗିବା ପରି କ'ଣ ସବୁ ଦୁଲଦାଲ ହୋଇ ଖସିଗଲା। ଖୁବ୍ ଛାତିର ବେଗ, ମୋ ନିୟନ୍ତ୍ରଣ ବାହାରେ ଏ ଅନୁଭବ। ମୁଁ ଚାହିଁକି ବି ସ୍ଥିର ହୋଇପାରୁନି। ଛାତିର ସ୍ପନ୍ଦନ ଧୀର କରିବାକୁ ହେଲେ କ'ଣ କରିବାକୁ ହୁଏ ? ତାହା କ'ଣ ତୁଷାର ପାଖରେ ମହଜୁଦ... ନା ଏ ରାସ୍ତା ମୋର ନୁହଁ, ମୋତେ ମୁକୁଳି ଯିବାକୁ ହେବ। କ'ଣ କରିବି ମୁଁ ବୁଝିପାରିଲିନି। କେହିଜଣେ କହିଥିଲେ ପ୍ରେମ କରାଯାଏ ନାହିଁ, ହେଇଯାଏ। ମୁଁ ସେହିକଥା ଠିକ୍ ବୁଝିଥିଲି ସେତିକିବେଳେ। ମୀରା ପଚାରିଲା ସୁମନ୍ତ ତା'ହେଲେ ତୋତେ ସନ୍ଦେହ କରିନଥିବେ କ'ଣ ତୋର ହାବଭାବ ଦେଖି। ମୀରା ଆହୁରି କହିଲା ତୁ କୌଣସି ଭୁଲ୍ କରିନାହୁଁ ରୁଚିତା, ଏହା ସ୍ୱାଭାବିକ। ଆମେ ସମସ୍ତେ ସ୍ନେହ, ପ୍ରେମ, ଆତ୍ମୀୟତା ଖୋଜନ୍ତି। ତୋର ତୁଷାର ଆଡ଼କୁ ଢଳିଯିବା ଅସ୍ୱାଭାବିକ ଜମାରୁ ନୁହଁ ମୁଁ କହିବି। ମୀରାକୁ ରୋକିଦେଇ ମୁଁ ପୁଣି କହିଲି ତୁ ଶୁଣିସାର ତା'ପରେ ମତାମତ ଦେବୁ।

ସେଦିନ ମୁଁ ସୁମନ୍ତଙ୍କୁ ଚାହିଁଲି, ଗୋଟେ ଅପରାଧୀ ପରି ମୁଣ୍ଡ ନଇଁଗଲା। ତଥାପି କହିପାରିଲିନି ମୋର ଭୁଲ୍ ହେଇଚି, ମୋ ପାଦ ଭୁଲ୍ ରାସ୍ତାରେ। ମୁଁ ପ୍ରେମ କରେ ଜଣେ ବିବାହିତ ପୁରୁଷକୁ। ସୁମନ୍ତ ଆଗରେ ଠିଆହେଇ ଏକଥା ସ୍ୱୀକାର କଲା ଭଳି ମୋ ଜିଭରେ ହାଡ଼ ନାହିଁ। କ'ଣ ହେବ ବାପା ମା' ପଢ଼େଇଥିବା ସଂସ୍କାରର ? କ'ଣ ହେବ ସ୍ୱାମୀଙ୍କ ପ୍ରତିଷ୍ଠା, ପିଲାଙ୍କ ଭବିଷ୍ୟତ, ତୁଷାର ଓ ମୋ ପ୍ରେମ କ'ଣ ଏସବୁର ଊର୍ଦ୍ଧ୍ୱରେ ? ସୁମନ୍ତ ତାଙ୍କ ଜୀବନରେ ଯେତେ ଅନ୍ୟାୟ, ଅବିଚାର ମୋ ପ୍ରତି କରିଥିଲେ ବି ମୁଁ କ'ଣ ଏକଥା ତାଙ୍କ ଆଖିରେ ଆଖି ମିଶେଇ କହିପାରିବି ? ମୁଁ ପ୍ରେମ କରେ ଆଉଜଣଙ୍କୁ, ତୁମଠୁ ପାଇନାହିଁ ସେ ଆଶା ମୁତାବକ ଶ୍ରଦ୍ଧା ଓ ସମ୍ମାନ ବୋଲି ମୁଁ ଆଉଜଣଙ୍କ ଆଶ୍ରୟ ନେବି ? ସତ କହୁଛି ମୀରା ସେଦିନ ମୋର ନିଜ ପ୍ରତି ଘୃଣା ଆସିଲା। ଭାବିଲି ଆଜି ଦିନଟା ଛୁଟି ନେଇ ରହିବି। ଶୋଇବି। ତା'ହେଲେ ଯାଇ ଏ ମୁଣ୍ଡଟା ଠିକ୍

ହେବ। ହେଲେ ନିଦ କାହିଁ। ସୁମନ୍ତ ଅଫିସ୍ ଚାଲିଗଲେ। ହେଲେ ମୋତେ ନିଦ ନାହିଁ। ମୁଁ ନିଜ ଭିତରେ ସନ୍ତୁଳି ହେଉଛି। ନିଜ ଭିତରେ ଯୁଝୁଛି ମସ୍ତିଷ୍କ ଓ ହୃଦୟର ଚେତନା ଭିତରେ। କାହା ସହ ମୁଁ ଏ ବିଷୟରେ ମୁଁ କଥା ହେଇପାରନ୍ତି କି ? ମୋତେ ଟିକେ ମୁକ୍ତି ମିଳନ୍ତା। ସେଦିନ ମୁଁ ଏଇମିତି ହିଁ ଭାବୁଥିଲି। ବହୁ ସମୟ ପରେ ନିଷ୍ପତ୍ତି ନେଲି ସେଇ ତୁଷାର ହିଁ ମୋତେ ମୁକୁଳେଇ ପାରିବେ। ମୁଁ ନିଜ ଆତ୍ମମନ୍ଥନ କରି ଭାବିନେଲି ତୁଷାରଙ୍କୁ ମୁଁ ବୁଝେଇପାରିବି। ଆମେ ଦୁଇଜଣ ଦୁହିଁଙ୍କ ପରିସ୍ଥିତି ଭିତରେ ଜ୍ଞାତ। ଆମେ ନିଜେ ନିଜେ ଜଣେ ଉତ୍ତମ ବ୍ୟକ୍ତିତ୍ୱ, ଆମର ଏମିତି ବୋହିଯିବାଟା ଠିକ୍ ନୁହଁ। ଯା'ର କଥାବାର୍ତ୍ତା ହୋଇ ସମାଧାନ ହୋଇପାରିବ। ସତରେ ଆମେ କ'ଣ ଚାହୁଁଚୁ ପରସ୍ପରଠୁ। ନିଜ ନିଜ ଭିତରେ ପରସ୍ପର ପ୍ରତି ଅନୁଭବ ଏମିତି ଥାଉ ଓ ଏ ସଂପର୍କ ଏମିତି ହିଁ ସୁନ୍ଦର ରହୁ। ସଂସାରରେ ଅନେକ ପ୍ରକାର ସଂପର୍କ ସମ୍ଭବ ଯଦି ତା'ହେଲେ ତୁଷାର ଓ ମୋର ଏ ସଂପର୍କରେ ଭୁଲ୍ କୋଉଠି ରହିଲା। ଆମେ କାହାର କିଛି କ୍ଷତି ନକରି ଯଦି ଏହି ସଂପର୍କକୁ ନେଇ ଦୁହେଁ ଖୁସି ସେଥିରେ କାହାର ଆପତ୍ତି ରହିବା କଥା ନୁହେଁ। ମୁଁ ଏହିକଥା ତୁଷାରଙ୍କୁ ବୁଝେଇଦେଇ ନିଜେ ନିଜେ ଦୂରତା ରକ୍ଷା କରିବି ବୋଲି ମନେ ମନେ ସ୍ଥିର କଲି।

ଚତୁର୍ଥ ଅଧ୍ୟାୟ

ମୁଁ କେବଳ ତାଙ୍କର ଜଣେ ସହଯାତ୍ରୀ।
ତାଙ୍କୁ ସବୁ ପ୍ରକାରର ସାହସ, ସମର୍ଥନ ଯୋଗାଇବା
ମୋର ପରମ କର୍ତ୍ତବ୍ୟ,
ମୋ ସ୍ତ୍ରୀ ଧର୍ମ।
ତାଙ୍କ ସ୍ୱପ୍ନ ପଛରେ ମୁଁ ବି ଧାଇଁବା ନିୟତି,
ତାଙ୍କୁ ସଫଳ କରାଇବା ପାଇଁ
ମୁଁ ନିଜ ସ୍ୱପ୍ନ ଭୁଲିବା ଉଚିତ।
ମୁଁ ହସୁଥିଲି ଉପରେ,
କାନ୍ଦୁଥିଲି ଛାତି ଭିତରେ।

ମୁଁ ଘରେ ସେଦିନ ଶୋଇପଡ଼ିଲି। ସୁମନ୍ତ ଅଫିସ୍ ବାହାରିଗଲା ପରେ ମୁଁ ଏକୁଟିଆ। ବାହାରିଗଲା ବେଳେ ସୁମନ୍ତ ପଚାରିଥିଲେ କାହିଁକି ତୁମ ଏତେ ଅନ୍ୟମନସ୍କ ଲାଗୁଛ ? ହଁ ସୁମନ୍ତ ମୋର ଯତ୍ନ ନିଅନ୍ତି କିଏ ଜଣେ ମୋ କାନରେ କହିଦେଲା, ତଥାପି... ତୁମ କାମ ଠିକ୍‌ରେ ହେଇପାରିଲାଣି ନା କ'ଣ ? ମୁଁ କେବଳ ଏତିକି କହିଲି ବହୁତ ଥକିଯାଇଛି ମୁଁ। ସେ ବା କ'ଣ ଅଧିକ କହିଥାନ୍ତେ, ମୁଣ୍ଡ ଆଉଁଶିଦେଇ ଅଫିସ୍ ଗଲେ। ମୁଁ ସୁମନ୍ତଙ୍କୁ ଚାହିଁପାରୁନଥାଏ ଠିକ୍‌ରେ। ତାଙ୍କଠୁ ମୋର ଏତେ ଅଧିକ ଆଶା କାହିଁକି ଯେ... ସେ ତ ଭଲ ସ୍ୱାମୀ ପରି ସବୁ କରିଯା'ନ୍ତି, କେବଳ ତାଙ୍କ ସ୍ୱାଧୀନତାରେ ଆଞ୍ଚ ଆସିଗଲେ ଅସହ୍ୟ ଅବସ୍ଥା କରିଦେବେ। ମୁଁ ବି ସେଇ କାଇଦାରେ ପଡ଼ିଯାଇଛି। ଯାହା କହିଲେ ହଁ ମୁଁ ମୁଣ୍ଡପାତି ନେଇ କୁହେ ହଁ ସେଇଆ କର, ଯାହା ତୁମ ଇଚ୍ଛା। ଘରେ ସେଇ ଶିକ୍ଷା ଦେଇଛନ୍ତି ଯେ ସ୍ୱାମୀ ଯାହା କରୁ ପଛେ ତୋର ଚଳେଇନେବା କାମ ଆଉ କୌଣସି କଥାରେ ତୁ ତାଙ୍କ ମନଉଣା କରିବୁନି। ଗୋଟିଏ ରକ୍ଷଣଶୀଳ ଓଡ଼ିଆ ପରିବାରରେ ଆମକୁ ଏଇକଥା ବୁଝାଇ ଦିଆଯାଏ, ସ୍ୱାମୀ ତୋର ଇହ କାଳର କେବଳ ଦେବତା ନୁହଁ ବରଂ ପରକାଳର ମଧ୍ୟ। ତୋ ସାତଜନ୍ମର ସାଥୀ, କିଏ କହିନଥାନ୍ତି ଜୀବନସାଥୀ ପାଦରେ ପାଦ ଦେଇ ଚାଲେ, ତୁ ଝୁଣ୍ଟିଲେ ସେ ଉଠାଇନିଏ। ଏଇ ମାନସିକତା ପାଇଁ ଏଠି କନ୍ୟାଭ୍ରୂଣ ହତ୍ୟାଠୁ, ବୋହୂର ଆତ୍ମହତ୍ୟା ଓ ହତ୍ୟା ବଢୁଥାଏ। ସେ ବିଷୟରେ ଆମର ଧାରଣା କମ୍। କେବଳ ନାରୀକୁ ନଇଁଯିବାକୁ ହୁଏ ଜୀବନ ତମାମ ମୋ ମା' ମଧ୍ୟ ମୋତେ କହିଥିଲା। ନହେଲେ ସେ ଏତେଦିନ ଯାଏଁ ବାପାଙ୍କ ପାଖରେ କେମିତି ଜୀବନ କାଟିଥାନ୍ତା। ଅନେକ ଯନ୍ତ୍ରଣା ପରେ ସେ ବାପାକୁ ଭଲପାଏ ବୋଲି ନିଜକୁ ମିଛ କହିଆସିଛି। ମୁଁ ଏକଥା ବଡ଼ହେବା ପରେ ବେଶ୍ ବୁଝିଗଲି। କେବଳ କର୍ତ୍ତବ୍ୟ କରେ ଓ ଛଳନାରେ ଭଲପାଏ ସମାଜ ଡରରେ। ନହେଲେ ଏ ସମାଜ ତାକୁ ନିନ୍ଦା କରିବ।

ଆମେ ଏଠି ବେଳେ ବେଳେ ଆଟାଚମେଣ୍ଟ୍‌କୁ ବି ଭଲପାଇବା କହିଥାଉ। ଯେମିତି ଗୋଟିଏ ରୁମ୍‌ରେ ଦୁଇଟି ଭିନ୍ନ ମଣିଷ ରହିଲେ ସେମାନେ ସଦାସର୍ବଦା

ପରସ୍ପରର ସଖ୍ୟ ଖୋଜୁଥାନ୍ତି। ଜଣେ ଅନ୍ୟଜଣକ ଉପସ୍ଥିତିକୁ ଆଶା କରିବସନ୍ତି କିନ୍ତୁ ସେ କ'ଣ ଭଲପାଇବା ? ସେଇ ଆଟାଚମେଣ୍ଟ୍‌କୁ ଆମେ ଅନେକ ସମୟରେ ପ୍ରେମ ବୋଲି ଧରିନେଉ। ଏହିକଥା ମୁଁ ସାଇକୋଲୋଜି ପଢ଼ିଲା ପରେ ବୁଝିଥିଲି। ଅନେକ ଦିନ ପରେ ଜୀବନରେ ମୁଁ ଏଇଆ ହିଁ ଜାଣିଲି ଯାହା ମା' କହିଛି ସେ ସଂପୂର୍ଣ୍ଣ ସତ ନୁହେଁ। ଆମ ଜୀବନରେ ମଧ୍ୟ ମୁଁ ଅନେକ ଜାଗାରେ ଏ କଥାର ସତ୍ୟତା ଅନୁଭବ କରିଛି। ସୁମନ୍ତର ଓ ମୋର ବି ଆରେଞ୍ଜ ମ୍ୟାରେଜ୍। ଏକଥା ଶୁଣିଲା ପରେ ମୀରା କହିଲା, ତା'ହେଲେ ତୋର ବି କ'ଣ ସେଇ ତୋ ମା'ଙ୍କ ପରି ସମାନ ଅବସ୍ଥା। ମୀରା ମୋ କଥା ମନଦେଇ ଶୁଣୁଥିଲା, ସେ ରିସର୍ଚ୍ଚ କଲା ପରି ମୋତେ ଦିଶିଲା, ପୁଣି ମୁଁ ଭାବିଲି ଆଚ୍ଛା ମୀରା ତ କାହାଣୀ ଲେଖିବାର ଉଦ୍ଦେଶ୍ୟରେ ବସିଛି, ତେଣୁ ସେ ଟିକିନିଖି ଶୁଣିବନି କେମିତି ? ମୁଁ କହିଲି ମୀରା, ମୋ ମା' ପରି ମୋର ସମାନ ଅବସ୍ଥା ନହେଲେ ବି ତୁ କହିପାରୁ ମା' ପରି ନୂଆ ପ୍ରକାରର ପ୍ରତିଛବି। ମୁଁ କହିଲି, ତୁ ବାହାଘର କଥାଟା ଶୁଣିସାର ତା'ପରେ କହିବୁ ଯଦି ମୁଁ ଭୁଲ୍ କହୁଛି।

ମୋର ସେତେବେଳେ ୟୁନିଭର୍ସିଟି ପରୀକ୍ଷା ସରିଥାଏ, କମ୍ପିଟେଟିଭ୍ ପାଇଁ ନିଜକୁ ପ୍ରସ୍ତୁତ କରୁଥାଏ। ମୋଟ ଉପରେ କହିବାକୁ ଗଲେ ବାହାଘର ଆଡ଼କୁ ମନ ଯାଇ ନଥାଏ କି ସେମିତି କାହାକୁ ମୁଁ ପସନ୍ଦ କରିନଥିଲି। ବାପା ସେତିକିବେଳେ ସୁମନ୍ତର ପ୍ରସ୍ତାବ କଥା ନେଇ ଆସିଲେ। କେବଳ ମୁଁ ନୁହେଁ ଆମ ଦେଶରେ ଅଧିକାଂଶ ଝିଅଙ୍କ ଅବସ୍ଥା ଏଇଆ। ନିଜକୁ ଠିଆ କରାଇବା ଆଗରୁ ବାପା ମା' ବାହାଘର କରିବାକୁ ବ୍ୟସ୍ତ ହୋଇଯାନ୍ତି, ତା' କାରଣ ଅନେକ, ମୁଁ କିନ୍ତୁ କହିବି ସଂକୀର୍ଣ୍ଣ ମନୋଭାବ ନାରୀଙ୍କ ପ୍ରତି ତାଙ୍କୁ ଏହି ସମସ୍ୟା ଆଡ଼କୁ ନେଇଯାଏ, ସବୁଥର ପରି ମା' ବି ଯନ୍ତ୍ରବତ୍ ବାପାଙ୍କ କଥାରେ ହଁ ମିଳାଇଲା, ଯଦିବା ସେ ଜାଣିଥିଲା ମୁଁ ନିଜକୁ ଏସବୁ ପାଇଁ ପ୍ରସ୍ତୁତ କରିନି। ବାପା ସିଦ୍ଧାନ୍ତ ଶୁଣାଇଲା ପରି କହିଲେ, କଥାବାର୍ତ୍ତା ମୁଁ ହେଇଯାଇଛି ଦୁଇମାସ ଭିତରେ ଏ ବାହାଘର ସରିବ। ମୁଁ ସେଦିନ ବାପାଙ୍କ ମୁହଁକୁ ଆଶ୍ଚର୍ଯ୍ୟ ହୋଇ ଚାହିଁଥିଲି। ଅନେକ କାରଣ ବା ମନା କରିବା ସତ୍ତ୍ୱେ ବାପା ଜିଦ୍‌ରେ ଅଟଳ। ମୋତେ ହତୋତ୍ସାହିତ କରିବା ଆରମ୍ଭ କଲେ। ମୁଁ ଅବୋଧ୍ୟ ହେବାରୁ ନାନାକଥା ଶୁଣାଇଲେ। ମୁଁ ସେଦିନ ଅନୁଭବ କଲି ମୁଁ ଗୋଟେ ବିରାଟ ବୋଝ ସେମାନଙ୍କ ପାଇଁ। ଯାହା

କନ୍ୟାସନ୍ତାନ ବୋଲି ମୋ ପିଲାଦିନରୁ ତାଙ୍କ ଉପରେ ଲଦିଦେଇଛନ୍ତି କେହି। ମୁଁ ଏହିକଥା ଶୁଣି ଶୁଣି ବଡ଼ ହୋଇଛି, ଝିଅ ଘରର ବୋଝ, ତା'ର ନିଜ ଘରେ କିଛି ଭୂମିକା ନାହିଁ। ବାପାଙ୍କ ସଂପତ୍ତି ସରିଯିବାରେ ଏମାନେ ମୁଖ୍ୟ ଭୂମିକା ଗ୍ରହଣ କରନ୍ତି। ପିଲାଦିନରୁ ଯୌତୁକ ପଇସା ସଜାଡ଼ିବାକୁ ପଡ଼େ ପ୍ରତିଟି ବାପା ମା'ଙ୍କୁ। କନ୍ୟାସନ୍ତାନ ଅଭିଶାପ ଓ ପୁତ୍ର ସନ୍ତାନ ଘରର ଆଶୀର୍ବାଦ। ବାହାଘର ପରେ ବି ସେମାନଙ୍କୁ ନିରାପତ୍ତା ଦେବାକୁ ବାପା ମା'ମାନେ ଇଚ୍ଛୁକ ନୁହନ୍ତି। ଏମିତି ଅନେକ ଯାତନା ଦେଇ ପିଲାଟିଦିନରୁ ଝିଅର ଜୀବନ ତର୍ଜମା କରିଥାନ୍ତି ସମସ୍ତେ, ସେଥିରେ ମୋ ବାପା ମା' ବି ସାମିଲ। ମୀରା ପଚାରିଲା ଶିକ୍ଷିତ ସମାଜ ବି କ'ଣ ଏଇଆ କରନ୍ତି ? ମୁଁ ଯାହା ଅନୁଭବ କରୁଛି, ଶିକ୍ଷିତ ସମାଜ ବି ଏସବୁରୁ ବାଦ ପଡ଼ିଯାଆନ୍ତିନି। ଅନେକ ଡକୁମେଣ୍ଟାରି ମୁଁ ଦେଖିଚି, ଇଣ୍ଡିଆନ୍ ସିନେମାରେ ବି ଏହାର ଝଲକ। ଶିକ୍ଷା ବି ତାଙ୍କର ଏପ୍ରକାର ଚିନ୍ତା ଚେତନାରେ କୌଣସି ପରିବର୍ତ୍ତନ କରିପାରୁନାହିଁ। ଏହି ମାନସିକ ଅବସ୍ଥା ଦେଇ ଝିଅଟିଏ ନିଜକୁ ପିଲାଦିନରୁ ଅସହାୟ ବୋଲି ବୁଝିନିଏ ଓ ଜୀବନସାରା କଷ୍ଟକୁ ସହିନିଏ। ତାହା ପାଇଁ ମୁଁ କହିବି ଆମ ସାମାଜିକ ବ୍ୟବସ୍ଥା ହିଁ ଦାୟୀ। ମୀରା ଏକଥା କହିଲା।

ମୁଁ ତା' ସହ ଏକମତ ହୋଇ ଆଗକୁ ନେଇ କଥା କହିଲି ମୁଁ ପିଲାଦିନ କଥା କହୁଛି। ପିଲାଦିନେ ମୋ ପାଠ ପଢ଼ିବା ବୟସରେ ମୋ ପ୍ରତି ବେଶୀ ଧ୍ୟାନ ଦିଆଯାଉନଥିଲା। ସେମାନଙ୍କର ଧାରଣା ଥିଲା ମୁଁ ପାଠ ପଢ଼ିଲେ ତାଙ୍କ ଭବିଷ୍ୟତରେ ଉନ୍ନତିରେ କିଛି ଅବଦାନ ରହିବ ନାହିଁ। ଝିଅ ତାଙ୍କ ଭବିଷ୍ୟତ ଉଜ୍ଜ୍ୱଳ କରିବ ନାହିଁ। ମୁଁ ଶେଷରେ ଅନ୍ୟ କାହା ଘରେ ମୋର ଜୀବନ ବିତେଇବି ବିବାହ ପରେ। ମୋର ଅବଦାନର କିଛି ମୂଲ୍ୟ ନାହିଁ ଜଣେ ଝିଅ ହିସାବରେ। ତେଣୁ ଯାହାତାହା ପଢ଼ିଗଲେ, କେବଳ ବରପାତ୍ରଟିଏ ମିଳିଗଲେ ମୋ ବାପା ମା'ଙ୍କ କାମ ଶେଷ। ଏହା ଏକ ସାମାଜିକ ବ୍ୟାଧି କହିଲେ ଅତ୍ୟୁକ୍ତି ହେବ ନାହିଁ। ମୁଁ ପିଲାଦିନୁ ଏପରି ମନୋଭାବକୁ ମନେ ମନେ ଖୁବ୍ ବିରୋଧ କରିଆସିଛି। ବାପା ମୋତେ ବେଳେ ବେଳ ଗାଳିଗୁଲଜ କଲାବେଳେ କହିଦିଅନ୍ତି। ପଛକୁ ଭୁଲିଯାନ୍ତି। ମୁଁ କିନ୍ତୁ ଭୁଲିପାରେନି। ବେଳେ ବେଳେ ନିଜ ଜନ୍ମକୁ ନେଇ ନିଜକୁ ଗାଳିଦିଏ। କାହିଁକି ଜନ୍ମ ହେଇଚି ଭାବି କାନ୍ଦିପକାଏ। ମୁଁ ଜନ୍ମ ନହୋଇଥିଲେ ତ ଏ ପରିବାର କିଛି କ୍ଷତି ହୋଇନଥାନ୍ତା। ମୋ ଭିତରେ ଗୋଟେ ତିକ୍ତତା ଭାବ

ନିଜ ପ୍ରତି ବଢ଼ିଚାଲିଥାଏ। ମୁଁ ନିଜକୁ ଭଲପାଇପାରିଲିନି ନାରୀଟିଏ ବୋଲି, ମୋର ସମସ୍ତ ପିଲାଦିନ ସେମିତି ହିଁ କଟିଛି।

ସମାଜର ବିଭିନ୍ନ ରୂଢ଼ିବାଦୀ ପ୍ରଥାକୁ ମୁଁ ଘୃଣା କରିବା ଆରମ୍ଭ କଲି। ମୋ ବାପା ମା' ସେମାନେ ଏତେ ରକ୍ଷଣଶୀଳତାର ବଶବର୍ତ୍ତୀ ଯେ ସେମାନେ ଏମିତି ମାନସିକତାରୁ ମୁକୁଳି ପାରୁନଥିଲେ। ମୁଁ ବଡ଼ହେଲା ପରେ ଅନୁଭବ କଲି ମୁଁ ଯାହା ଭାବୁଥିଲି ଭୁଲ୍, ନାରୀଟିଏ ଏ ଜଗତର ସୃଷ୍ଟିକର୍ତ୍ତା। କିନ୍ତୁ ମୁଁ ସବୁଠୁ ଘୃଣା କରୁଥିଲି ଆମ ସମାଜର ଏକ ନିର୍ଦ୍ଦିଷ୍ଟ ବାହାଘର ପ୍ରଥାକୁ। ଯାହା ପାଇଁ ଆମେ ଏତେ ଦୁର୍ଦ୍ଦଶା ଭୋଗିଥାଉ। ଯୌତୁକ, ଝିଅଦେଖା ଏସବୁ ମୁଁ ପିଲାଦିନରୁ ହିଁ ଶଯ୍ୟ କରିପାରୁନଥିଲି। ଯେ ସବୁ ନେଇ ମୋର ବାପାଙ୍କ ସହ ଖୁବ୍ ଯୁକ୍ତିତର୍କ ହୋଇଯାଉଥିଲା ଅନେକ ସମୟରେ। ବାପା ମୋତେ ଅଧିକ ଅପମାନିତ କଲା ଭଳି କୁହନ୍ତି ଦେଖିବା କିଏ ସେ ବିନା ଯୌତୁକରେ ତୋତେ ବିଭା ହୋଇଯିବ। ତୁ ଏମିତି ସବୁ ପରିବର୍ତ୍ତନ କରିଦେବା ସ୍ୱପ୍ନ ଦେଖିବା ବନ୍ଦ କର। ଦୁନିଆ ଯେମିତି ଚାଲିଛି ସେମିତି ହିଁ ଚାଲିବ। ମୁଁ ପଛରେ ଜାଣିଲି ଏହାକୁ ଆବ୍ୟୁଜ୍ କୁହନ୍ତି। ଏମିତି ପିଲାଦିନୁ ପିଲାମାନଙ୍କୁ ସେନ୍‌ସିଟିଭ୍ କଥା କହିବା ବି ଚାଇଲ୍‌ଡ ହୁଡ୍ ଆବ୍ୟୁଜ୍ କୁହାଯାଇଛି ଆମ ବହିରେ।

ଜିଦ୍‌ରେ ମୁଁ ପିଲାଦିନୁ ଭଲ ପାଠ ପଢୁଥିଲି, ଭଲ ଚାକିରି କରିବି ଆଉ ନିଜେ ଠିକ୍ କରି ବାହାହେବି ବୋଲି ଭାବିଥିଲି। ମୋ ଭିତରେ କେଉଁଠି ନା କେଉଁଠି ଗୋଟେ ଜିଦ୍ ବଢୁଥିଲା। ନିଜ ଗୋଡ଼ରେ ନିଜେ ଠିଆହେବି। ମୁଁ ବାପାଙ୍କ ବୋଝ ନୁହଁ। ମୁଁ ବି ତାଙ୍କ ପୁଅ ପରି ସକ୍ଷମ, ଏକଥା ଦିନେ ପ୍ରମାଣ କରିବି। ନିଜ ହିସାବରେ ନିଜ ଜୀବନସାଥୀ ଖୋଜିଲେ ଅନ୍ତତଃ ଦୁଇଜଣଙ୍କ ବୁଝାମଣାଯୁକ୍ତ ସମସ୍ୟାଗୁଡ଼ିକୁ ପରଖିହେବ। କିନ୍ତୁ ସେଦିନ ବାପାଙ୍କ ପ୍ରସ୍ତାବ ହଠାତ୍ ମୋ ସ୍ୱପ୍ନସବୁ ଭାଙ୍ଗି ଚୂରମାର କରିଦେଲା। ଅନେକ ପ୍ରତିରୋଧ ପରେବି ମୁଁ ହାରିଗଲି। ବାପାଙ୍କ କଥାରେ ଶେଷରେ ରାଜିହେଲି। ମୀରା, ପ୍ରତ୍ୟେକ ଝିଅ ଯୌବନରେ ସ୍ୱପ୍ନ ଦେଖିଥାଏ ସେ କେମିତି ପୁଅ ବାହାହେବ, କେମିତି ତା'ର ଜୀବନସାଥୀ ହୋଇଥିବା ଦରକାର। ପୁଅବି ଦେଖନ୍ତି ସେଥିପାଇଁ ସେମାନେ ବାଛି ବାଛି ଝିଅ ଘର ଖୋଜି ଝିଅ ଦେଖିବାକୁ ଆସନ୍ତି। ପ୍ରକୃଷ୍ଟ ଝିଅଟିଏ ନ ପାଇବାଯାଏଁ ଏ ପର୍ବ ଚାଲିଥାଏ। ସେମାନେ ସୁନ୍ଦରତା, ସୁଶୀଳତା ଏଇସବୁ ଗୁଣର ପ୍ରଶ୍ନ ରଖି ବୋହୂଟିଏ ବାଛିନିଅନ୍ତି। ଜାଣିଛୁ ମୀରା ଆମ ଭାରତୀୟ ସମାଜରେ ଝିଅଦେଖା ପ୍ରଥା ଅଛି ବିବାହ ପାଇଁ। ପୁଅଘରର ସମସ୍ତେ

ଆସି ଝିଅଟିକୁ ଦେଖିଯିବେ। ଝିଅଘର ଆଶାମୁତାବକ ତାଙ୍କୁ ଆତିଥ୍ୟ ଦେବେ। ଝିଅଟିଏ ସଜବାଜ ହୋଇ ବିଭିନ୍ନ ପ୍ରଶ୍ନର ସମ୍ମୁଖୀନ ହେବ, ତା' ସୁନ୍ଦରତାକୁ ତଉଲାଯିବ, ତା'ର ଭଦ୍ରାମି ଓ ନମ୍ରତା ଭଳି ଗୁଣମାନଙ୍କୁ ଆକଳନ କରାଯିବ। ପୁଅ ପକ୍ଷ ପ୍ରସନ୍ନ ହେଲେ ଯାଇ ସେମାନେ ମନୋନୀତ କରିବେ, ସବୁ ଥାଇ ବି ବହୁ ଝିଅ ମନୋନୀତ ହୁଅନ୍ତି ନାହିଁ, ଏହା ବରପକ୍ଷର ସଂପୂର୍ଣ୍ଣ ମର୍ଜି। ଏତିକିବେଳେ ଅନେକ ଝିଅ ବହୁ ପ୍ରତ୍ୟାଖ୍ୟାନ ଶିକାର ହୋଇ ନିଜ ଜୀବନକୁ ତୁଚ୍ଛ ମନେକରନ୍ତି। ଏଥିରେ କାହାଣୀ ଶେଷ ହୁଏନି। ଅନେକ ଶୋଷଣର ଶିକାର ହୁଅନ୍ତି ଝିଅ ପରିବାରମାନେ। ଯୌତୁକ ଦାବିରେ ନେଇ ବିବାହର କଥା ଆଗକୁ ବଢ଼ିଥାଏ, ଆଶା ମୁତାବକ ଯୌତୁକ ନ ଦେଇପାରିଲେ ଝିଅପକ୍ଷ ବାହାଘର ଭାଙ୍ଗିଯାଏ। କିନ୍ତୁ ଝିଅପକ୍ଷ ମୁହଁ ଖୋଲିବା ମନା, ଯେମିତି ସେମାନେ ଝିଅ ଜନ୍ମ କରି ପାପ କରିଛନ୍ତି। ଝିଅର ସେମିତି କିଛି ଅଧିକାର ନାହିଁ। ଏକଥା ସେ ବାପା ମା' ସ୍ଥିର କରନ୍ତି, ଝିଅର ବର କେମିତି ହେବା ଆବଶ୍ୟକ ?

ସୁମନ୍ତ ଯେବେ ମୋତେ ଏହିଭଳି ଭାବରେ ଦେଖିବାକୁ ଆସିଲେ ତାଙ୍କର ବି କିଛି ଯୌତୁକ ଦାବି ଥିଲା, ବାପା ଜାଣି ରାଜିହେଲେ। ସୁମନ୍ତଙ୍କ ବ୍ୟକ୍ତିତ୍ୱ ବିଷୟରେ ଜାଣିବାର ସୁଯୋଗ ନଥିଲା। ଠିକ୍ ପଶା ଖେଳିବା, କି ଭାଗ୍ୟ ଉପରେ ଛାଡ଼ିଦେବା ପରି କଥା। ତା'ଛଡ଼ା ମୋ ସ୍ୱପ୍ନରେ ଦେଖିଥିବା ପୁଅର ବ୍ୟକ୍ତିତ୍ୱର ମାପକାଠିକୁ ମାପିଲେ ସତରେ କଷ୍ଟହିଁ ମିଳିବ, ମୁଁ ସେଇଆ ଭାବିନେଇ ମନ ବୁଝାଇବାକୁ ଲାଗିଲି। ତା'ପରେ ମା' ବି କହିଲେ ଭଲ ମଣିଷ ବୋଲି କ'ଣ କାହାକୁ ଦେଖି ଜାଣିହୁଏ। ରୂପ ଦେଖିଲେ କ'ଣ ଗୁଣ ଭଲ ଅଛି ବୋଲି କହିପାରିବୁ ନା ସେମିତି କେମିତି ମଣିଷକୁ ପରଖିପାରିବୁ। ସବୁ ଯେ ତୋର ଭାଗ୍ୟ କଥା, ଆଜି ଭାବିଲେ ହସ ଲାଗେ ମୀରା, ଆମେ ନିଜେ ନିଜେ କେମିତି ଅଜ୍ଞତାର ବଶବର୍ତ୍ତୀ ହୋଇ ନିଜ ସହ, ନିଜ ଜୀବନ ସହ ଖେଳିପାରୁ। ମୁଁ ଏ ସମୟର ମଣିଷ ହୋଇବି ବାପା ମା'ଙ୍କ ପରି ହିଁ ଚିନ୍ତା କରିବାକୁ ଲାଗିଲି। ବାପା ମା' ଜାଣି ନଥିଲେ ସମୟ ବଦଳୁଛି। ଆମେ ଶାହରୁଖ ଖାଁ ସିନେମା ଦେଖି ବଢ଼ିଥିବା ଝିଅସବୁ ନିଜ ଜୀବନରେ ବି ରୋମାନ୍ସ ଖୋଜିବୁ, କ'ଣ ଭୁଲ୍ କହିଲି ? ବାପା କହିଲେ ଏଇ ତୋର ଭାଗ୍ୟ। ଯାକୁ ହିଁ ଶ୍ରେଷ୍ଠ ବୋଲି ଭାବ ଜୀବନରେ। ବାପାଙ୍କୁ ମୋ ଚିନ୍ତାରୁ ମୁକ୍ତି ପାଇବାର ଥିଲା।

ମୀରା କହିଲା, କି ରିଡିକୁଲସ୍ ସିଷ୍ଟମ୍ ତୁମର। ମୁଁ କହିଲି, ଯୌତୁକ ଦେଲା ପରେବି ଏଠି ଝିଅଟିଏ ବାହାହୋଇ ସୁଖରେ ରହିପାରେନି। ମୋର କିଛିଟା ଏଇମିତି ସମଦଶା। ସୁମନ୍ତ ସହ ବିବାହ ଠିକ୍ ହେଲା ପରେ ବାପା ମୋତେ ସୁମନ୍ତ ସହ ମିଳାମିଶା ପାଇଁ ରାଜି ହୋଇନଥିଲେ। ଦୁହେଁ ପରସ୍ପରକୁ ବିବାହ ପରେ ଜାଣିଲେ, ପ୍ରେମ କରିବାକୁ ବାଧ୍ୟ ହେବେ, ଏମିତି କିଛି ସେ ଆଶା କରୁଥିଲେ। ମୋ ଭିତରେ ଥିବା ଏମିତି ବାହାଘର ପ୍ରତି ତିକ୍ତ ଭାବନା ଦୂର ହୋଇପାରିବ। ଆମେ ଦୁହେଁ କିଛିଦିନ ପରସ୍ପରକୁ ଜାଣିଲୁ। କିଛିଦିନ ମିଶିଲା ପରେ ଅନୁଭବ ହେଲା ଆମେ ଜୀବନର ସବୁଠୁ ବଡ଼ ସାଲିସ କରିବାକୁ ଯାଉଛୁ। ଆମ ଦୁଇଜଣଙ୍କ ନା ଭାବନା ମିଶୁଥିଲା ନା ମନ। ମୋ ସ୍ୱପ୍ନଭଙ୍ଗ ଭିତରେ ମୁଁ ଆହତ ପକ୍ଷୀଟିଏ ପରି ଛଟପଟ ହେଉଥିଲି। ମୁଁ କେବଳ ବାପାଙ୍କ ଇଚ୍ଛାକୁ ସମ୍ମାନ ଦେବାକୁ ମୋ ଜୀବନରେ ଏମିତି ଗୋଟେ ପଦକ୍ଷେପ ନେବାକୁ ଯାଉଛି। କିନ୍ତୁ ସୁମନ୍ତ ଖରାପ ମଣିଷ ନୁହଁ ବୋଲି ବାପା ମୋତେ ବୁଝାଇଚାଲିଥିଲେ। ତୋର ମନ ମିଶୁନାହିଁ ସେଇଟା ତୋର ଅସୁବିଧା ବୋଲି କହିଚାଲିଲେ। ମୁଁ ହିଁ ଯାବତୀୟ ଗାଳିଗୁଲଜ ଶୁଣିଲି।

ମୁଁ ବରାବର କହୁଥିଲି ସେ ମୁଁ ସ୍ୱପ୍ନ ଦେଖିଥିବା ମଣିଷ ପରି ନୁହନ୍ତି। ମୋର ଚିନ୍ତାଧାରା ତାଙ୍କ ସହ ଖାପ ଖାଇନି। ମୁଁ ପିଲାଦିନୁ ସ୍ୱପ୍ନ ପଛରେ ଗୋଡ଼ଉଥିବା ଝିଅ, ସେ ମୋ ସ୍ୱପ୍ନକୁ ପଞ୍ଜୁରୀ ଭିତରେ ସଜାଇ ନିଜେ ଖୁସି ହେଉଥିବା ପୁଅ। ମୁଁ ଯେତେବେଳେ କହୁଥିଲି ସୁମନ୍ତ ମୋ ହାତରୁ ଅନେକ କିଛି ଖସିଯାଉଛି ସମୟ ସହ, ସେ କୌଣସି ସାନ୍ତ୍ୱନା ଦେଉ ନଥିଲେ କି ସ୍ୱପ୍ନକୁ ଗୋଟେଇ ନେବାକୁ ଉତ୍ସାହ ଦେଖଉ ନଥିଲେ। ଆଡ଼େଇ ଯାଉଥିଲେ ବିଭିନ୍ନ ଆଳ ଦେଖେଇ। ପଛରେ ଜାଣିଲି ସେ ତାଙ୍କ ସ୍ୱପ୍ନ ପାଇଁ ବ୍ୟସ୍ତ, ସେ ତାଙ୍କ ଦୁନିଆରେ ବିଭୋର। ମୁଁ କେବଳ ତାଙ୍କର ଜଣେ ସହଯାତ୍ରୀ। ତାଙ୍କୁ ସବୁ ପ୍ରକାରର ସାହସ, ସମର୍ଥନ ଯୋଗାଇବା ମୋର ପ୍ରଥମ ପରମ କର୍ତ୍ତବ୍ୟ, ମୋ ସ୍ତ୍ରୀ ଧର୍ମ। ତାଙ୍କ ସ୍ୱପ୍ନ ପଛରେ ମୁଁ ବି ଧାଇଁବା ନିୟତି, ତାଙ୍କୁ ସଫଳ କରାଇବା ପାଇଁ ମୁଁ ନିଜ ସ୍ୱପ୍ନ ଭୁଲିବା ଉଚିତ। ଏମିତି ଭାବନାରେ ସେ ପୂର୍ଣ୍ଣ ବିଶ୍ୱାସ ରଖନ୍ତି। ମୋ ଭାବନା ଏହା ସହ ଖାପ ଖାଉନଥିଲା। ପୁରୁଷକୈନ୍ଦ୍ରିକ ଏମିତି ଚିନ୍ତାଧାରା ମୋତେ ଆଗରୁ କଷ୍ଟଦେଇଆସିଛି। ମୋ ହାତରୁ ଯାହା ଖସିଯାଉଛି ଯାଉ ସେ ସୁଖୀ ହୁଅନ୍ତୁ, ସଂପୂର୍ଣ୍ଣ ଆତ୍ମକୈନ୍ଦ୍ରିକ ସୁମନ୍ତଙ୍କ ଚିନ୍ତାଧାରା, ନିଜର ଓ ନିଜର ପରିବାରର ଆଶା ପୂରଣ କରିବା ତାଙ୍କ ପ୍ରାଧାନ୍ୟତା। ତା' ଭିତରେ ଧୀରେ

ଧୀରେ ବଳି ପଡ଼ିଯାଉଛି ମୋର ଅସ୍ତିତ୍ୱ। ସେ ଘରର ମେରୁଦଣ୍ଡ ବୋଲି କହି ନିଜର ଶ୍ରେଷ୍ଠତ୍ୱ ଦେଖାନ୍ତି। ମୁଁ କେବଳ ଜଣେ ଫାଙ୍କା ପରିଚୟ ସ୍ତ୍ରୀ, ଯେ ପୁରୁଷର ଶୋ-କେସ୍‌ରେ ଶୋଭା ପାଇବା ଉଚିତ। ସେ କେବଳ ସ୍ୱାମୀର ଜୀବନ ଜିଇଁବ। ତା' ବିନା ତା'ର କିଛି ଅସ୍ତିତ୍ୱ ନାହିଁ, ପରିଚୟ ନାହିଁ। ସେ ସଂସାର ବଢ଼ାଇବ, ପାଳନ କରିବ, ସମସ୍ତଙ୍କ ସୁଖଦୁଃଖର ସାଥୀହେବ। ମୋର ନିଜର ହଜିଯାଉଥିବା ସ୍ୱପ୍ନ ଆଶା ଆକାଂକ୍ଷା କଥା କିଏ ପଚାରେ? ଏକଥା ପିଲାଦିନୁ ବାପା ମା' ବି ବୁଝୁନ୍ତିନି, ମୁଁ ଏଇକଥା ନିଜକୁ ବୁଝେଇଚାଲିଲି। ତାଙ୍କ ସହ ମିଶିବା ପରେ ଜାଣିଲି ଏଇ ମୋର ଜୀବନ, ଏତିକିରେ ହିଁ ଶେଷ। ପିଲାଦିନେ ଦେଖିଥିବା ସ୍ୱପ୍ନ ସେଇଠି ମିଳେଇଗଲା। ପୂର୍ଣ୍ଣଚ୍ଛେଦ ପଡ଼ିଲା ଭାବନାରେ। ମୁଁ ଜାଣିଥିଲି ମୋ ପାଇଁ ବାଟ ନାହିଁ। ମୁଁ ବି ସୁମନ୍ତର ଢଙ୍ଗରେ ଜୀବନ ଜୀଇଁଲି। ତା' ସହ ପାଦ ମିଳେଇ ସମୟ ସହ ବୋହିଚାଲିଲି।

ବିଭାଘର ସରିଥିଲା ସୁମନ୍ତ ସହ। ମୋର ଅସ୍ତିତ୍ୱ ଉପରେ ବି ସୁମନ୍ତଙ୍କର ପୂର୍ଣ୍ଣ ଅକ୍ତିଆର। ମୋ ଚିନ୍ତା ଚେତନାରେ ତାଙ୍କର ଅଧିକାର, ମୋର ଏବେ ନିଜର ବୋଲି କିଛି ନାହିଁ। କିନ୍ତୁ ତାଙ୍କ ଉପରେ ମୋର କୌଣସି ଜୋର୍ ନାହିଁ। ସେ ତାଙ୍କ ନିଜ ଜୀବନର ମାଲିକ। ଏଇମିତି ହିଁ ଆମେ ଭାରତୀୟ ସମାଜ ତିଆରିଛୁ। ସ୍ୱାମୀର ସବୁ ସୁଖଦୁଃଖ ଭାଗ କରିନେବ ସ୍ତ୍ରୀଟିଏ ଜୀବନତମାମ। ବଦଳରେ ହରାଇବାକୁ ହୁଏ ତା'ର ନିଜ ଜୀବନର ସ୍ୱପ୍ନ, ଅଭିଳାଷ ନିଜ ଉପରେ ଥିବା ବିଶ୍ୱାସଟିକକ। ସୁମନ୍ତ କୁହନ୍ତି ସଂପୂର୍ଣ୍ଣ ସମର୍ପଣ ନିଜକୁ ନକଲେ କ'ଣ ନିଜକୁ ସ୍ତ୍ରୀ କରିହୁଏ। ସେକଥା ସତ ଯେ ମୀରା କୁହ 'ଏକଥା ସ୍ୱାମୀ ପାଖରେ ବି ପ୍ରଯୁଜ୍ୟ ହେବା କଥା କି ନା?' ସ୍ୱାମୀର ସମର୍ପଣ ଭାବ ନେଇ ଏଠି କାହିଁକି ପ୍ରଶ୍ନ ଉଠେନି। ମୋର ଏଇ ଯେ ଅତ୍ୟନ୍ତ ନିରାଶଯୁକ୍ତ ଜୀବନ ବୋଲି ମୁଁ ମାନି ନେଇଥିଲି ବିବାହର କିଛିବର୍ଷ ଯାଏଁ। ସୁମନ୍ତ ଘରେ ରହିବା ପରେ ମୋର ତାଙ୍କ ବାପା ମା' ସହ ମଧ୍ୟ ସେମିତି ଭଲ ସଦ୍‌ଭାବନା ଗଢ଼ିହେଲା ନାହିଁ। ସେମାନେ ବି ସେମିତି ରୂଢ଼ିବାଦୀ ଓ ପୁରୁଣା ଚିନ୍ତାଧାରାର ଜୀବନ ଜିଉଁଥିଲେ। ସେଥିରେ ପ୍ରଗତିଶୀଳତା ନଥିଲା। ମୁଁ ନିଜେ ନିଜେ ଅଣନିଃଶ୍ୱାସୀ ହେବା ଆରମ୍ଭ କରିଥିଲି। ନିରାଶାରେ ନିଜ ବାପା ମା'ଙ୍କଠୁ ଦୂରେଇଗଲି। ମୋତେ ଏମିତି ଖାପଖୁଆଇ ଚାଲିବାକୁ ଭଲ ଲାଗୁନଥିଲା କିନ୍ତୁ ବାଟ ବି ଦିଶୁ ନଥିଲା। ମୋର ବିଚାର କି ଅଭିଯୋଗ ସୁମନ୍ତ ଶୁଣିବାକୁ ନାପସନ୍ଦ

କରିଥିଲେ। ମୁଁ ହସୁଥିଲି ଉପରେ କାନ୍ଦୁଥିଲି ଛାତି ଭିତରେ। ନିଜ ଘର ପ୍ରତି ସେମିତି ସଦ୍‌ଭାବନା ଭାବ ନଥିବାରୁ ମୁଁ କାହାକୁ ମୋ ନିଜକଥା କହିବାକୁ ଉଚିତ ମନେ କରୁନଥିଲି। ନିଜେ ନିଜେ କେବେ ଅନ୍ୟକୁ ଖୁସି କରିବା ପାଇଁ ସାଧାରଣ ବୋହୂଟିଏ କରି ସଜାଉଥିଲି। କେବେ ନିଜେ ନିଜେ ହାରିଯାଉଥିଲି। କିଛିଦିନ ପରେ ଲକ୍ଷ୍ୟ କଲି ମୁଁ ସୁମନ୍ତଙ୍କୁ ଯେତେ କଲେ ବି ଖୁସି କରିପାରୁନଥିଲି, ସେ ମୋ'ଠୁ ଆହୁରି ଅଧିକ ଆଶା ରଖୁଥିଲେ। ନିଜ ଇଚ୍ଛା ଜାହିର କଲେ ସେ ଅଶାନ୍ତି ହେଲେ ମୋ ଉପରେ। ଆମ ଭିତରେ କଳହ ଲାଗିରହୁଥିଲା ଏମିତି ଛୋଟ ଛୋଟ ମତଭେଦରେ ମଧ୍ୟ। ସେ କୌଣସି ଅଭିଯୋଗ ଶୁଣିବାକୁ ଚାହୁଁ ନଥିଲେ, କେବଳ ସମର୍ପଣ ଓ ମୋର କର୍ତ୍ତବ୍ୟ ଓ ଦାୟିତ୍ୱ କଥା ହିଁ କହୁଥିଲେ। ମୁଁ ଯା' ଭିତରେ ପେଷିହେଇ ନିଜକୁ ଭୁଲିଗଲି କେତେବେଳେ। ଦିନେ ସୁମନ୍ତଙ୍କୁ କହିଲି ମୁଁ ଚାକିରୀ ଜଏନ୍ ହେବାକୁ ଚାହେଁ। ମୋର ଅଧିକ ପାଠପଢ଼ିବାକୁ ବି ଇଚ୍ଛା ଥିଲା, କିଛି ପରିଚୟ ମୋର ନିହାତି ଦରକାର। ମୁଁ ଏସବୁଥିରୁ ଶାନ୍ତି ପାଉନି। ମୁଁ ଏମିତି ଜୀବନ କଟାଇପାରିବି ନାହିଁ।

ସୁମନ୍ତ ଠିକ୍ ବାପାଙ୍କ ଭଳି ମୋତେ ହିତୋପଦେଶ ଦେବା ଆରମ୍ଭ କରିଦେଲେ। ଠିକ୍ ସେଦିନ ବାପାଙ୍କ ଜାଗାରେ ସୁମନ୍ତ ବସିଥିବା ଭଳି ମୋତେ ଦେଖାଗଲା। ମୀରା ବୁଝିଲୁ, ଯେତେ ଚେଷ୍ଟା କଲେ ବି କିଛି ମଣିଷଙ୍କୁ ଭଲପାଇହୁଏ ନାହିଁ। ସେମାନେ ନିଜ ଭିତରେ ଏତେ ମସଗୁଲ ଥା'ନ୍ତି ଯେ ତାଙ୍କ ଦୁନିଆରେ ଆମେ ସ୍ଥାନ ପାଇପାରୁନା। ସେମାନେ କେବଳ ଜଣେ ସାମୟିକ ସାଥୀ ଖୋଜିଥାନ୍ତି। ଅନ୍ୟ ସମୟରେ ସେମାନଙ୍କର କାହା କଥା ଚିନ୍ତା କରିବାକୁ ସମୟ ନଥାଏ। ଏପରିକି ଏଭଳି ମଣିଷମାନେ ଏତେ ଚାଲାଖ ଯେ କୌଶଳପୂର୍ଣ୍ଣ ଭାବେ ନିଜର ଭାବନା ଓ ଚିନ୍ତାଧାରାକୁ ଠିକ୍ ବୋଲି ବାରମ୍ବାର ପ୍ରମାଣିତ କରୁଥାନ୍ତି। ସେମାନେ ନିଜର ଦୃଷ୍ଟିକୋଣ ବଦଳାନ୍ତି ନାହିଁ ବରଂ ଆଉ ଜଣେ ବଦଳୁ ତାଙ୍କ ପାଇଁ ବୋଲି ଧରିନିଅନ୍ତି। ମୋତେ ଘରେ ରହିବା ଭଲ ଲାଗୁ ନଥିଲା ବରଂ କହିବାକୁ ଗଲେ ସୁମନ୍ତଙ୍କ ସାଙ୍ଗସାଥୀ ଅଫିସ୍ କାମରେ ଦିନ ଖୁସିରେ କଟୁଥିଲା।

ମୁଁ ଉଚ୍ଚଶିକ୍ଷିତ ହେବା ସତ୍ତ୍ୱେ ନିଜକୁ ମୁକୁଳାଇ ପାରୁନଥିଲି ସୁମନ୍ତ ମାୟାଜାଲରୁ। ଦିନକୁ ଦିନ ଅଣନିଃଶ୍ୱାସୀ ଲାଗୁଥିଲା ମୁଁ ଜଣେ ବନ୍ଦୀର ଜୀବନ କାଟିବା ପରି ମନେହେଲା। କେବଳ ସୁମନ୍ତଙ୍କୁ ଛାଡ଼ି ଆଉ ଯେମିତି କିଛି ନାହିଁ

ଦୁନିଆରେ, ମୁଁ କାହାକୁ ଜାଣିନି, ଏ ଦୁନିଆ ମୋ ପାଇଁ ସୁମନ୍ତ ହିଁ ଗଢ଼ିଥିଲେ। ଏ ଜୀବନ ଏମିତି ଶେଷ ହୋଇଯିବ ବୋଲି ମୁଁ ଧରିନେଇଥିଲି। ମୋର ନିଜ ପ୍ରତି ଠିକ୍ ପିଲାଦିନ ପରି ଘୃଣା ଆସିଲା। ନିଜର ମାନସିକ ଅବସ୍ଥା ଖରାପ ହେବାକୁ ଲାଗିଲା। ନିଜେ ନିଜେ ଦୁଃଖୀ ରହିଲି। ଆମ ସଂପର୍କ ଆହୁରି ଦୁର୍ବଳ ହେବାକୁ ଲାଗିଲା। ସୁମନ୍ତ କିନ୍ତୁ ବେଶ୍ ଜୀବନ ଜିଇଁଲେ। ତାଙ୍କର ଅଫିସ୍ ବାନ୍ଧବୀମାନଙ୍କ ଘନିଷ୍ଠତା ବିଷୟରେ ବି କୁହନ୍ତି। ଶେଷକୁ ମୁଁ ଅନୁଭବ କଲି ମୋର କିଛି ଏ ପରିସ୍ଥିତି ଉପରେ ଅକ୍ତିଆର ନାହିଁ। ପୁରୁଷ ଜାତି ଏହିପରି। ନୂଆ ନୂଆ ଝିଅଙ୍କ ସହ ସମୟ କାଟିଲେ। ମୋର ମନରେ ଯେଉଁ ଟିକକ ଆତ୍ମୀୟତା ଥିଲା ସେତକ ମରିଗଲା ଦିନକୁ ଦିନ।

ମୁଁ ନିଜକୁ କେବେ ଆଜିର ରୂପରେ ଆବିଷ୍କାର କରିବି ବୋଲି ଆଶା କରିନଥିଲି। ମୀରା ବୁଝିଲୁ, ଯଦି ଯେ ଜୀବନ ମୁଁ ନିଜେ ନିଜ ମୋ ପାଇଁ ବାଛିଥାନ୍ତି ମୋର ବୋଧେ ଦୁଃଖ ନଥାନ୍ତା। କିନ୍ତୁ ମୋତେ ବାଧ୍ୟ କରାଯାଇଥିଲା ଏମିତି ଜୀବନଟେ ଆପଣେଇନେବାକୁ। ମୋର ଉପରେ ଜୋର୍ ଜବରଦସ୍ତ ଲଦି ଦିଆହେଲା ପରି ଲାଗିଲା। ସେଥିପାଇଁ ମୁଁ ହତାଶ ହେଲି, ମୋତେ ଜୀବନ ମାଡ଼ିପଡ଼ିଲା। ସୁମନ୍ତ ଏକଥା ଭଲ ଭାବେ ଜାଣି ନୀରବ ରହିଲେ। ନିଜର ପାଇଁ ସେ ବେଶ୍ ସମୟ ଦେଉଥିଲେ। ସେ ନିଜର ଉନ୍ନତି ପାଇଁ ଅଧିକ ଧ୍ୟାନ ଦେଉଥିଲେ। ମୋ ପାଇଁ ତାଙ୍କର କୌଣସି ଦାୟିତ୍ୱ ନଥିଲା, କେବଳ ସ୍ତ୍ରୀର ପ୍ରତିପୋଷଣ କରୁଥିଲେ, ମୋତେ ଦିନକୁ ଦିନ ତାହା ବି ମାଡ଼ିପଡ଼ିଲା। ମୁଁ ନିଜକୁ ଆଉ କେତେ କଷ୍ଟ ଦେଇଥାନ୍ତି, ନିଜ ଆଡୁ କିଛି ଚେଷ୍ଟା କରି ଇଣ୍ଟରଭ୍ୟୁ ଦେଲି, ମୋର ଏତେଦିନ ବ୍ରେକ୍ ଯୋଗୁଁ ମିଳିବା କଷ୍ଟ ହୋଇପଡ଼ିଲା, ଯା' ଭିତରେ ମନକୁ ଶାନ୍ତି ଦେବାପାଇଁ ଚିତ୍ର କରିବା ଆରମ୍ଭ କଲି। ମୁଁ ପିଲାଦିନୁ ଭଲ ଆର୍ଟ କରୁଥିଲି। ଶେଷରେ ଚାକିରୀ ଠିକ୍ କରି ଜଏନ୍ ହେଲି। ସେଥିରେ ସୁମନ୍ତଙ୍କର ଅବଦାନ ଦୂରେ କଥା ଉତ୍ସାହ ବି ନଥିଲା। ମୁଁ କୌଣସି ସାହାଯ୍ୟ ତାଙ୍କଠୁ ଆଶା କରିବା ବୃଥା ବୋଲି ଧରିନେଲି। ମୀରା ଏଥର ସ୍ମିତହସ ହସିଲା। ପଚାରିଲା, ତା'ପରେ ବି ତୁ ଆଜ୍ଞାଧୀନ ପତ୍ନୀ ରହିବା ପାଇଁ ଚେଷ୍ଟା କରିଛୁ ? ମୁଁ କହିଲି, ମା' ମୋତେ ବୁଝେଇଛି ଯାହା ହେଇଯାଉ ସ୍ୱାମୀ ହାତ ଛାଡ଼ିବୁନି। ତୋ ଜୀବନ ନର୍କ ପାଲଟିଯିବ।

ମୀରା କହିଲା, ତୁମେମାନେ ଜୀବନ ଏମିତି ବୋଲି ମାନିଆସିଛ, ତା'ହେଲେ

କିଏ ଏତେସବୁ ଘଟଣା ପରେ ବି କହୁଥାନ୍ତା ମୋ ସ୍ୱାମୀ ଭଲ, ମୋର ଆନୁଗତ୍ୟତା ରହିବା ଉଚିତ। ମୁଁ କହିଲି, ମୁଁ ନୁହେଁ, ଆମ ଦେଶରେ ଅଶୀଭାଗ ସ୍ତ୍ରୀ ଲୋକ ଏମିତି ହିଁ ଜୀବନ ବଞ୍ଚନ୍ତି। ସ୍ୱାମୀକୁ ଭଲପାଆନ୍ତୁ ନପାଆନ୍ତୁ, ଚାରିକାନ୍ଥକୁ ଭଲପାଆନ୍ତି। ବାହାଘରରେ ପ୍ରେମ ନଥାଏ କିନ୍ତୁ ସାଲିସ ନିଶ୍ଚିତ ଥାଏ, ନହେଲେ ଜୀବନ କାଟିବା କଷ୍ଟ ହୋଇପଡ଼େ। ଯଦିବା ମୁକ୍ତି ପାଇଁ ଅନେକ ବାଟ ଅଛି, ଆଇନକାନୁନ କଥା କହିଲେ ସେଥିରେ ବି ଲୋକ ବିଶ୍ୱାସ କରନ୍ତିନି। ଆଇନ ତା' ବାଟରେ ଲୋକମାନେ ତାଙ୍କ ବାଟରେ। ମୀରା କହିଲା, ତା'ହେଲେ ତ ଯଦି ସମସ୍ତେ ସଚେତନ ହୋଇଯିବେ ଆମ ଦେଶରେ ଅନ୍ୟ ଦେଶଠୁ ଅଧିକ ଡିଭୋର୍ସ ସଂଖ୍ୟା ବଢ଼ିବ। ସ୍ତ୍ରୀଟିଏ ତା' ଆତ୍ମାକୁ ବଳିଦାନ ଦିଏ ସେଇଥିପାଇଁ ଏଠି ବାହାଘର ବଞ୍ଚେ ଯେତିକି ବୁଝିଲି ମୁଁ। ସେ ନିଜ ଭାଗ୍ୟକୁ ଦୋଷ ଦେଇ ଜୀବନ କାଟିଦିଏ। ସବୁ ଅବସୋସ ଅତୃପ୍ତ ସହ ନିଜର ମାନସିକ ଯନ୍ତ୍ରଣା ଭୋଗେ। ମୁଁ କହିଲି, କିନ୍ତୁ ସେ ଜାଣିଚି ମୁହଁ ଖୋଲିଲେ ଅନେକ କିଛି ତାକୁ ନିଜକୁ ସହିବାକୁ ପଡ଼ିବ। ତେଣୁ ସମସ୍ତଙ୍କର ଏସବୁ ଅଭ୍ୟାସଗତ ବୋଲି ମାନି ନେଇଛନ୍ତି।

ଯୁଗ ବଦଳିବା ସହ ଆମ ଭିତରେ ପ୍ରଗତିଶୀଳ ଚିନ୍ତାଧାରାକୁ ଆମେ କେବଳ ମୁହଁରେ କହିଥାଉ କିନ୍ତୁ ସଂସାର ବାନ୍ଧିବା ପାଇଁ ସ୍ତ୍ରୀର ଚିନ୍ତା ଚେତନା ଓ ସିଦ୍ଧାନ୍ତର ସ୍ୱାଧୀନତାକୁ ଆମେ ଭଲପାଇନାହୁଁ ଆଜିଯାଏଁ। ଏହା ସ୍ୱାମୀର ସ୍ୱାର୍ଥ ପୂରଣରେ ପ୍ରତିବନ୍ଧକ ସାଜୁଛି। ଯେଉଁ ପୁରୁଷ କିଛି ଏହାକୁ ଆପଣେଇ ସାରିଛନ୍ତି ସେମାନଙ୍କୁ ଆମେ ଏମିତି ମୁଣ୍ଡରେ ବସେଇ ଦେଉଛେ, ଯେମିତି ସେମାନେ କିଛି ମହାନ କାମ କରିଛନ୍ତି, କିନ୍ତୁ ପ୍ରକୃତରେ ଏହି ନାରୀ ସ୍ୱାଧୀନତା ପାଇବା କ'ଣ ପୁରୁଷର ବଦାନ୍ୟତା ? ମୁଁ ବେଶୀ ଦାର୍ଶନିକ ହେଲା ଭଳି କଥା କହିବା ଆରମ୍ଭ କଲି। ମୀରା ମୋତେ ବ୍ରେକ୍ ଦେଇ କହିଲା, ତା'ହେଲେ ତୁ କ'ଣ ତୁଷାରଙ୍କୁ ଏଇଥିପାଇଁ ଭଲପାଇଲୁ। କାରଣ ପ୍ରଥମରୁ ତୁ କେବେ ସୁମନ୍ତକୁ ଭଲପାଇନାହୁଁ। ମୁଁ କହିଲି, କାରଣଟା ସେଇଆ ହେଇଥାଇପାରେ, କି ନ ହୋଇ ବି ପାରେ। ଆମେ କ'ଣ ଯାହାକୁ ବାହାହେଇଚୁ ସେ ବି ବାପା ମା'ଙ୍କ ଇଚ୍ଛାରେ, ତାଙ୍କୁ ପ୍ରେମ କରିବାକୁ ବାଧ୍ୟ ? ଅବଶ୍ୟ ମୋର ଏମିତି ଧାରଣା ତୁଷାରଙ୍କୁ ଭେଟିଲେ ପାରେ ଆସିଥିଲା। କାହିଁକି ଜଣେ ସ୍ତ୍ରୀକୁ ଜବରଦସ୍ତି କୁହାଯିବ ସେ ତା' ସ୍ୱାମୀକୁ ଭଲପାଉ, ସ୍ୱାମୀର ସମସ୍ତ ଅଣଦେଖା ସତ୍ତ୍ୱେ।

ମୁଁ ପ୍ରେମକୁ କେବେ ଅନୁଭବ କରିନାହିଁ, ଜୀବନରେ ତୁଷାରଙ୍କ ସହ ଭେଟ ହୋଇ ନଥିଲେ ବୋଧେ ଅନୁଭବ କରି ପାରିନଥାନ୍ତି। ମୁଁ କେବଳ ଭାବପ୍ରବଣ ହୋଇ ଏମିତି କରିନାହିଁ, କାରଣ ମୁଁ ତୁଷାରଙ୍କୁ ପ୍ରେମ ଅପେକ୍ଷା ସମ୍ମାନ ଅଧିକ କରେ। ଯାହା ମୁଁ ସୁମନ୍ତକୁ କରିପାରିନାହିଁ ଆଜିଯାଏଁ ଅନେକ ମାତ୍ରାରେ। ଗୋଟିଏ ଛାତତଳେ ମୁଁ ଭାବିଚି ଜୀବନ ସହ ସାଲିସ ଓ ସୁମନ୍ତ ସହ ସାଲିସ କରିଛି। ମୋର ଅସନ୍ତୁଷ୍ଟତା ହିଁ ମୋତେ ତାଙ୍କଠୁ ଦୂରେଇ ରଖିଛି। ଯା'ର ସମାଧାନ କିଛି ନାହିଁ, କାହିଁକି କହିବି ମୀରା ଆମ ସମାଜରେ ପୁଅମାନେ ଅହଂରେ ସଂପର୍କ ହରାଇବାକୁ ଶ୍ରେୟ ଭାବିବେ ପଛେ ସ୍ତ୍ରୀର ମନ କି ଅଭିବ୍ୟକ୍ତି ସହ ସାଲିସ କରିବାକୁ ନାରାଜ। ସୁମନ୍ତ ସେଇମିତି ଜଣେ ପୁଅ, ସେ ସ୍ତ୍ରୀର ମାନସିକତା ବୁଝିବାକୁ ନାରାଜ, ବୁଝେଇଦେଲେ ବି ସେ ମାନିବାକୁ ନାରାଜ। ମୋର ଏ ଅତୃପ୍ତି ହିଁ ବୋଧେ ତୁଷାରଙ୍କୁ ମୋ ଜୀବନରେ ଅନୁପ୍ରବେଶର ସୁଯୋଗ ଦେଇଥିଲା ବୋଲି କହିଲେ ଭୁଲ୍ ହେବ। ସେ ସେତେବେଳେ ମୋତେ ଏମିତି ଜଣେ ମଣିଷ ପରି ଦିଶୁଥିଲେ ଯାହା ସହ ପ୍ରେମରେ ପଡ଼ିବା ପାଇଁ କୌଣସି କାରଣ ଖୋଜିବା ଆବଶ୍ୟକ ନୁହେଁ। ବିନା ଆବଶ୍ୟକତାରେ ପ୍ରେମ ହୁଏ, ଯେଉଁଠି ପ୍ରେମ କରିବା ଆବଶ୍ୟକ ତାକୁ ସାଲିସ କୁହାଯାଏ। ମୁଁ ସେମିତି ତୁଷାରଙ୍କୁ ପାଇଥିଲି, ଜୀବନରେ ଯେତେବେଳେ ପ୍ରେମର ବୋଧେ ଆଉ ଆବଶ୍ୟକ ନଥିଲା। ସେ କେବଳ ଅଫେରା ଫଗୁଣର ମିଠା ମଳୟ ପରି ଛୁଇଁଛନ୍ତି। ଯାହା ଛୁଇଁବାକୁ ପ୍ରତ୍ୟେକ ନାରୀ ଚାହିଁଥାଏ ସାରାଜୀବନ। ସ୍ୱାମୀ ଶରୀର ଛୁଏଁ କିନ୍ତୁ ଆତ୍ମାକୁ ପ୍ରେମିକ ହିଁ ଛୁଏଁ। ହୃଦୟର ସ୍ପନ୍ଦନ ମାପିଦିଏ ନକହିବା ପରେ ବି।

ତୁଷାର ମୋତେ କିଛିଦିନ ପରେ ମେସେଜ୍ କଲେ ତୁମକୁ ଯଦି ମୁଁ ବିବାହିତ ବୋଲି ଭାବି କଥା ହେବାପାଇଁ ଖରାପ ଲାଗୁଚି ତା'ହେଲେ ଜଣେ ତୁମର ନିରୋଳା ପ୍ରଶଂସକ ବୋଲି ଭାବିହିଁ ନିଅ। ଯାହାର ତୁମଠାରୁ ବେଶୀ କିଛି ଆଶା ନାହିଁ। ତୁମକୁ ଦେଖିଲେ ହିଁ ମୁଁ ଖୁସିହୁଏ। ତୁମ ସହ କଥାହେବା ମୋର ସୌଭାଗ୍ୟ ବୋଲି ମୁଁ ଭାବିଚି, ତୁମକୁ ବନ୍ଧୁଟିଏ ଆବିଷ୍କାର କରିବା ମୋ ଜୀବନର ଶ୍ରେଷ୍ଠ ଅନୁଭୂତି। ତୁମର ଉଦାରତା, ପ୍ରତିଭା ଓ ବ୍ୟକ୍ତିତ୍ୱ ମୋତେ ତୁମ ଆଡ଼କୁ ଟାଣିନିଏ। ଏଥିରେ ମୁଁ କ'ଣ କରିପାରିବି। ତୁମ ଆଡ଼କୁ ଯେକୌଣସି ପୁରୁଷ ଢଳିଯିବା ସ୍ୱାଭାବିକ। ମୋତେ ଏସବୁ କୌଣସି ଏକ ସୁପୁରୁଷ ପାଖରୁ ଶୁଣି ବେଶ୍ ଖୁସି

ଲାଗୁଥିଲା। ତୁଷାରର ମୋ ପ୍ରତି ପ୍ରଶଂସା, ଧ୍ୟାନ ଦେବା, ଉଷ୍ମତା ପୁଣି ମୋହରେ ପକାଇଲା। ମୋ ସ୍ୱାମୀ ବି ଅନେକ ଝିଅଙ୍କୁ ଏମିତି ଲେଖିପାରନ୍ତି। ପ୍ରତିଭା ଦେଖିଲେ ଜଳିଯାନ୍ତି, ଏମିତି ଯେ ମୋତେ ଠିକ୍ ଭାବରେ ଲୁଚାଇ ପାରନ୍ତି। ଏମିତି ଖରାପ କଥା କିଛି ନଥିଲା କହି ଆଡ଼େଇ ଯାଆନ୍ତି। ସୁମନ୍ତଙ୍କର ବି ତ ଏମିତି ଅନେକ ଝିଅଙ୍କ ସହ କଥାବାର୍ତ୍ତା, ଆମର ସଂପର୍କର ବିଶ୍ୱସନୀୟତା ଦୋହଲାଇଛି। ମୋ ବ୍ୟତୀତ ମୁଁ ସବୁ ପ୍ରତିଭାବାନ୍ ଝିଅଙ୍କ ପ୍ରଶଂସା ଶୁଣେ। କେବେ ରୂପର, କେବେ ଗୁଣର, କେବେ ପ୍ରତିଭାର। ମୁଁ ଏଥିରେ ଈର୍ଷାନ୍ୱିତା ହେଇଚି କହି ଅପମାନ ଦିଅନ୍ତି। beauty should be appreciated କହି କ'ଣ କ'ଣ ଯଥାର୍ଥ ଦେଖାନ୍ତି। ତେଣୁ ତୁଷାରଙ୍କ ସ୍ନେହବୋଳା କଥା ଶୁଣି ମୋତେ କାହିଁକି ଖରାପ ଲାଗନ୍ତା। ଅନେକ ସମୟରେ ମୁଁ ସୁମନ୍ତଠୁ ଯାହା ଅପେକ୍ଷା କରୁଥିଲି ତୁଷାର ସେ ଅଭାବ ପୂର୍ଣ୍ଣ କଲେ। ସେ ବି ମୁକ୍ତହସ୍ତରେ। କେମିତି ମୁଁ ଆପଣେଇ ନଥାନ୍ତି ତାଙ୍କୁ? ସୁମନ୍ତ ଚିଡ଼ିଚିଡ଼ି ହେଉଥିଲା ଏମିତି ଅନେକ ଗୁଡ଼ିଏ ଅଭ୍ୟାସ ପାଇଁ, ମୋର ଯୁକ୍ତିତର୍କ ହୋଇ ଝଗଡ଼ାରେ ସରେ। ବେଳେ ବେଳେ ଲାଗେ ମୁଁ ମ୍ୟାନ୍ ଇଗୋରୁ ନିଜେ ସାଇକୋ ହେଇଯିବି। ବୋଧେ ହେଇଗଲିଣି, ନହେଲେ କାହିଁକି ଏମିତି ଯୁକ୍ତି କରୁଛି। ପୁଣି ପର ମୁହୂର୍ତ୍ତରେ ନର୍ମାଲ୍ ହେଇଗଲା ଭଳି ସୁମନ୍ତଙ୍କୁ ଭୁଲ୍ ମାଗେ। ଭୁଲ୍ ମାଗିବାକୁ ଇଚ୍ଛା ନଥାଏ କିନ୍ତୁ କରେ ଯାହାହେଲେ ଏ ସଂସାର ଚଳେଇବାକୁ ପଡ଼ିବ ଭାବିନିଏ। ସେଇଥିପାଇଁ ବୋଧେ ଏ ସାଲିସ। ପୁଣି ମନେପକାଏ ମୋ ସାଙ୍ଗମାନଙ୍କ ସ୍ୱାମୀମାନଙ୍କୁ, ଯାହାହେଉ ସୁମନ୍ତ ସେମିତି କଦର୍ଯ୍ୟ ପୁରୁଷ ନୁହେଁ। ନହେଲେ ଯା'ଠୁ କଦର୍ଯ୍ୟ ଅବସ୍ଥାରେ ଥାନ୍ତି। ମୀରା ତୋ ଆଗରେ ଏକଥା ସ୍ୱୀକାର କରିବାକୁ କି କହିବାକୁ ମୋତେ ଲାଜ ଲାଗୁନି ମୁଁ ପରପୁରୁଷକୁ ଭଲପାଏ ମନେ ମନେ। ଏତେଦିନ ସୁମନ୍ତଙ୍କ ସହ ପାଦ ସମ୍ଭାଳି ବାଟ ଚାଲିବ କି ଚଳେଇନେବା ଅଭିନୟରେ, ପ୍ରେମ କରିବା ମୁଁ ପ୍ରକୃତରେ ଭୁଲିଯାଇଛି। ଆଉ ନିଜେ ଚାକିରୀ ରୋଜଗାରକ୍ଷମ ହେଲା ପରେ ମୁଁ ଏସବୁ ଆଉ ସହିବି ନାହିଁ ବୋଲି ବୋଧେ ମୋ ମନ କହୁଛି। ଆଉ ତୁଷାରଙ୍କୁ ଭେଟିବା ପରେ, ତାଙ୍କ କଥାବାର୍ତ୍ତା ହୃଦୟକୁ ଓଦା କଲାବେଳେ ଭାବେ, ଏମିତି ମନକୁ ଉଡ଼େଇ ନେବା ଭଳି ଅନୁଭୂତି ମୋ ଜୀବନର ସର୍ବଶ୍ରେଷ୍ଠ ପ୍ରାପ୍ତି ବୋଧେ।

ପରେ ପରେ ମୋ'ଠୁ ସୁମନ୍ତ ଏମିତି ଦୂରେଇ ରହିବା ଦ୍ୱାରା ଆମର

ଶାରୀରିକ ଆବଶ୍ୟକତା ବି କମିଯାଉଥିଲା । କେତେବେଳେ ମୁଡ୍ ଖରାପ ମୋର, ନହେଲେ ସୁମନ୍ତର, କେତେବେଳେ ବିନା ଆନ୍ତରିକତାର ଯନ୍ତ୍ରବତ୍ ଯେମିତି ଆମେ ସ୍ୱାମୀ ସ୍ତ୍ରୀ ହୋଇ ରହିଆସୁଛୁ । ମୁଁ ସୁମନ୍ତଙ୍କ ମନ ରଖିବା ପାଇଁ ନିକଟତର ହେବାକୁ ଅନେକ ଥର ଚେଷ୍ଟା କରେ । ମୋର ଇଚ୍ଛା ଥିଲେ ବି ମୋର ଆବେଦନ କଲା ଭଳି ନାରୀ ସାହସ ନଥାଏ । କହିପାରେନା ସୁମନ୍ତଙ୍କୁ । କହିଲେ ସେ କହିବେ ଦୁଷ୍ଟଚରିତ୍ରା, ମର୍ଯ୍ୟାଦାହୀନ ...ଛି ଏକଥା କ'ଣ କେଉଁ ନାରୀ ପୁରୁଷକୁ ନିବେଦନ କରେ । ଏଥିରେ ବି ସୁମନ୍ତ ଦେଖାନ୍ତି ତାଙ୍କ ମର୍ଜି । ସଂପର୍କର ତିକ୍ତତାକୁ ସତ କହିବାକୁ ଗଲେ ବିଷ ପରି ପିଇବାକୁ ହୁଏ ଆକଣ୍ଠ । ନୀଳକଣ୍ଠ ହୋଇ ସହିବାକୁ ହୁଏ ସ୍ୱାମୀର ମନମର୍ଜି । ନିଜ ଇଚ୍ଛାକୁ ମାରି ବଞ୍ଚିବାକୁ ହୁଏ ବୋଲି ମୁଁ ଶିଖିଯାଇଥିଲି । ସତରେ ମୁଁ ହସି ହସି କହିଲି ନିଜ ଇଚ୍ଛାକୁ ଦମନ କରିବା ବି ସ୍ୱତନ୍ତ୍ର କଳା, ଯାହାପାଇଁ ଭାରତୀୟ ନାରୀ ପୁରସ୍କାର ପାଇବା କଥା । ଏସବୁ କଥା ତୋର ଶୁଣି କିଛି ଲାଭ ନାହିଁ । ମୁଁ ଏବେ ତୋତେ ତୁଷାର କଥା କହୁଛି । ତୋତେ ଏତେ କଥା କହିବାର କାରଣ ହେଉଛି ଯଦି ନାରୀଟିଏ ନିଜ ସ୍ୱାମୀଠୁ ଠିକ୍ ଆଟେନ୍‌ସନ୍ ପାଏନି, ତା'ହେଲେ ତା'ର ଅନ୍ୟ ପୁରୁଷ ଆଡ଼କୁ ଢଳିଯିବାଟା କ'ଣ ସ୍ୱାଭାବିକ ନୁହେଁ? ସେଥିପାଇଁ ବୋଧେ ମୁଁ ତୁଷାରଙ୍କୁ ଅନେକ ଚେଷ୍ଟା ପରେବି ନିଜ ଭିତରୁ କାଢ଼ିଦେଇ ପାରୁନଥିଲି । ଆମ ଘନିଷ୍ଠତା ବଢ଼ିବାକୁ ଲାଗିଲା । କାହାକୁ କିଏ କେତେବେଳେ ଭଲ ଲାଗିବ ତା'ର କୌଣସି ସଠିକ୍ କାରଣ ନଥାଏ ମୀରା । ନିର୍ଦ୍ଦୋଷ ହୃଦୟ କେବଳ ତୁଷାରଙ୍କ ସାନ୍ନିଧ୍ୟ ଖୋଜିବାକୁ ଲାଗିଲା ଦିନକୁ ଦିନ । ମୁଁ ଏବେ ସୁମନ୍ତ ସହ ବସିଲାବେଳେ ତୁଷାର କଥା ହିଁ ଭାବୁଥିଲି । ବେଳେ ବେଳେ କ'ଣ ଅନୁଭବ ହେଉଥାଏ ମୁଁ କିଛି ଜାଣିପାରୁନଥାଏ । ନିଜକୁ କ'ଣ କ'ଣ ଭାବି ସାନ୍ତ୍ୱନା ଦିଏ । କ'ଣ ବୁଝାଏ ଜାଣିପାରେନି ଠିକ୍ ଭାବେ । ତୁଷାରଙ୍କ ଦର୍ଶନ ସେପଟେ ମୋର ଜୀବନର ଧାରଣା ବଦଳାଉଥିଲା । ମୁଁ ପ୍ରଭାବିତ ହେଉଥିଲି ତାଙ୍କ କଥାବାର୍ତ୍ତାରେ, ତାଙ୍କ ଦର୍ଶନରେ, ମୁଁ ତୁଷାରଙ୍କୁ ୟା' ପରେ ଭିନ୍ନ ଦୃଷ୍ଟିରେ ଦେଖିବାକୁ ଆରମ୍ଭ କଲି । ଜଣେ ସୁପୁରୁଷ ବୋଲି ମୁଁ ତୁଷାରଙ୍କୁ ବିଭିନ୍ନ ସ୍ତରରେ ଆବିଷ୍କାର କରୁଥିଲି ।

ପଞ୍ଚମ ଅଧ୍ୟାୟ

କେଉଁ ପୁରୁଷକୁ ସେମିତି ସମ୍ମାନ ଦେବା ବୋଧେ
ମୋ ଭାଗ୍ୟରେ ପ୍ରଥମଥର ପାଇଁ ଘଟିଥିଲା ।
କି ଅନ୍ୟ କାହାଠାରୁ ଏତିକି ସମ୍ମାନ ପାଇବା
ମୋତେ ଆତ୍ମହରା କରୁଥିଲା ।
କିଛି ଗର୍ବ କିଛି ଆତ୍ମତୃପ୍ତିରେ ମୁଁ
ନଇଁସାରିଥିଲି ତାଙ୍କ ପାଖରେ ।
କହିଲି କୁହ ତୁଷାର
ସବୁ ଶୁଣିବାକୁ ମୁଁ ପ୍ରସ୍ତୁତ ।

ସଂପର୍କ ଘନିଷ୍ଠ ହେବାର କଥା

ତୁଷାର ଦିନେ କହିଲେ ସବୁବେଳେ କ'ଣ ମୁଁ ହିଁ କଲ୍ କରୁଥିବି, ମୁଁ ହିଁ ମେସେଜ୍ କରିଥିବି, ତୁମକୁ ଏହା ଟିକେ ଚିଜି ଲାଗୁନି। ମୋତେ ନିଜକୁ ଖରାପ ଲାଗୁଛି। ଯେତେ କାମ ଥିଲେ ବି ମୁଁ ସମୟ ବାହାର କରୁଛି। ସତରେ କ'ଣ ତୁମ ପାଖରେ ସମୟ ଅଭାବ, ନା ତୁମେ ଜାଣିଶୁଣି ଦୂରେଇ ରହିବାକୁ ଚେଷ୍ଟା କରୁଛ ? ସତ କହିବି ମୋର ଏ ସଂପର୍କକୁ ନେଇ ଅନେକ ଦ୍ୱନ୍ଦ୍ୱ, ବନ୍ଧୁ ବୋଲି ଭାବି କଥା ହେଲେ ବି ଅନେକ ଘନିଷ୍ଠତା ବଢୁଥିଲା ପ୍ରତିଥର କଥାବାର୍ତ୍ତା ପରେ। ଘରେ ସ୍ୱାମୀକୁ ଲୁଚେଇ ଏସବୁ କଲାବେଳେ ଗୋଟିଏ ଝିଅ ମନରେ କ'ଣ ଚାଲିଥାଏ ସେ କଥା ଆଉ କଥାରେ ବୁଝେଇ ହେବ ନାହିଁ। ପ୍ରଥା, ସଂସ୍କାର, ମିଛ ଆଦର୍ଶ ନିଆଁରେ ସେକାହେଇ ପାଉଁଶ ଏ ଦେହ ପିଲାବେଳୁ। ଏସବୁ ମୋର କେତେଦୂର କରିବା ପ୍ରଯୁଜ୍ୟ, ମୁଁ ନିଜେ ବି ସନ୍ଦେହରେ।

ସେଦିନ ତୁଷାରଙ୍କ ଅଭିମାନ ପରେ ମୁଁ ନିଜଆଡୁ କଲ୍ କଲି। ଆଦର ଦେଖେଇ କହିଲି, ଆଜିଠୁ ମୁଁ ହିଁ କଲ୍ କରିବି, ତୁମଠୁ ସବୁକଥା ଶୁଣିବି। କୁହ ତୁମ ମାଡାମ୍ କେମିତି, ଏତେ ଭଲ ମଣିଷଙ୍କୁ ପାଖରେ ପାଇ ତ ପାଖରୁ ଛାଡୁନଥିବେ। ତୁମେ ମୋ ପାଇଁ ସମୟ ତା' ଭିତରୁ କାଢ଼ିପାରୁଛ ସେଥିପାଇଁ ମୁଁ ସତରେ ଭାଗ୍ୟବତୀ। ତୁଷାରକୁ ଟିକେ ମୁଗ୍ଧ କି ଖୁସି କରିବା ପାଇଁ ମୁଁ ଏମିତି ଗପିଗଲି। ତୁମେ ମୋ ଉପସ୍ଥିତିରେ ମୁଗ୍ଧ ସେମିତି ବଡ଼ ଭାଗ୍ୟ କଥା। ଆଜିଯାଏଁ ମୁଁ କାହାକୁ ଇମ୍ପ୍ରେସ୍ କରିବାକୁ ଅସମର୍ଥ। ଜୀବନର ଅଧାଅଧି କଟିଗଲାଣି ଏଇମିତି, ମୋର ଶେଷକୁ ହତାଶ। ମୁଁ ଏମିତି ଉତ୍ତର ତାଙ୍କଠୁ ଆଶା କରିନଥିଲି। ତାଙ୍କ ପ୍ରୋଫାଇଲ ଫଟୋ ଆଉ ଥରେ ଦେଖିଲି, ଦେଖି ଭାବେ ତାଙ୍କ ହସ ପଛରେ ଛଳନା ନାହିଁ। ହସଖୁସିର ଜୀବନ। ତା'ହେଲେ କ'ଣ ତୁଷାରଙ୍କ ଜୀବନ ଦୂର ପାହାଡ଼ ସୁନ୍ଦର ପରି ଗୋଟିଏ ଦୃଶ୍ୟପଟ ? ତୁଷାର କହିଲେ, ମୋ ଜୀବନରେ ଏମିତି କିଛି କଥା

ଅଛି ଯାହା କେବଳ ତୁମ ସହ ବାଣ୍ଟିପାରିବି ବୋଲି ଭାବୁଛି। ଯାହା କହିବି ବୋଲି ମୁଁ ଅନେକ ଦିନରୁ ଭାବିଛି। ତୁଷାରଙ୍କୁ ସେଯାଏଁ ସୋସିଆଲ୍ ମିଡିଆରୁ ମୁଁ ଯେତିକି ଜାଣିଥିଲି ସେ ଜଣେ ବିବାହିତ ପୁରୁଷ, ହସଖୁସିରେ ଗଢ଼ିଥିବା ସଂସାରୀ ମଣିଷ। ତାଙ୍କ ଝିଅ ସହ ପ୍ରତ୍ୟେକଟି ଛବିରୁ ଏହା ସ୍ପଷ୍ଟ। ମୋର ତାଙ୍କ ପ୍ରୋଫାଇଲ୍ ଦେଖିବାରେ କୌଣସି ସଂକୋଚ ନଥିଲା। ମୁଁ ଭଲ ଭାବେ ଲକ୍ଷ୍ୟ କରିଥିଲି ଏସବୁ। ଏଇ କିଛିଦିନ ମଧ୍ୟରେ ମୁଁ ଏଇ କାମ କରିବାରେ କିଛି ଊଣା କରିନଥିଲି। ଝିଅ ସହ ହସଖୁସିରେ କାଟିଥିବା ସମୟକୁ ତୁଷାର ବାନ୍ଧିଥିଲେ ତାଙ୍କ ସୋସିଆଲ୍ ମିଡିଆ ସେଆରିଂରେ।

ମୋର ଯା' ଭିତରେ ଫୋନ୍ ଦେଖିବା ବଢ଼ିଥିଲା ମଧ୍ୟ। ଆମେ ନୂତନ ପିଢ଼ିର ଝିଅମାନେ ସୋସିଆଲ୍ ମିଡିଆରେ ଗୋଟେ ଜୀବନ ବଞ୍ଚୁ ଆଉ ପ୍ରକୃତ ଜୀବନ ତ ଥାଏ ଢେର୍ ଅଲଗା। କ'ଣ ପାଇଁ ମୋତେ ଏକଥା ଶୁଣି ଭଲ ଲାଗିଲା ନାହିଁ। କେମିତି ତାଙ୍କ ପାଇଁ ଉଦାରତା, ସ୍ନେହ ସବୁ ମିଶାମିଶି ଅଜାଡ଼ି ହୋଇଗଲେ ହୃଦୟରେ। କହିଲି, ତଥାପି ତୁଷାରଙ୍କୁ ତୁମେ ବିବାହିତ। ମୁଁ କଥାଟା ଆଡ଼େଇ ଯିବାକୁ କହିଲି। ଆହୁରି ବି କହିଲି ଆମେ ବିବାହିତ ଜୀବନରେ ଏମିତି ସାଲିସ ସହ ହିଁ ବଞ୍ଚୁ। ତୁଷାର କିଛି ସମୟ ନୀରବ ମୁଁ ବି ନୀରବ। ମୁଁ ଭାବୁଥିଲି ମୋ ନିଜେକଥା ମୋର ବି ତ ସେଇ ସମାନ ଅବସ୍ଥା ଘରସଂସାର କରୁଛୁ ମାନେ ଚଳେଇନେବାକୁ ହୁଏ। ପରିସ୍ଥିତିରୁ ଦୌଡ଼ି ପଳାଇଯିବାକୁ ହୁଏନା। ତୁଷାରଙ୍କୁ ହାଲୁକା ଲାଗିବାକୁ କହିଲି ମୋତେ ଶୁଣିପାରୁଛ ? ସେ ଧୀରଗଳାରେ କହିଲେ, ହଁ। ମୋ ଛାତି ଭାରୀ ଲାଗିଥିଲା, ଏମିତି କ'ଣ ରହସ୍ୟ ଅଛି ତୁଷାର ଜୀବନରେ। ମୁଁ ସେ ବିଷୟରେ ପଚାରିବା ଉଚିତ କି ନୁହେଁ? କିଛି କଥା ସଂପୂର୍ଣ୍ଣ ବ୍ୟକ୍ତିଗତ ଯଦି ହୋଇଥାଏ, ତା'ହେଲେ ମୋର ପଚାରିବା ବି ଉଚିତ ନୁହଁ। କିଏ ବିବାହିତ ଜୀବନରେ ସାଲିସ କରେନି ଯେ ତୁଷାରଙ୍କୁ କହିବି ତୁମେ ଏକ ଦୁଃଖୀ ମଣିଷ ନୁହଁ ସଂସାରରେ। ମୋର ସେଦିନ ତୁଷାର ପ୍ରତି ସହାନୁଭୂତି ସୀମା ପାର୍ କରିସାରିଥିଲା, ମୋର ତାଙ୍କ ପ୍ରତି ଦୁର୍ବଳତା ହିଁ ବୋଧେ ଏହାପାଇଁ ଦାୟୀ ଅଟେ। ତା'ର କାରଣ ଏଇଆ ହେଇପାରେ ବି ଜଣେ ପୁରୁଷ ଏତେ ସହଜରେ ତା' ବ୍ୟକ୍ତିଗତ ଜୀବନ କଥା ପ୍ରକାଶ କରିବାକୁ ଆଗେଇ ଆସେନାହିଁ। ସେଦିନ ତୁଷାର କହିଲେ ମୁଁ ତାଙ୍କ ଜୀବନର ପ୍ରଥମ ନାରୀ ଯାହା ପାଖରେ ସେ ନିଜକୁ ମୁକ୍ତ କରିବାକୁ ଚାହାନ୍ତି। ମୁଁ ମୋର ବିଶ୍ୱାସ ଓ ଆନ୍ତରିକତାର କେଉଁଠି ତୁମ ପାଇଁ ଊଣା କରିବାକୁ ଚାହେଁନି।

ସେଦିନ ତାଙ୍କୁ ମୋ ସମ୍ମାନର ଶୀର୍ଷସ୍ଥାନରେ ପହଞ୍ଚିବାକୁ ବେଶୀ ସମୟ ଲାଗିନଥିଲା। ମୁଁ ହେଲି ତାଙ୍କ ପାଇଁ ଦୁନିଆର ବିଶ୍ୱସ୍ତ ମଣିଷ। ଏକଥା ଭାବିଲେ ଏ ଆସନ ଟିକକ ଆଜିବି ଖସାଇଦେବାକୁ ଇଛା ହୁଏନି। କେଉଁ ପୁରୁଷକୁ ସେମିତି ସମ୍ମାନ ଦେବା ବୋଧେ ମୋ ଭାଗ୍ୟରେ ପ୍ରଥମଥର ପାଇଁ ଘଟିଥିଲା। କି ଅନ୍ୟ କାହାଠାରୁ ଏତିକି ସମ୍ମାନ ପାଇବା ମୋତେ ଆତ୍ମହରା କରୁଥିଲା। କିଛି ଗର୍ବ କିଛି ଆତ୍ମତୃପ୍ତିରେ ମୁଁ ନଇଁସାରିଥିଲି ତାଙ୍କ ପାଖରେ। କହିଲି କୁହ ତୁଷାର ସବୁ ଶୁଣିବାକୁ ମୁଁ ପ୍ରସ୍ତୁତ। ସବୁ କାହାଣୀ ମୋ ନିଜର କାହାଣୀ ଭାବି ନିଜ ଭିତରେ ଚାପିନେବି। କାହାକୁ କହିବି ନାଇଁ। ତୁଷାର କହିଲେ ମୁଁ ତୁମକୁ ବିଶ୍ୱାସ କରେ ଏଥିରେ ମୋର ନିଜ ଉପରେ ତିଳେହେଲେ ସନ୍ଦେହ ନାହିଁ।

ତୁଷାର ଆରମ୍ଭ କଲେ। ଏ କାହାଣୀ ଶୁଣିଲେ ତୁମେ କ'ଣ ମୋ ବିଷୟରେ ଚିନ୍ତା କରିବ ମୁଁ ଜାଣିନି ? ମୁଁ ଆମ ଦାମ୍ପତ୍ୟ କଥା କହିବାକୁ ଯାଉଛି। ଆମେ ଘରଲୋକଙ୍କ ସାହାଯ୍ୟରେ ଖୁବ୍ ବ୍ୟବସ୍ଥିତ ବିବାହ କରିଥିଲୁ ମୁଁ ଆଉ ମୋ ସ୍ତ୍ରୀ। ସେତେବେଳେ ମନରେ ପ୍ରଶ୍ନ ଥିଲା କେମିତି ଅଜଣା ଅଶୁଣା ଝିଅ ସହ ଘର କରିହୁଏ। କେମିତି ହଠାତ୍ ଜଣକୁ ଆପଣାର ବୋଲି କହିହେବ ? ଏମିତି ଅନେକ ପ୍ରଶ୍ନ ଥିଲେ ବି ଜଣେ ଆଜ୍ଞାଧୀନ ପୁଅ ପରି ବାପା ଠିକ୍ କରିଥିବା ଝିଅକୁ ବାହା ହେଇଗଲି। ପ୍ରଥମ ରାତିରୁ ହିଁ ସେ ମୋତେ ସନ୍ଦେହ କରିବା ଆରମ୍ଭ କଲେ। ସବୁ ସନ୍ଦେହ ପାଇଁ ଯଥେଷ୍ଟ ପ୍ରମାଣ ସତ୍ତ୍ୱେ ମୁଁ ଏଯାଏଁ ତାଙ୍କୁ ଭରସା ଦେଇପାରୁନି। ସବୁ ସ୍ଥାନରେ ସେ ମୋତେ ସନ୍ଦେହ କରନ୍ତି, ଏମିତି କି କୋଉ ବସ୍‌ର ସ୍ତ୍ରୀ, ଅଫିସର, ପରିବା ଦୋକାନୀ। ଶେଷରେ ଆଉ ଚେଷ୍ଟା କରିବା ଛାଡ଼ିଦେଲି। ପରେ ପରେ ଜାଣିଲି ତାଙ୍କ ସନ୍ଦେହ କରିବାଟା ସାଇକଲଜିକାଲ୍ ଇସୁ। ମୋର ଅଫିସ୍ ଝିଅ, ଗାଡ଼ିବାଲା, ଝିଅ ସ୍କୁଲ୍ ଟିଚର ସମସ୍ତଙ୍କୁ ତାଙ୍କର ସନ୍ଦେହଟା ଅତି ସାଧାରଣ କଥା ତାଙ୍କ ପାଇଁ। ସେ ଉଚ୍ଚଶିକ୍ଷିତ ହୋଇଥିବା ସତ୍ତ୍ୱେ ସେ ଏମିତି ମାନସିକତା ସହ ହିଁ ବଞ୍ଚନ୍ତି। ସେ ଏସବୁରୁ ଦୂରେଇଯାନ୍ତୁ ଓ ନିଜେ ବି ଦୁନିଆ ଦେଖନ୍ତୁ ଭାବି ମୁଁ ତାଙ୍କୁ ଅଧିକ ପାଠ ପଢ଼ିବା, ନୂଆ ଲୋକଙ୍କ ସହ ଭେଟିବା ପାଇଁ ଉତ୍ସାହିତ କଲି। ତାଙ୍କ ଉଚ୍ଚଶିକ୍ଷା ପାଇଁ ଅନେକ ପ୍ରକାର ସୁବିଧା ମୁଁ ଯୋଗାଇଲି। ଆର୍ଥିକ ଓ ବ୍ୟକ୍ତିଗତ ଭାବେ ମୋର ପାରୁପର୍ଯ୍ୟନ୍ତ ମୁଁ କରିଯାଏ। ବାହାଘରର କିଛିଦିନ ପରେ ସେ ଧୀରେ ଧୀରେ ଜୀବନରେ ଆଗେଇଲେ, ନୂଆକରି ନିଜକୁ ଆବିଷ୍କାର କଲେ। ମୁଁ

ବି ଖୁସି ହେଲି, ସେ ଜୀବନକୁ ନୂଆ ରୂପରେ ନିଶ୍ଚିତ ଦେଖିବେ। ନିଜେ ନୂଆ କୋର୍ସରେ ନାମ ଲେଖାଇଲା ପରେ ଅନେକ ବନ୍ଧୁ ବି କଲେ। କିନ୍ତୁ ଏମିତି ପରିବର୍ତ୍ତନ ହେବ ମୁଁ ଆଶା କରି ନଥିଲି। କାହା ସହ କେବେ ନାଇଟ୍ କ୍ଲବ୍, ପିକ୍‌ନିକ୍ ମୁଁ କିଛି ପ୍ରଶ୍ନ କରିନି ବରଂ ବିଶ୍ୱାସ କରିଛି ଅନ୍ଧ ଭାବରେ। ସେ ସୋପାନ ପରେ ସୋପାନ ଚଢ଼ିଲେ। ନୂଆ ପଦବୀ ଓ ଆର୍ଥିକ ଉନ୍ନତିରେ ସେ ନୂଆ ଦୁନିଆ ଗଢ଼ିଲେ, କିନ୍ତୁ ସେ ଦୁନିଆରେ ମୁଁ ଆଉ ନଥିଲି। ମୁଁ ପଛରେ ରହିଗଲି। ଦିନେ ହଠାତ୍ କହିଲେ ମୁଁ ତୁମ ସହ ରହିବାକୁ ଚାହୁନି। ଆମର ମନ ମିଶୁନି, ଆମର ଚିନ୍ତାଧାରା ମିଶୁନି, ମୁଁ ତୁମ ପରିବାରରେ ନିଜକୁ ଫିଟ୍ କରିବା କଷ୍ଟ। ମୋର ଜୀବନ ଅନେକ ବଦଳିଗଲାଣି, ମୁଁ ପ୍ରତିଷ୍ଠିତ କଂପାନୀରେ ଉଚ୍ଚ ପଦବୀରେ କାମ କରେ। ନିଜ ପାଇଁ ମୁଁ ଯଥେଷ୍ଟ, ମୁଁ ତୁମକୁ କେବେ ଭଲପାଇ ନଥିଲି। ତେଣୁ ଅଲଗା ରହିଗଲେ କ୍ଷତି କ'ଣ। ମୋର ତୁମ ପାଖରେ ରହିବାର କିଛି ପ୍ରୟୋଜନ ହିଁ ନାହିଁ। ସେ କେବଳ ସେତିକି ନୁହଁ, ଝିଅଟିକୁ ମଧ୍ୟ ମୋ'ଠାରୁ ଦୂରେଇ ନେବାକୁ ଚାହାନ୍ତି। ଝିଅ କଥା କହିଲାବେଳକୁ ମୋ ଛାତି ଫାଟିଗଲା। ମୁଁ ସେତେବେଳକୁ ନିଜ ଚାକିରୀ ହରାଇଥାଏ। ନିଜେ ନିଜେ ହିଁ ଭାଙ୍ଗିପଡ଼ିଥିଲି। କିଛି ଭାବିନପାରି ବିପର୍ଯ୍ୟସ୍ତ ଭାବେ ଏଣେତେଣେ ଘୂରିବୁଲୁଥାଏ। କି ଉତ୍ତର ବା ଦେଇଥାନ୍ତି। ତା'ର ସବୁକଥାରେ ମୁଁ ଚୁପ୍ ରହିଲି। ବାପା ମା'ଙ୍କଠୁ ଜାଣି ଜାଣି ଦୂରରେ ରହିଲି। ଯାହାହେଉ ପଛେ ମୋତେ ମୋ ଝିଅଠାରୁ ଦୂରେଇ ନିଅନି ବୋଲି ହାତଯୋଡ଼ି କହିଲି। ମୋତେ ଗୋଟିଏ କଷ୍ଟ କେବଳ ଦେଉଥାଏ ମୋତେ ମୋ ଝିଅଠୁ ଦୂରେଇ ଯିବାର ଭୟ।

ଠିକ୍ ଏତିକିବେଳେ ବାପାଙ୍କ ଦେହ ଖରାପ ହେଲା। ମୁଁ ଘରର ଏକମାତ୍ର ସନ୍ତାନ ହୋଇଥିବାରୁ ମୋତେ ସବୁ ବୁଝାବୁଝି କରିବାକୁ ପଡୁଥାଏ। ମୁଁ ସେମାନଙ୍କ ଠାରୁ ଦୂରରେ ରହିଲି, ଏଇ ସମୟରେ ମୁଁ ଶୁଣିଲି ମୋ ସ୍ତ୍ରୀ ଆଉ କୋଉ ପୁରୁଷ ସହ ସମୟ ବିତଉଛନ୍ତି। ରାତି କାଟୁଛି। କ୍ଲବ୍ ଓ ପବ୍‌ରେ ସେମାନେ ଦେଖିଛନ୍ତି କହି ସାଙ୍ଗମାନେ ଫୋନ୍ କଲେ। ମୁଁ ଲୋକଲଜ୍ଜାରେ କାନ୍ଦିପାରିଲିନି। ଏତେ ଖରାପ ସମୟ ମୋତେ ଭୋଗିବାକୁ ପଡ଼ିବ ବୋଲି ଭାବିପାରୁନଥାଏ। ଜୀବନସାଥୀ ଠିକ୍ ନମିଳିଲେ ଏ ପୂରା ଜୀବନଟି ନଷ୍ଟ ବୋଲି ଜାଣ। ବାପା ସେମିତି ସେମିତି ଚାଲିଗଲେ। ମୋ ସ୍ତ୍ରୀ ସେଯାଏଁ ଖବର ରଖିନାହିଁ ମୋ ଅବସ୍ଥାର। ଫୋନ୍ ବି କରି

ପଚାରିଲା ନାହିଁ କ'ଣ କେମିତି ସବୁ ଘଟିଛି। ଆଜିକାଲି ଆମେ ଗୋଟିଏ ଘରେ ରହୁ, ଦୁଇଜଣ ଅଜଣା ମଣିଷ। ମୋର ପାଟି ଖୋଲିବା ବନ୍ଦ। ଅଫିସ୍ କାମ ପରେ ନିଜେ ଅଧା ସମୟ ଘରକାମ କରେ, ପିଲାଙ୍କ କଥା ବୁଝେ। କିନ୍ତୁ ନିଜକୁ ବୁଝାଏ ମୋ ଝିଅ ପାଖରେ ଅଛି। ସେ ତା'ର ଜୀବନରେ ମୋତେ ଯଦି ଗ୍ରହଣ କରିପାରିନି ତା'ହେଲେ ତା'ର ଭୁଲ୍ ନୁହଁ। ବାପା ମା' ଚାଲିଗଲେ। ମୁଁ ଏକାଟିଆ ବୋଲି ନିଜକୁ ଭାବିନେଇଛି। ମୋ ଜୀବନରେ ମୋ ନିଜ ସ୍ତ୍ରୀ ସହ ଏକ ଦୀର୍ଘ ଚୁକ୍ତିନାମା ବୋଲି ଧରିନେଇଛି। ସେଥିରେ ସର୍ତ୍ତ ସବୁ ତା'ର। କେବଳ ମୁଁ ପାଳନକାରୀ। ଝିଅଟି ପାଇଁ ମୋର ଏ ଚୁକ୍ତିନାମା, ନହେଲେ ଦେହ ମନ ସବୁ ବିଭାଜିତ। ଘର ଏକ ଛାତ ଏକ, କିନ୍ତୁ ଆମେ ରହୁ ପରିବାର କହି ଦୁନିଆ ଆଗରେ। ସମସ୍ତେ ଭିନ୍ନ ଭିନ୍ନ ଖିଆଲରେ ବଞ୍ଚନ୍ତି ମଣିଷ ଏଠି। ସବୁଠୁ ବେଶୀ କଷ୍ଟ ହୋଇଥିଲା ଯେବେ ବାପା ମା' ତାଙ୍କ ଶେଷ ଅବସ୍ଥାରେ ତାକୁ ଖୋଜିଲେ। ସେ ସିଧା ସିଧା ମୋ ମୁହଁରେ ମନା କରିଦେଲା ତାଙ୍କୁ ଶେଷଦେଖା କରିବାକୁ। ଏମିତି ମଣିଷଟେ ସହ ମୁଁ କେମିତି ରୁହେ ଆଜିବି ଆଶ୍ଚର୍ଯ୍ୟ ଲାଗେ। ମୋତେ ଲାଗେ ଏଇକଥା ଚିନ୍ତା ମୋତେ ବି ଅସୁସ୍ଥ କରିପକାଇଲାଣି। ତୁଷାର ସେଦିନ ଏକାବେଳକେ କହିଗଲେ ଏତକ। ତା'ପରେ ଚୁପ୍ ରହିଗଲେ ମୁହୂର୍ତ୍ତେ, ଯେମିତି ଅନେକ ଦିନର କଷ୍ଟକୁ ସେ ମୁକୁଳେଇ ପାରିଛନ୍ତି ନିଜଠୁ। ମୋର ବି ଏକଥା ଶୁଣିଲାବେଳକୁ ଲୁହ ଆସିଯାଇଥିଲା।

ସତରେ ତୁମରି ଭଳି ଝିଅଟେ ମୁଁ ଜୀବନରେ ଖୋଜିଥିଲି ରୁଚିତା। ମାର୍ଜିତ, ଶାନ୍ତ, ଭାବପ୍ରବଣ, ଯେ ମଣିଷର ମନ ଚିହ୍ନେ। ମୁଁ ଉତ୍ତରରେ କିଛି କହିପାରିଲିନି ତୁଷାରକୁ। ମୋ ମନ ବି ସେଇଆ ହିଁ ଖୋଜୁଥିଲା ସ୍ୱାମୀଟିଏ ଯେ ତା' ସହ ପ୍ରତ୍ୟେକଟି ପାହାଚରେ ଛିଡ଼ାହୋଇ ବାଟ କଢ଼ାଇନେବ, କିନ୍ତୁ କହିପାରିଲିନି ତୁଷାରକୁ ସେକଥା ମୁହଁଖୋଲି। ମୋର ତମାମ ଅବୁଝାପଣକୁ ବୁଝେଇପାରିଥିବା ପ୍ରିୟ ମଣିଷଟେ ବୋଧେ ତୁଷାର ବୋଲି ଅନୁଭବ ହୋଇଥିଲା ମୋତେ ସେଇ ମୁହୂର୍ତ୍ତରେ। ସତରେ କ'ଣ ତୁଷାର ପରି ମଣିଷମାନେ ଦୁଃଖ ପାଆନ୍ତି, ନା ସବୁ ସ୍ୱାମୀ ସ୍ତ୍ରୀ ସଂପର୍କ ଏମିତି। ନୂଆ ନୂଆ କିଛି କେଇଟା ଦିନ ରୋମାଞ୍ଚକର ତା'ପରେ ବିରକ୍ତିକର। ସ୍ୱାମୀଟିଏ ହୋଇ ତୁଷାର ସବୁ ଚେଷ୍ଟା କରିଛନ୍ତି ସ୍ତ୍ରୀର ଉତ୍ତରୋତ୍ତର ଉନ୍ନତି ପାଇଁ। ତା' ପାଇଁ ସବୁ ସ୍ୱାଧୀନତା ସହ ଉଡ଼ିବା ବି ଶିଖେଇଛନ୍ତି। ତା'ହେଲେ ଅଭାବ ଏଠି ରହିଲା କୋଉଠି ? ପ୍ରେମରେ କେଉଁଠି କମ୍ ରହିଯାଏ ? ତେବେ

ଏହା ତୁଷାରର ଦୋଷ ନା ତାଙ୍କ ଧର୍ମପତ୍ନୀଙ୍କର ? ଏତିକି କଥାରେ ସେଦିନ ଆମେ କଥା ସାରିଥିଲୁ। ତୁଷାର ମୋର ଅଫିସ୍ ମିଟିଂ ଅଛି କହି ଫୋନ୍ ରଖିଲେ। ବାକି କଥା ପରେ। ମୁଁ ନିଜେ ନିଜେ ତର୍ଜମା କଲି ନାରୀଟିଏକୁ ତା'ହେଲେ କ'ଣ ଦରକାର ? କାହିଁକି ସେ ସବୁବେଳେ ଅତୃପ୍ତି ଭୋଗୁଥାଏ ? ମୁଁ ଯାହା ପାଇନାହିଁ ସୁମନ୍ତଠୁ ସ୍ତ୍ରୀଟିଏ ବୋଲି ତୁଷାର ସେ ସମର୍ପଣ ଭାବ ସବୁତ ଦେଇଛନ୍ତି ତାଙ୍କ ସ୍ତ୍ରୀଙ୍କୁ ତାଙ୍କ କହିବା ଅନୁଯାୟୀ। ତା'ହେଲେ ସତରେ କ'ଣ ମଣିଷର ମସ୍ତିଷ୍କ ସମାନ ନୁହଁ। ସମସ୍ତେ ଜୀବନର ବିଭିନ୍ନ ପର୍ଯ୍ୟାୟରେ ଭିନ୍ନ ଭିନ୍ନ ଦିଗ ପ୍ରତି ଆକର୍ଷିତ ହୁଅନ୍ତି। ଯାହାକୁ ଯାହା ମିଳିଯାଏ ତାହାର ମାନ ରହେନାହିଁ। ତା'ହେଲେ ମୁଁ ବି ନିଜକୁ ସନ୍ଦେହ କରୁଥିଲି। ସେ ଯାହାହେଉ ମୋତେ ଏବେ ତୁଷାର ହିଁ ଭଲଲାଗୁଛନ୍ତି ଏକଥା ଅସ୍ୱୀକାର କରିବି କେମିତି, ସେ ବୋଧେ ସୋଲ୍‌ମେଟ୍ ମୋର ଏ ଜୀବନର, ସୁମନ୍ତ କେବଳ ଏକ ଦୁର୍ଘଟଣା। ଯେଉଁ ଜଖମ ସହ ଜୀବନ କାଟିବାକୁ ହୁଏ। ତୁଷାର କ୍ଷେତ୍ରରେ ବୋଧେ ସେଇଆ ହୋଇଛି। ଆଉ ଦୁଇଟି ଅଶାନ୍ତ ଆତ୍ମାର ଅବ୍ୟକ୍ତ ଦରଜ ଦୁଇ ଦେହକୁ ସଂଚାର ହୋଇଛି ଅଜାଣତରେ କୌଣସି ଏକ ଅଘଟିତ ଘଟଣା ପରି। ସେଦିନ ଦିନସାରା ତୁଷାରଙ୍କ କଥା ହିଁ ମୋ କାନରେ ପ୍ରତିଧ୍ୱନିତ ହେଉଥିଲା। କେତେ କଷ୍ଟରେ ସମୟ କାଟୁଥିବେ। ମୁଁ ପାଖରେ ଥିଲେ ଅନ୍ତତଃ ତାଙ୍କର କିଛିଟା ଦୁଃଖ ଲାଘବ ହୁଅନ୍ତା। ମୁଁ କ'ଣ କରିପାରନ୍ତି ତାଙ୍କୁ ଖୁସିରେ ବଞ୍ଚିବା ପାଇଁ ମୋତେ ଏ ପ୍ରଶ୍ନ ବାରମ୍ବାର ଆତ୍ମା ପଚାରୁଥିଲା।

ମୋର କାମରେ ମନ ଲାଗୁନଥାଏ। ସେପଟେ ପୁଣି ନୂଆ ଟୁର୍ ପାଇଁ ଅଫିସ୍ ଏଚ୍ଆର୍ ମେଲ୍, ଫୋନ୍ କରି ବ୍ୟସ୍ତ କଲାଣି। ମୋର ଟୁର୍ ଯିବା ପାଇଁ ଏଥର ଇଚ୍ଛା ନଥିଲା। ଗତମାସର ପେଣ୍ଡିଙ୍ଗ୍ କାମ ସରୁନଥାଏ। ପୁଣି ବାହାରକୁ ଗଲେ ମୋତେ ହିଁ ଆସି କାମ ସାରିବାକୁ ପଡ଼ିବ। ଏସବୁ କଥା ତୁଷାରଙ୍କୁ ମନଭରି ଗପିବାକୁ ଇଚ୍ଛା ହେଉଥାଏ। ସୁମନ୍ତ ଏମିତି କଥା ଶୁଣିବେନି ମୁଁ ଜାଣିଛି ତାଙ୍କ ଅନିଚ୍ଛାରେ ମୁଁ ଚାକିରୀ କରିଛି। ତେଣୁ ମୁଁ ଜଏନ୍ ହେବା ଦିନୁ ତାଙ୍କ ଭିତରେ ମୋ ପାଇଁ ଅସନ୍ତୁଷ୍ଟତା ବଢ଼ିଛି। ମୁଁ ଯଦି କୁହେ ଚାକିରୀ ଜୀବନ କଷ୍ଟକଥା କୁହନ୍ତି ଛାଡ଼ିଦିଅ ଚାକିରୀ, କ'ଣ ଦରକାର ଆମର ? ମୋତେ ସେମିତିକା ଉତ୍ତର ଶୁଣିବାକୁ ଇଚ୍ଛା ନଥାଏ, ବେଶୀ କଷ୍ଟହୁଏ ସେକଥା ଶୁଣିଲେ। ମୋର ସ୍ୱାମୀ କିଣିଦେଉଥିବା ଗହଣା, ଶାଢ଼ୀ ସ୍ୱାମୀର ସୋ-କେଶ୍‌ର ଗଢ଼ା କଣ୍ଢେଇ ଜୀବନ ଦରକାର ନାହିଁ,

ମୋ ଜୀବନ ଯା' ଭିତରେ ସୀମିତ ନୁହେଁ ବୋଲି ଭାବିଛି ବରଂ ନିଜର ପରିଚୟ ତିଆରି କରି ପାଇବା ଜୀବନର ଶ୍ରେଷ୍ଠ ପ୍ରାପ୍ତି ବୋଲି ମୁଁ ବୁଝିଛି। ସେକଥା ସୁମନ୍ତଙ୍କୁ ବୁଝେଇ ଲାଭ ନାହିଁ। ସେ ସେମିତି ହିଁ ଭାବନ୍ତି ନାହିଁ। ଆମର ଏକଥା ନେଇ ଅନେକ ମତାନ୍ତର ସରିଛି। ଆଜି ମନ କହୁଛି ଏକଥା ମୁଁ ତୁଷାର ସହ ବାଣ୍ଟିପାରନ୍ତି କି ? ମୁଁ ଜାଣିଚି ସେ ମୋତେ ବୁଝେଇ ପାରିବେ, ମୋତେ ସେ ବୁଝେଇ ଶୁଝେଇ ମୋତେ ମୁକୁଳେଇ ପାରିବେ ଏମିତି ଧନ୍ଦି ହେଉଥିବା ଚିନ୍ତାଧାରାରୁ। କହିବେ ଯା' ତୁମେ ଏତେକଥା ଭାବନି, ଏମିତି କଷ୍ଟ ହିଁ ସହିବାକୁ ହୁଏ ସବୁକ୍ଷେତ୍ରରେ ଜୀବନରେ। ମୋତେ ସେଇଆ ହିଁ ଶୁଣିବାକୁ ଇଚ୍ଛା। ଯାହା ତୁଷାର ବୁଝେଇଦିଅନ୍ତି ସେଇଥିରେ ମନ ବୁଝୁଛି। ଏକଥା କାହିଁକି ଘଟୁଛି ? ମୋ ପରି ଝିଅମାନେ ଜନ୍ମରୁ ଉଦାର କି ସରଳ ବୋଲି ? ମୁଁ ନିଜକୁ ପ୍ରଶ୍ନ କରୁଥିଲି। ଏବେ ତୁଷାରମନସ୍କ ମନ ବି ସେମିତି ଅମାନିଆ ଝିଅଟେ ପରି କାହିଁକି ମୋତେ ଅସ୍ତବ୍ୟସ୍ତ କରୁଛି ? ସତରେ ମୋ ଆଖିରେ ଲୁହ ଭର୍ତ୍ତି ହୋଇଗଲା ମୁଁ କେମିତି ମୁକୁଳିବି ଏଥିରୁ। ମୁଁ ଜାଣିନି କାହିଁକି ନିଜକୁ ଆଜି କଠୋର କରିପାରିନାହିଁ। ଅନେକ ଭୋଗିଛି ତା' ପାଇଁ, ଅନେକ କଷ୍ଟ ନିଜ ପରିବାରଠୁ, ନିଜ ଲୋକଙ୍କଠାରୁ ପାଇଛି। ତଥାପି ମୁଁ ନିଜକୁ ଦୃଢ଼ କରିପାରିନି।

ଆଜି ତୁଷାରର ସ୍ନେହ ଆତ୍ମୀୟତା ପାଖରେ ମୁଁ ସଂପୂର୍ଣ୍ଣ ପରାସ୍ତ। ଏକ ସ୍ୱତନ୍ତ୍ର ଏ ଅନୁଭବ, ଯେତିକି ନିଜର ସେତିକି ପର। ବୋଧେ ସେଇଥିପାଇଁ ମୁଁ ଅନ୍ୟମାନଙ୍କ ପରି ନୁହେଁ। ଭିନ୍ନ ଖିଆଲରେ ଜିଉଁଥିବା ମଣିଷ। ମୋତେ ପଛେ କଷ୍ଟ ମିଳୁ କିନ୍ତୁ ଆଉ କାହାକୁ ମୁଁ କଷ୍ଟ ଦେଇପାରିବିନି ଏତିକି ହିଁ ମୁଁ ବୁଝେ। ତୁଷାରଙ୍କ ସହ କଥାହେଲେ ଏମିତି ହିଁ ଅନୁଭବ ହୁଏ। ହୃଦୟ କିଛି ଏମିତି ହିଁ କୁହେ, ଜୀବନରେ ଅନ୍ତତଃ ମୁଁ ତୁଷାରଙ୍କୁ ଦୂରେଇ ଦେଇ କଷ୍ଟ ଦେଇପାରିବିନି ତା' ପାଇଁ ଯାହା କଷ୍ଟ ସହିବାକୁ ପଡୁଛି ପଡୁ। ତୁଷାରଙ୍କ ଜୀବନର ଦୁଃଖ କଥା ଶୁଣିଲା ପରେ ଏତିକି ସ୍ଥିର କଲି ମୁଁ ତାଙ୍କ ପାଖରେ ଜୀବନସାରା ଠିଆ ହୋଇଥିବି, ସେ ସଂପର୍କର କିଛି ନାମ ନଥାଉ ପଛେ। ନିଜ ସହ ଯୁକ୍ତି ବି କରୁଥିଲି ଆମେ କ'ଣ ସବୁ କାମ ଜୀବନରେ ଠିକ୍ କରନ୍ତି, ନା ଠିକ୍ ଭୁଲ୍ ବୋଲି ପ୍ରକୃତରେ କିଛି ଅଛି, କିଏ କହିବ ସେଇଟା ଠିକ୍ ଏଇଟା ଭୁଲ୍ ? ଭୁଲ୍ ଠିକ୍‌ର ମାପକାଠି କାହା ପାଖରେ ? ମଣିଷ ପାଖରେ ? ମଣିଷ କ'ଣ ସବୁ ଦେଖିପାରେ ନା ଅନୁଭବ କରିପାରେ ଯେ ସେ ଭୁଲ୍ ଠିକ୍ ସ୍ଥିର କରିବ। ଏମିତି ଅନେକ ଯୁକ୍ତି ମୋର ନିଜ ସହ ତୁଷାରଙ୍କୁ ଭେଟିଲାଦିନୁ।

ଏଇକଥାରେ ତୁଷାର ମୋତେ କେବଳ ପୂର୍ଣ୍ଣ ସମର୍ଥନ କରନ୍ତିନି ବରଂ ମୁଁ କହିବି ଏ ଚିନ୍ତାଧାରାର ଉତ୍ସ ହିଁ ସେ। ମୁଁ ଦିନେ ବ୍ୟସ୍ତହୋଇ ପଚାରିଲି ଆମେ ଠିକ୍ କରୁଛେ ଏପରି ଲୁଚିଛପି କଥାହୋଇ। ତୁଷାର ହିଁ ସେଦିନ ମୋତେ ଏକଥା କହିଥିଲେ କେଉଁଟା ଠିକ୍ କେଉଁଟା ଭୁଲ୍ କହିଲ ? ଆମ ଜୀବନସାଥୀ ମାନେ ଯାହା ଆମ ସହ କରୁଛନ୍ତି ସେଇଆ କ'ଣ ଠିକ୍ ? ଯାହା ତୁମ ଆଖିରେ ଠିକ୍ ଲାଗୁଛି ତାହା ହୁଏତ ଆଉ କାହା ଆଖିରେ ଭୁଲ୍ ହୋଇପାରେ। ଏକଥା ମଣିଷ କହିପାରିବନି। ମୁଁ ବୁଝିଗଲା ପରି ତାଙ୍କ କଥାରେ ହୁଁ ମାରିଥିଲି। ଆମେ ଯାହାକୁ ଜୀବନରେ ସମ୍ମାନର ସହ ସ୍ୱୀକାର କରୁ ତା'ର ସବୁକଥା ମାନିନେବାକୁ ଇଚ୍ଛା ହୁଏ, ମୀରା ମୁଁ ବି ସେଇଆ ହିଁ କରୁଥିଲି। ମୀରା ସେଦିନ ମୋ କଥା ମନଦେଇ ଶୁଣୁଥିଲା। ମଝିରେ ମଝିରେ କଫି ସିପ୍ ନେଇ ଶୁଣି ତା' ମୁହଁର ଭାଷା ବଦଳାଉଥିଲା, ସେ ଯାହା ଭାବୁ ମୁଁ କିନ୍ତୁ ଗପିଚାଲିଥିଲି, ତାକୁ ଏକଥା ବି କହିଥିଲି ଶୁଣ ସବୁ ଶୁଣିନେବା ପରେ କହିବୁନି ତୋର ଭୁଲ୍ କ'ଣ ? କିଛି ଜଜ୍ କରିବା ଅଧିକାର ଦେଇନି, କେବଳ ଜଣେ ଶ୍ରୋତା ହୋଇ ତୁ ଶୁଣ ମୋ କାହାଣୀ। ବୋଧେ ସେଇଥିପାଇଁ ମୀରା କିଛି କହିପାରୁନଥିଲା ମୁଁ କିନ୍ତୁ ତା' ବଦଳିଯାଉଥିଲା ମୁହଁର ଭାବ ଦେଖି ଠିକ୍ ନିରିଖେଇନେଉଥିଲି ସେ କ'ଣ ଭାବୁଛି। ମୋର ନିଜକୁ ଠିକ୍ ବୋଲି କହିବାର କୌଣସି ପ୍ରଚେଷ୍ଟା ନାହିଁ ଏଠି ମୀରା ମୁଁ ସବୁ ସ୍ୱୀକାର କରିବାକୁ ରାଜି ଅଛି ମୋ ଜୀବନ ତମାମର ଭୁଲ୍ ଠିକ୍କୁ ତୋ ପାଖରେ। ଯାହା ମୁଁ କାହା ପାଖରେ ନକହିପାରି ଅନେକ ଦିନରୁ ନିଜକୁ କଷ୍ଟଦେଇ ଚାଲିଛି। ମୋର ପ୍ରତ୍ୟେକଟି ଅନୁଭବ ତୋତେ ଭାଗ କରିନେବାକୁ ପଡ଼ିବ। ମୀରା କହିଲା, ଠିକ୍ ଅଛି ସେଥିପାଇଁ ବ୍ୟସ୍ତ ହଅନା। ମୁଁ ଏଇ ଅଳ୍ପଦିନରେ ତୋତେ ଠିକ୍ ବୁଝିସାରିଛି। ଆମ ବନ୍ଧୁତା ଅକ୍ଷୁଣ୍ଣ ରହିବ ସବୁ ପରେବି। ତୁ ଭାବପ୍ରବଣ ଝିଅଟେ। ତା' ସହ ସରଳବିଶ୍ୱାସୀ ଓ ଏଥିପାଇଁ ତୁ ଦାୟୀ ନୁହଁ ବରଂ ତୋ ପିଲାଦିନର ପରିବେଶ ଓ ପରିବାର। ତୁ ନିଜକୁ ଏତେ ଘୃଣା କରିଆସିଛୁ ଯେ, ଯାହା ଏଯାଏଁ ଘଟିଛି ସେଥିରେ କିଛି ଆଶ୍ଚର୍ଯ୍ୟ ହେବାର ନାହିଁ। ଜୀବନର ଧର୍ମ ପ୍ରେମ ଖୋଜିବା, ପ୍ରେମରେ ପଡ଼ିବା, ତୁ ଯଦି ଏହି ପ୍ରେମରେ ହିଁ ପଡ଼ିଛୁ ତା'ହେଲେ ଭୁଲ୍ କେଉଁଠି। କେବଳ ବିବାହିତା ବୋଲି ତୋର ଏ ଦ୍ୱନ୍ଦ୍ୱ ଓ ବ୍ୟସ୍ତତା। କିନ୍ତୁ ମୁଁ ଠିକ୍ ବୁଝିପାରୁଛି ତୁ କେବେ ସୁମନ୍ତଙ୍କୁ ପ୍ରେମ କରିନୁ। ମୁଁ

କହିଲି ମୀରା ୟା' ପାଇଁ ମୁଁ କେବଳ ଏକା ଦାୟୀ ନୁହଁ କି କେହିବି ଦାୟୀ ନୁହେଁ, ସବୁ ଏମିତି ଘଟିଚାଲିଲା କେଉଁ ଏକ ନିଷିଦ୍ଧ ସ୍ୱପ୍ନଟିଏ ପରି ମୋ ଜୀବନରେ।

ତା'ପରେ ତୁଷାର ତାଙ୍କ ଜୀବନର ପ୍ରତ୍ୟେକଟି ଫର୍ଦ୍ଦ ଖୋଲୁଥିଲେ ଧୀରେ ଧୀରେ। ସେ ତାଙ୍କ ଜୀବନ କିପରି ପରିବାର ଓ ସ୍ତ୍ରୀ ପାଇଁ ଉତ୍ସର୍ଗ କରିଛନ୍ତି। ସବୁ ପରେ ବି କାହାକୁ ଖୁସି କରିପାରିନାହାନ୍ତି। ନିଜ ସ୍ତ୍ରୀ ପାଖରେ ନିଜକୁ ସମର୍ପିଦେବା ପରେ ସେ ଘୃଣାର ପାତ୍ର। ନିଜ ମୁହଁରେ ହତାଶ କାହାଣୀ କହି ଦୁର୍ବଳ ହୋଇଯାନ୍ତି, ମନ ଭଲ ନାହିଁ କହି ଫୋନ୍ କାଟନ୍ତି। ମୁଁ ବ୍ୟସ୍ତହେବା ଛଡ଼ା କିଛି ବାଟ ନଥାଏ। ସେ ପୁଣି ପରଦିନ ଫୋନ୍ କରନ୍ତି, ମୁହଁରେ ସେଦିନ ଅଲଗା ଭାଷା ଥାଏ। କୁହନ୍ତି ଚାଲ ଏସବୁ ଜୀବନର କଷ୍ଟ କଥା ଭୁଲିଯିବା ଆଉ କିଛି ନୂଆକଥା ହେବା। ଚାକିରୀ କଥା, ଦେଶ କଥା, ସାଙ୍ଗସାଥୀଙ୍କ କଥା... ଠିକ୍ ସେଇ ସମୟରେ ତୁଷାର ମୋତେ ଆପଣାର ବନ୍ଧୁଟିଏ ପରି ଦେଖାଯାନ୍ତି। କିନ୍ତୁ ସେ ବି କ'ଣ ମୋ ପ୍ରତି ଆକର୍ଷଣରୁ ଏମିତି କରୁଛନ୍ତି, ନା ତାଙ୍କୁ ସତରେ କିଏ ଜଣେ ଦରକାର ତାଙ୍କ ଦୁଃଖ କଥା ଶୁଣିବାକୁ, ଏମିତି ତ ଆଜିକାଲି ଅନେକ ଥେରାପି ନେଲେଣି ମାନସିକ ସମସ୍ୟା ପାଇଁ, ମୁଁ ବୋଧେ ସେଇମିତି ଥେରାପିଷ୍ଟ୍ ଭଳି କେହି ଜଣେ କିଏ ତୁଷାର ପାଇଁ, ଏ ଭାବନା ବି ମନକୁ ଆସେ। ମଣିଷ ଯାହା ପାଖରେ କଷ୍ଟ ବାଣ୍ଟିଥାଏ ତାକୁ ହିଁ ଜୀବନର ପରମ ବନ୍ଧୁ ଭାବିଥାଏ, ମୁଁ ଜାଣିନି, ମୁଁ ତାଙ୍କ ପାଇଁ ଏମିତି ଜଣେ ମାତ୍ର ବନ୍ଧୁ ନା ଅନେକ ଅଛନ୍ତି, ସେ ପ୍ରଶ୍ନ ବି ଅସ୍ତବ୍ୟସ୍ତ କରେ, ମୋ ପାଇଁ କିନ୍ତୁ ସେ କେବଳ ଜଣେ ହିଁ ଅଟନ୍ତି। ମୁଁ କେବେ କେବେ ପଛରେ ନିଜକୁ ଅସୁରକ୍ଷିତ ଭାବି ତୁଷାର ପଛରେ ତୁମେ ଏମିତି ସମସ୍ତଙ୍କୁ କହିପାର ନା ମୁଁ ଜଣେ କେହି ଅନନ୍ୟା ତୁମ ପାଇଁ। ସେ ନୀରବ ରୁହନ୍ତି, କୁହନ୍ତି ତୁମେ ବିଶ୍ୱାସ ନକଲେ ମୁଁ କିଛି ତା' ପାଇଁ କରିପାରିବିନି। ବିଶ୍ୱାସ କେବଳ ହୃଦୟରୁ ସୃଷ୍ଟି ହୁଏ, ମୁଁ ହୃଦୟ ଖୋଲି ଦେଖେଇପାରନ୍ତି ଭଲା ତୁମକୁ? ତୁଷାର ସେଦିନ ଛଳନାହୀନ ଭାବେ କହିଲେ କିଛି ଖରାପ ନ ଭାବିଲେ ଗୋଟେ କଥା କହିବି। ତୁଷାର ସେଦିନ କହିଲେ ତୁମେ ଖୁବ୍ ଆପଣାର ଲାଗ। ତୁଷାର କହିଲେ, ବେଳେ ବେଳେ ଭାବେ ତୁମେ ମୋ ପାଖରେ ଥିଲେ ମୁଁ କେତେ ସୁଖୀ ହୋଇନଥାନ୍ତି ସତରେ। ଏମିତି ମୋ ଭାବିବାଟା ଉଚିତ କି ଅନୁଚିତ ତୁମେ କହିବନି ଦୟାକରି। କିନ୍ତୁ ଏମିତି ଭାବିବାକୁ ହିଁ ଭଲ ଲାଗେ। ଏମିତି ମନେହୁଏ ଆଜିକାଲି। ତୁମ ସହ କଥା ନହେଲେ ବି ଲାଗେ ତୁମ ସହ ହିଁ ଦିନସାରା ଗପୁଛି।

ବେଳେ ବେଳେ ଆଶ୍ଚର୍ଯ୍ୟ ଲାଗୁଛି ଏମିତି ବି ଜୀବନରେ ଘଟିପାରେ ଭାବି। ମୋତେ ଲାଗୁଛି ମୁଁ କେଉଁଠି ଶୋଇ ସ୍ୱପ୍ନ ଦେଖୁଚି। ତୁମେ ଆଖିରେ ଲାଖିଗଲଣି ଆଜିକାଲି। ମୁଁ ତୁଷାର କଥାରେ ଭିଜିଥିଲି। ଲାଗୁଥିଲା ଦୁହେଁ ଯୌବନର କଲେଜ ପଡ଼ିଆରେ ଚାଲୁଛୁ। ଏକଲା ସଂଜରେ ମୁଁ ତୁଷାରର ହାତଧରି ଚାଲିଛି। ତୁଷାର ହାତର ଅଳ୍ପ ଛୁଆଁରେ ମୁଁ ଶିହରୁଛି ପ୍ରଥମ ପୁରୁଷର ପ୍ରଥମ ଛୁଆଁ ପରି। ଆମେ ଦୁହେଁ ନୀରବ ଥିଲୁ। କ'ଣ କହିବୁ କାହାକୁ, ପରସ୍ପରକୁ ଆମେ ବୋଧେ ଛୁଇଁଥିଲୁ କଳ୍ପନାରେ। ଏବେ କେମିତି ନିଜକୁ ବୁଝେଇବି, ତୁଷାରକୁ କ'ଣ କହି ବୁଝେଇବି କିଛି ଭାବିହେଉନଥାଏ। ନିଜକୁ ବହୁ ନିୟନ୍ତ୍ରଣ ପରେ କହିଲି ତୁଷାର ଏ ସଂପର୍କ ଏମିତି ସୁନ୍ଦର ହୋଇଥାଉ। ଆଉ ଆମେ ଆଗକୁ ବଢ଼ିବା ଠିକ୍ ହେବନି। ନିଜେ କଷ୍ଟ ପାଇବା ସହ ଅନ୍ୟ ଜଣଙ୍କ ପାଇଁ କଷ୍ଟର କାରଣ ହେବା। ମୁଁ ନିଜକୁ ବୁଝେଇନେବି, ତୁମେ ବି ବୁଝାଏ ନିଜକୁ। ତୁମ ଭଳି ଭଲ ମଣିଷ ଟେ କାହିଁକି ଏମିତି ବଦ୍‌ନାମ ମୁଣ୍ଡେଇବ ଯେ ? ଆମ ସମାଜ ଏ ସଂପର୍କକୁ ବୁଝିବେନି। ସ୍ୱାମୀ ପାଖରେ ସ୍ତ୍ରୀ ଖୁସିରେ ଥାଉ କି ଦୁଃଖରେ ସେ ଚିରଦିନ ତା'ର ପ୍ରିୟ ମଣିଷ ବୋଲି ସେ ଘୋଷଣା କରିବାକୁ ନାରୀଟିଏ ବାଧ୍ୟ ଏଠି। ତା' ପାଇଁ ଏସବୁ ଉପଯୁକ୍ତ ନୁହେଁ କି ନା ସେକଥା କ'ଣ ସମାଜ ବୁଝେ ? ସେମାନେ କୁହନ୍ତି ସ୍ୱାମୀ ହିଁ ନାରୀର ଈଶ୍ୱର। ସ୍ୱାମୀ ନିନ୍ଦା ଯୁଗେ ଯୁଗେ ନିନ୍ଦନୀୟ। ପୁରୁଷ କ୍ଷେତ୍ରରେ ସେ ନିୟମ ବହୁ ଅଲଗା। କୋହଲ, ସେ ଦାବି ସହ କହିପାରେ ତା' ସ୍ତ୍ରୀର ଦୋଷ ଦୁର୍ବଳତା, କହିପାରେ ସେ ଉପଯୁକ୍ତା ନୁହେଁ। ସମାଜ ସ୍ୱୀକାର ବି କରେ। କିନ୍ତୁ ନାରୀ କ୍ଷେତ୍ରରେ ସେଇଆ ହେଲେ ଆମେ ତାକୁ ଲାଞ୍ଛନା, ଅପବାଦ ଦେବାକୁ ଟିକେ ବି କୁଣ୍ଠାବୋଧ କରୁନା। ନାରୀ ନିଜର ଖୁସି ପାଇଁ ଯଦି ପ୍ରିୟପୁରୁଷ ବାଛିନିଏ, ଯାହା ସହ ତା'ର ଭାବ, ଚିନ୍ତା ଚେତନା ମିଶିଯାଏ ତାକୁ ଆପଣେଇବା ପାଇଁ ନାରୀଟିଏ ପାଇଁ କେତେ ସ୍ୱାଧୀନତା ଅଛି ? ତାକୁ କଳଙ୍କ କୁହାଯାଏ ଏଠି। ଏ ସ୍ୱାଧୀନତା ଥିଲେ ବୋଧହୁଏ ହୁଏତ ଆଜି ଆମ ସମାଜରେ ନାରୀ ଏତେମାତ୍ରାରେ ନିର୍ଯାତିତ ହୁଅନ୍ତାନି। ତେବେ ଏଇ ସଂପର୍କର ଗତିଶୀଳତା ଦେଖି ମୁଁ ଆଗକୁ ଆଉ ଆଗେଇବି ନାହିଁ ଭାବି ତୁଷାରଙ୍କୁ ବୁଝେଇଲି ଆମର ଏମିତି କଥାବାର୍ତ୍ତା କରିବା ଅନୁଚିତ। ମୁଁ ମୋ ପରିବାରର ଅନ୍ଧ ପରି ଶିଖେଇଦିଆଯାଇଥିବା ଶିକ୍ଷା ଓ ସଂସ୍କାରକୁ ବିଶ୍ୱାସ କରିବାକୁ ଚାହେଁ। ମୋର ଏସବୁ ପ୍ରତି ସମର୍ଥନ ନଥିଲେ ବି ମୁଁ ସେଇ ରାସ୍ତାରେ ଯିବାକୁ ଚାହେଁ। ମୋ ଭଳି ଜଣେ ଦୁର୍ବଳ ନାରୀ ଏଇଆ ହିଁ କରିଥାନ୍ତ ମୀରା।

ତୁଷାର ସହ ସମସ୍ତ ମଧୁର ସଂପର୍କ କାଟିଦେବାକୁ ହିଁ ମୁଁ ଉଚିତ ମଣିଲି। ସେ ହେଉ ପଛେ ସମାଜ ଡରରେ, ସ୍ୱାମୀଙ୍କ ଡରରେ କି ପରିବାରର ଚାପରେ। ମୁଁ କାହାର କିଛି କ୍ଷତି କରିବାକୁ ଚାହେଁନି। ମୋର ଅତୃପ୍ତି, ମୋର ହେଇ ଥାଉ, ମୋର ଅସନ୍ତୁଷ୍ଟତା ମୋରି ଜୀବନରେ ଶଢ଼ିଯାଉ। ମୁଁ ଏତେ ପରିବର୍ତ୍ତନ ଜୀବନରେ ଦେଖିବାକୁ ଚାହେଁନି କି ମୋର ସାମ୍ନା କରିବାକୁ ସାହସ ନାହିଁ। ସେଦିନ ତୁଷାର ମୋ ପ୍ରତିବାଦ ଶୁଣି ଖୁବ୍ ଜଣେ ଅଭିଜ୍ଞ ବିଦ୍ୱାନ୍ ମଣିଷ ପରି ବୁଝେଇବା ଆରମ୍ଭ କରିଦେଇଥିଲେ। ବୁଝେଇବା ପରି କମ୍ ବରଂ ଯୁକ୍ତି ପରି ବେଶୀ ଟିକେ। କିଏ କହୁଛି ତୁମେ ତୁମ ଘରସଂସାର ଛାଡ଼ିଦେଇ ମୋତେ ଆପଣେଇ ନିଅ। ମୁଁ ମାନୁଛି ତୁମକୁ ଭଲପାଏ କିନ୍ତୁ ତୁମଠାରୁ ମୋର କୌଣସି ଅପେକ୍ଷା ନାହିଁ। ତୁମ ହୃଦୟରେ କେବଳ ଛୋଟ ସ୍ଥାନଟିଏ ମୋ ପାଇଁ ଯଥେଷ୍ଟ। ମୁଁ କ'ଣ ଏତିକି ତୁମଠାରୁ ପାଇବାକୁ ଯୋଗ୍ୟ ନୁହଁ? ତୁଷାରଙ୍କ ଭାବପ୍ରବଣତା ମୋତେ ପୁଣି ଆଚ୍ଛନ୍ନ କରିବାକୁ ଲାଗିଥିଲା। ମୁଁ ସେଇଠି ସେଦିନ ନାଇଁ କହିଦେଲେ ସରିଥାନ୍ତା କିନ୍ତୁ ସତ କହିବି ମୁଁ ଏତିକି ସ୍ନେହ କାହାଠୁ ପାଇନାହିଁ, ମୋତେ ଏତେ ଯୋଗ୍ୟ ବୋଲି କେହି ସମ୍ମାନ ଦେଇନାହାନ୍ତି। ସୁମନ୍ତ ପାଖରୁ ଦିନେହେଲେ ନୁହେଁ। ସମ୍ମାନ, ସମର୍ପଣ ଭାବ କାହାକୁ ଭଲ ନଲାଗେ। ମୁଁ ପୁଣି ତୁଷାର କଥାରେ ସମସ୍ତଙ୍କ ଆଢୁଆଳରେ ରହି ତାଙ୍କୁ ଜୀବନସାରା ସାଥୀଟିଏ ହେବି ବୋଲି କଥାଦେଲି। ଆମେ ଦିନକୁ ଦିନ ବେଶୀ ବେଶୀ ପସନ୍ଦ କରିବାକୁ ଲାଗିଥିଲୁ। ଦିନେ ତୁଷାର ପଚାରିଲେ ତୁମର ଦାମ୍ପତ୍ୟ ଜୀବନ କେମିତି, ତୁମକୁ ପାଇ ବେଶ୍ ଖୁସି ଥିବେ ତୁମ ସ୍ୱାମୀ? ତୁଷାରଙ୍କୁ ସେଯାଏଁ ମୋ ବିଷୟରେ ଅଧିକ କିଛି କହିନଥିଲି। ମୁଁ ଅନେକ ସମୟରେ ଆଡ଼େଇଯାଏ ଏମିତି ପ୍ରସଙ୍ଗ। ସବୁ ସତ୍ତ୍ୱେ ମୋର ଲୁଚିଥିବା ମୁହଁଟି ତୁଷାରଙ୍କୁ ଦିଶିଯାଏ। ଖୁବ୍ କମ୍‌ଦିନରେ ସେ ମୋ ଅବ୍ୟକ୍ତ ଭାଷାକୁ ବୁଝିପାରିଲା ଭଳି କଥା କହୁଥିଲେ।

ଦିନେ ଏମିତି ତୁଷାର କହିଲେ କ'ଣ ଭାବୁଛ ଆମ ଭବିଷ୍ୟତ ବିଷୟରେ। ତୁମେ କ'ଣ ଭାବୁଛ ଆମ ବିଷୟରେ କିଛି ଆଗକୁ ଚିନ୍ତା କରିବା ଅନୁଚିତ। ଆମେ ପରସ୍ପରକୁ ଏତେ ପସନ୍ଦ କରିବା ଏମିତି ଦୂରେଇ ରହିବା କ'ଣ ସହଜ ହେବ? ମୁଁ ତ ଆଉ ତୁମ ଛଡ଼ା ରହିପାରିବିନି ଲାଗିଲାଣି। ମୋର ସବୁ ମୁହୂର୍ତ୍ତରେ ତୁମେ ହିଁ ତୁମେ। ଚାଲ ଆମେ କୁଆଡ଼େ ଚାଲିଯିବା। ଆମେ ସେଇଠି ସମସ୍ତଙ୍କ ଦୂରରେ

ବସା ବାନ୍ଧିବା, ତୁମେ ଆଉ ମୁଁ ଆଉ କେହି ନୁହେଁ। ମୁଁ ଅଫିସ୍‌ରୁ ଫେରୁଥିବି ତୁମେ ଅପେକ୍ଷା କରୁଥିବ ମୋ ଫେରିବାର, ରୋଷେଇଘରେ ସଜାଡୁଥିବ, କ'ଣ ରନ୍ଧାରନ୍ଧି କରିବାରେ ବ୍ୟସ୍ତ ଥିବ, ମୁଁ ତୁମକୁ ଦେଖୁଥିବି ରୀତିମତ। ମୋର ଏବେ ସ୍ୱପ୍ନ ତୁମକୁ ଏଇ ରୂପରେ ଦେଖିବି ଅତି ନିକଟରୁ। ମୋ ପାଖରେ ବସିଥିବ ଲଙ୍ଗ୍ ଡ୍ରାଇଭରେ। ଆମେ ଗୀତ ଶୁଣୁଥିବା, ମୁଁ ତୁମ ହାତ ଧରି ଚାଲୁଥିବି ସମୁଦ୍ରକୂଳରେ। ତୁମେ ଲହଡ଼ି ସହ ଖେଳୁଥିବ ଅନ୍ୟମନସ୍କ ହୋଇ। ତୁମ ମୁହଁସାରା ଅମାନିଆ ପବନ ଅନାବନା କରୁଥିବ ମୁହଁ ଉପର କେଶକୁ। ତୁମେ ଆଉଜି ଯାଉଥିବ ମୋ ଦେହ ଉପରକୁ। ମୁଁ ଆଜିକାଲି ରାତିରେ ଏମିତି ହିଁ ସ୍ୱପ୍ନଟିଏ ଦେଖୁଛି, ତୁଷାର କହିଲେ। ଆମେ ଦୁହେଁ ସେଦିନ ଏକାଠି ସ୍ୱପ୍ନ ଦେଖିବା ପରି ମନେହେଲା। ପ୍ରେମରେ ପଡ଼ିଲେ ସତରେ ଜୀବନ ସୁନ୍ଦର। ମୋ ପାଇଁ ଏମିତି ପ୍ରେମଟିଏ ହିଁ ଅନୁଭବ କରିବାକୁ ମିଳିବ ଏହା କେବେ ଭାବି ନଥିଲି ଆଗରୁ। ମୁଁ ବୋହିଗଲି ଆପେ ଆପେ। ପଛକୁ ଫେରିବାକୁ ଇଚ୍ଛା ହେଲା ନାହିଁ, ହେଉ ପଛେ ଭୁଲ୍ ଯଦି ଦୁନିଆ କହୁଛି କହୁ। ଯଦି ତୁଷାର ପ୍ରେମ ମୋ ପାଇଁ ନିର୍ଭେଜାଲ ତା'ହେଲେ ମୋର ଏଥିରେ ବୁଡ଼ିଗଲେ କ୍ଷତି କ'ଣ ? ତୁଷାର ବି ଛଳଛଳ ହୋଇ କହିଗଲେ ଏହା ଆମ ଦୁହିଁଙ୍କ ପାଇଁ ପ୍ରଥମ ଅନୁଭୂତି ବୋଧେ ? ମୁଁ ଲାଜରେ ଉତ୍ତର ଦେଇପାରିଲି ନାହିଁ। ତୁଷାର ୟା' ପରେ ଛୋଟପିଲା ପରି ଅଳି କରିବାକୁ ଲାଗିଲେ ମୁଁ କଥାହେବି ତୁମ ସହ ଅନେକ କଥା। ଆଜି ମୋତେ ଛାଡ଼ି ଯାଆନି। ମୋତେ ଘଣ୍ଟା ଘଣ୍ଟା ଗପିବା ଦ୍ୱାରା ମୋ ଭିତରେ କେମିତି ଗୋଟେ ଉଦ୍‌ବେଗତା ବଢୁଥାଏ। ଥରେ ଥରେ ବ୍ୟସ୍ତହୋଇ ତୁଷାରକୁ ପଚାରେ ଏ କାହାଣୀର ଅନ୍ତ କ'ଣ ? ମୋତେ ତ କିଛି ଦିଶୁନି। ତୁଷାର କହିଲେ ଆମ ଦୁହିଁଙ୍କ ମିଳନ, ତୁମକୁ ମୋ ପାଖକୁ ଆସିବାକୁ ପଡ଼ିବ ଦିନେ ? ଆମେ ପରସ୍ପରକୁ ଛାଡ଼ି ରହିବା ଅସମ୍ଭବ। ଚାଲ କେବେ ଦେଖା କରିବା ? ମୁଁ ତୁମକୁ ଦେଖିବାକୁ ଚାହେଁ, ଆଖି ସାମ୍ନାରେ ଭେଟିବାକୁ ଚାହେଁ। ତୁମ ବିନା ବଞ୍ଚିବା ମୋର ଅସମ୍ଭବ। କୁହ କେମିତି ତୁମ ସହ ଦେଖାହେବ। ମୋତେ ସେଦିନ ଚମକିପଡ଼ିବା ପରି ଲାଗିଲା।

ସୁମନ୍ତ କହୁଥିଲେ ମୁଁ ସବୁ ବ୍ୟବସ୍ଥା କରିବି ତୁମେ ହଁ କୁହ କେବଳ। ସୁମନ୍ତଙ୍କ ଅଜାଣତରେ ମୁଁ କେତେ କ'ଣ କରିସାରିଲିଣି। କେବଳ ପ୍ରେମକାଙ୍ଗାଳି ହୋଇ ମୁଁ ଏତେବାଟ ଆଗେଇ ଆସିଛି, କ'ଣ କରିବା ଉଚିତ ମୋର ? ମୁଁ

କେବଳ ଭାବପ୍ରବଣତାରେ ବୋହିଚାଲିଛି। ସେଦିନ ବହୁତ ଇଚ୍ଛାହେଲା ନିଜ ପାଖରେ କାନ୍ଦିବାକୁ। ପ୍ରକୃତରେ କାନ୍ଧଟିଏ ଖୋଜୁଛି, ଯେ ମୋତେ ବୁଝେଇଦେଇପାରିବ, ଭୁଲ୍ କ'ଣ ଠିକ୍ କ'ଣ ସତ ସତ କହିଦେଇପାରିବ। ସୁମନ୍ତର କାନ୍ଧ ହିଁ ଖୋଜୁଥିଲି। କହିବାକୁ ଇଚ୍ଛାହେଉଥିଲା ସୁମନ୍ତକୁ ଲୁହ ଗଡ଼େଇ ମୋର ସବୁ ଇଚ୍ଛାକୁ। ମୁଁ ତୁମର ଭଲ ସ୍ତ୍ରୀ ହେବା ପାଇଁ ଅନେକ ଚେଷ୍ଟାକରି ହାରିଯାଇଛି। ମୋତେ ମୁକ୍ତି ଦିଅ। ମୋତେ ଶାସ୍ତି ଦେଇ କୁହ ତୁମେ ଚାଲିଯାଅ। ସୁମନ୍ତ ଏମିତି କେବେ କହିବେନି ମୁଁ ଜାଣିଚି। ବରଂ କହିବେ ମୁଁ ତାଙ୍କୁ ଚିଟ୍ କରିଛି। ସେଦିନ ଏତେ ବ୍ୟସ୍ତ ଲାଗିଲା ଯେ ତୁଷାରଙ୍କୁ କ'ଣ ୟାଡୁ ସିଆଡୁ କହି ଫୋନ୍ କଟାଇଲି। କହିଲି ଆମେ ବହୁତ ମିଶିସାରିଲେଣି, ଆମକୁ ଟିକେ ନିଃଶ୍ୱାସ ନେଇ ନିଜ ବିଷୟରେ ଭାବିବାକୁ ପଡ଼ିବ। ଏମିତି ଭାବପ୍ରବଣ ହୋଇ ଆମେ ରାସ୍ତା ହରାଇବା। ତୁଷାରର ସେଦିନ ସେଇ ପୁରୁଣା ଯୁକ୍ତି ଲାଭକ୍ଷତି ଦେଖି ପ୍ରେମ ହୁଏନି। ମୁଁ କହିଲି ତୁଷାର ତୁମେ ପାଗଳ ନହଲେ ବୋକା। ତୁଷାର କହିଲେ ଯାହା କୁହ ପଛେ ମୋ ହାତ ଛାଡ଼ନି। ମୁଁ ଅସହାୟ ହୋଇଯିବି। ବଞ୍ଚିବା କଷ୍ଟ ହୋଇପଡ଼ିବ। ମୁଁ ବହୁତ ଏକାଟିଆ ମୋ ଜୀବନରେ। ସେଦିନ ହଠାତ୍ ଅନୁଭବ ହେଲା ତୁଷାର ତାଙ୍କ ସ୍ତ୍ରୀଙ୍କ ମନୋମାଳିନ୍ୟରୁ କି ସୁସଂଗତା ଅଭାବରୁ ସେ ମୋ ଆଡ଼କୁ ଆକର୍ଷିତ ହୋଇଛନ୍ତି। ନହେଲେ ମୋ ପରି ଜଣେ ସ୍ତ୍ରୀଲୋକ ପାଖରେ ପ୍ରେମଭିକ୍ଷା କରୁନଥାନ୍ତେ। ମୁଁ ବି କୋଉ ଭଲ ଅବସ୍ଥାରେ ଜୀବନ ଜିଉଁଛି। ମୋର ବି ତାଙ୍କ ପ୍ରତି ଦୁର୍ବଳତାରେ କିଛି କମ୍ ଇନ୍ଧନ ଯୋଗାଇନି ଏ ସଂପର୍କକୁ। ମୁଁ ତାଙ୍କୁ ଜଣେ ଭଦ୍ରବ୍ୟକ୍ତି ଭାବରେ ଯଥେଷ୍ଟ ସମ୍ମାନ ଦେଇଆସିଛି। ସେ ବି ମୋ ପ୍ରତି ସେ ସମ୍ମାନ ଦୁଇଗୁଣରେ ଫେରାଇଛନ୍ତି, ସେଇ ସମ୍ମାନ କେତେବେଳେ ଆମ ଭିତରେ ପ୍ରେମର ରୂପ ନେଇ ଆମକୁ ବାନ୍ଧିନେଇଚି ଆମକୁ ଜଣାପଡ଼ିନି। ଆଜିଯାଏଁ ସବୁ ଠିକ୍ ଅଛି ଏଇଆ ଭାବି ହିଁ ମୁଁ ତାଙ୍କ ମନଉଣା କରିବାକୁ ଦେଇନାହିଁ।

ବିବାହିତ ନାରୀ ପରପୁରଷକୁ ପ୍ରେମ କରିବା ଆମ ସମାଜରେ କେବଳ ଘୃଣ୍ୟ ନୁହେଁ ଏକ ଜଘନ୍ୟ ପାପ। ମଲା ପରେ ସେମାନେ ନର୍କକୁଣ୍ଡରେ ପଡ଼ନ୍ତି। ସ୍ୱାମୀଟିଏ ପାଇଁ ବି ସେମିତି କିଛିଟା ନିୟମ। ମୀରା ମୋ କଥା ଶୁଣି ହସିଲା। କହିଲା ତା'ହେଲେ ପାଶ୍ଚାତ୍ୟ ଦେଶରେ ସମସ୍ତେ ନର୍କକୁଣ୍ଡରେ ପଡ଼ିଯିବେନି। ତୁମେମାନେ ଏମିତି ବିଶ୍ୱାସ ପାଳିଆସିଛ ଯୁଗ ଯୁଗ ଧରି। ଯଦି ଜୀବନସାଥୀ

ପାଖରେ ଜୀବନ ଅଣନିଃଶ୍ୱାସୀ ଲାଗେ ସେଥିରୁ ମୁକୁଳିଯିବା ଭଲ। ତା' ଆଖି ପଛରେ ତାକୁ ଠକିବା ଉଚିତ ନୁହଁ। ଆମେ ସେକଥା ଭଲ ଭାବରେ ବୁଝୁ। ସେଥିପାଇଁ ସଂପର୍କରେ ମଧୁରତାରେ ନରହିଲେ ଆମେ ସାଥୀ ବଦଳାଉ। କଷ୍ଟଦାୟକ କିନ୍ତୁ କାହାକୁ ଠକିବା ଅପେକ୍ଷା ଏହା ଉପଯୁକ୍ତ ପନ୍ଥା। ବିବାହ ପରେ ଯେ ଆମେ କୌଣସି ନାରୀ କି ପୁରୁଷ ପ୍ରତି ଆକର୍ଷିତ ହୁଅନ୍ତିନି ଏହା ସଂପୂର୍ଣ୍ଣ ମିଛ କଥା, ଏହା କେବଳ ଏକ ଭୁଲ୍ ଧାରଣା। ଆମେ ଅନେକ ସମୟରେ ମାନିବାକୁ, କି ପ୍ରକାଶ କରିବାକୁ ଡରିଥାଉ। କିନ୍ତୁ ଏମିତି ଜୀବନ ବଞ୍ଚିହୁଏନା। ସାଥୀଠୁ ସମ୍ମାନ, ସ୍ନେହ କି ସଦ୍‌ଭାବନା ବିନା ଜୀବନ କାଟିବା କଷ୍ଟ। ତା'ହେଲେ ନୂଆ ସାଥୀ ଖୋଜିବାରେ ଅସୁବିଧା କ'ଣ ? ତୁମେ ତ ଆଉ ମେସିନ୍ ନୁହଁ ଯେ ଜୀବନସାରା ସାଲିସ କରିଚାଲିଥିବ। ଏହାକୁ ଜୀବନ କାଟିବା କୁହାଯାଏ, ବଞ୍ଚିବା ନୁହେଁ। ଯାହା ମିଳୁଛି ମିଳୁ କହି ଭୋଗି ଯିବୁ। ଆମେ ସେଇଥିପାଇଁ ଜୀବନ ବଞ୍ଚୁ ନିଜ ମର୍ଜିର। ନିଜ ଇଚ୍ଛାରେ, ନିଜ ସର୍ତ୍ତରେ। ନିଜ ପାଇଁ ହିଁ ବଞ୍ଚୁ ପ୍ରଥମେ। କାରଣ ଏଇ ଜୀବନ ଦୁର୍ଲଭ। କିଏ ଜାଣେ ଆମେ ଆଉ ଥରେ ଏ ଜୀବନ ପାଇବା କି ନାହିଁ! ମୀରାକୁ କହିଲି ତୁମେମାନେ ସେମିତି ଭାବିପାର, କରିବି ପାର। ଆମେ ପାରୁନା। ତେବେ ପୂରା କଥା ତ ଶୁଣିସାର, ରାୟ ଶୁଣାଇବୁ।

ଯା' ପରେ ମୁଁ ସୁମନ୍ତ ପାଖକୁ ଫେରିଯିବାକୁ ଚାହିଁଲି। ବହୁତ ଆତ୍ମଚିନ୍ତନ ପରେ ମନେହେଲା ମା' ଯେମିତି କହିଛି ସେମିତି ହିଁ ଏ ଜୀବନ। ସ୍ୱାମୀ ହିଁ ମୁକ୍ତି ଆଉ ଗତି। ଯାହା ଯେତେ ଚାହିଁଲେ ବି ଜୀବନରେ ପରିବର୍ତ୍ତନ କରିବା କଷ୍ଟକର ବ୍ୟାପାର। କାହିଁକି ଏତେ ଜଟିଳ ପରିସ୍ଥିତି ସୃଷ୍ଟି କରିବି ନିଜ ପାଇଁ। ଏ ଜୀବନରେ ଖୁସି ନଥିଲେ ନାଇଁ, ଯେମିତି କଟୁଛି କଟୁ କିନ୍ତୁ ତୁଷାର ସହ ଜୀବନର ମୋଡ଼ ବଦଳେଇବା କଷ୍ଟକର ବ୍ୟାପାର ମୋ ପାଇଁ। କିନ୍ତୁ ଏକଥା କହିବି କାହାକୁ। ସୁମନ୍ତ ପାଖରେ ଏକଥା ସଫା ସଫା ନ କହିପାରିଲେ ମୁଁ ଅଣନିଃଶ୍ୱାସୀ ଅନୁଭବ କରୁଛି। ଯଦି ମୁଁ କହିବି ଏସବୁ, ମୋର ଅବ୍ୟକ୍ତ ଅନୁଭବକୁ ତା'ହେଲେ, ସେ କେମିତି ଗ୍ରହଣ କରିବେ ମୋତେ।

କିଛି କଥା ନିଜ ସହ ମରେ
କିଛି କଥା ଦେହ ସହ ସରେ...

ମୁଁ ଜାଣେ ମୁଁ କେବଳ ତାଙ୍କ ପାଇଁ ଗୋଟିଏ ଫାଙ୍କା ପରିଚୟ ସ୍ତ୍ରୀ। ସେ

କେବଳ ବୁଝନ୍ତି ସ୍ତ୍ରୀ କହିଲେ ଯେ ସ୍ୱାମୀର କଥା ଶୁଣେ। ଯେ କେବଳ ସ୍ୱାମୀର ହଁରେ ହଁ ମିଳାଇ ଚାଲିଥାଏ। ଜଣେ ଆତ୍ମକୈନ୍ଦ୍ରିକ, ଅନ୍ୟର ଭାବପ୍ରବଣତା ବୁଝୁନଥିବା ମଣିଷକୁ କ'ଣ ଏକଥା ମନଖୋଲି କୁହାଯାଇପାରେ ? ଏହା ଏକ ପ୍ରଶ୍ନବାଚୀ ହୋଇ ଠିଆହେଲା ମୋ ଆଗରେ। ସେ ବନ୍ଧୁ ବୋଲି ସ୍ୱୀକାର ପାରନ୍ତି ମୁହଁରେ କିନ୍ତୁ ବନ୍ଧୁ ଭଳି ଆଚରଣ କି ମାନସିକତା ସେ କେବେ ମୋ ପାଖରେ ପରଶି ନାହାନ୍ତି। ସେଇ ଦ୍ୱନ୍ଦ୍ୱରେ ମୁଁ ଝୁଲୁଛି। କିନ୍ତୁ କାହା ପାଖରେ ସେମିତି ଉତ୍ତମ ସଂପର୍କ ପାଇଁ ଆପଣାପଣଟିଏ ବି ଥିବା ଦରକାର। ସେଦିନ ରାତିରେ ସୁମନ୍ତ ପାଖରେ ଶୋଇରହି ଏମିତି ଅନେକ ଭାବିଲି। ସୁମନ୍ତଙ୍କ ଦେହରେ ହାତ ଛନ୍ଦିଲି। ଏମିତି ସ୍ୱାମୀ ସ୍ତ୍ରୀର ମିଳନ ଆମ ଦାମ୍ପତ୍ୟ ଜୀବନରେ ବହୁତ କମ୍। ଯେ ଯାହା ଦୁନିଆରୁ ମୁକୁଳି ପାରୁନା ପରସ୍ପର ପାଇଁ। ଆଧୁନିକ ଜୀବନଶୈଳୀରେ ଏତେମାତ୍ରାରେ ପରସ୍ପରକୁ ଖୋଜିହୁଏ ନାହିଁ। ତା'ପରେ ମୁଁ ତୋତେ ଆଗରୁ କହିଛି ସୁମନ୍ତର ଦୁନିଆ ତା' ସିନେମାଦେଖା, ସାଙ୍ଗସାଥୀଙ୍କ ସହ ଖୁସି ମଜାଜ ଓ ବାର୍‌ରେ ସମୟ କାଟିବା। ଏସବୁରେ ସମୟ କଟିଗଲା ପରେ ମୋ ପାଇଁ ତାଙ୍କର ଆଉ ମନ ନଥାଏ। ସେ ସେଥିରୁ ମୁକୁଳି ପାରନ୍ତିନି। କହିବାକୁ ଗଲେ ସେ ସେମିତି ଜୀବନ କାଟିବାକୁ ଭଲପାଆନ୍ତି। ମୁଁ ଠିକ୍ ଓଲଟା, ମୋତେ ନିଜ ଭିତରେ ବୁଡ଼ିରହିବାକୁ ଭଲ ଲାଗେ।

ଆମ ଦୁଇଜଣଙ୍କ ପସନ୍ଦ ମିଶେନି। ତେଣୁ ଏକାଠି ସମୟ କାଟିବାର ସୁଯୋଗ ବି ମିଳେନି। ନିଜେ ନିଜେ ସେଦିନ ସୁମନ୍ତଙ୍କୁ କୋଳେଇନେଇ ଚୁମା ଦେଲି। ଆଦରରେ ତାଙ୍କ ଛାତି ଉପରେ ଢଳିପଡ଼ିଲି। ଦୁଇଟୋପା ଲୁହ କେବଳ ଜକେଇ ଆସିଥାଏ ଠିକ୍ ଏତିକିବେଳେ ତୁଷାର କଥା ଭାବି। ସୁମନ୍ତଙ୍କ ଆଖି ଆଢୁଆଳରେ ମୁଁ ଆଉ କାହାକୁ ଭଲପାଏ। ସ୍ୱାମୀ ଥାଉ ଥାଉ ଏ ଭଲପାଇବା କେମିତି ମୋତେ ଆବୋରି ବସିଛି, ଏଇ ସେଇ ମୋ ଭାବପ୍ରବଣତାର ଲୁହ। ଇଚ୍ଛା ହେଉଥିଲା ସୁମନ୍ତ ବୁଝେଇଦେଇ କୁହନ୍ତେ କି ମୋତେ ଏମିତି ହୁଏ ଜୀବନରେ ରୁଚିତା। ତୁମେ ଏଥିରୁ ମୁକୁଳିଯାଅ, ମୁଁ ଯେ ତୁମକୁ ନିଃସର୍ତ୍ତ ଭଲପାଏ, ପୃଥିବୀର ଯେକୌଣସି ପୁରୁଷଠୁ ଅଧିକ। ମୁଁ ସୁମନ୍ତ ସହ ଯେତେ ଛଳ କଲେବି, କୁହନ୍ତେ କି ଏକଥା, ମୋ ଆଖିରୁ ଖୁସି ଝରିଯାଆନ୍ତା ସତରେ। ମୋର ତାଙ୍କୁ ନକହିପାରୁଥିବା ସବୁ ଅକୁହା କଥା, ସେ ନିଜେ ନିଜେ ବୁଝିପାରନ୍ତେ କି। ମୁଁ ଛୋଟ ପିଲାଟେ ପରି ସବୁ ସ୍ୱୀକାର କରି ଭୁଲ୍ ମାନି ନିଅନ୍ତି। ଯେ ଖୋଲାପଣ ସୁମନ୍ତ ପାଖରେ ପାଇ, ମୁଁ

ଜୀବନ କାଟିଦିଅନ୍ତି ସବୁ ବିଗତ ଦିନର କଷ୍ଟକୁ ଭୁଲି। ମନ ଯାହା ଖୋଜେ ସେ ପାଏ କୋଉଠି କହ ମୀରା ? ମୁଁ ସେ ଭାବନାରେ ଦଳିଚକଟି ହେଉଥାଏ। ସୁମନ୍ତ ମୋ ଦେହରେ ଚୁମାଖାଇ ମୋ ଦେହରେ ହାତ ବୁଲାଇଲେ। ମୁଁ କହିଲି ସୁମନ୍ତ ଆଜି ଇଚ୍ଛା ନାହିଁ। ଅନେକ କଥା ତୁମକୁ କହିବାର ଅଛି। କିନ୍ତୁ ସୁମନ୍ତ ଶୁଣିବାକୁ ପ୍ରସ୍ତୁତ ନଥିଲେ। ସେ ଗାଢ଼ ନିଃଶ୍ୱାସରେ ମୋ ଦେହରେ ପ୍ରତିଟି କଷ୍ଟକୁ ଆହୁରି କ୍ଷତାକ୍ତ କରିଚାଲିଲେ। ସେଦିନ ମୋ ସହ ସୁମନ୍ତଙ୍କ ମିଳନ କେବଳ ଦୁଇଟି ଦେହର ହିଁ ମିଳନ ହେଇଥିଲା। ଗରମ ନିଃଶ୍ୱାସରେ ଯେମିତି କେହି ଜଣେ ମୋତେ ଅସ୍ତବ୍ୟସ୍ତ କରି କହୁଛି ଏଇଟା ହିଁ ସ୍ୱାମୀ ଆଉ ସ୍ତ୍ରୀର ସଂପର୍କ। ଏତିକି ହିଁ ଆମର ସଂପର୍କ, ସ୍ୱାମୀ ବୋଲି ଏ ଦେହ ହିଁ ମୋର ପ୍ରଥମ ପ୍ରାପ୍ୟ। ସୁମନ୍ତ କିଛିକ୍ଷଣ ବିଛଣାରେ ପଡ଼ିରହିଲେ। ମୁଁ ସେତେବେଳକୁ କାନ୍ଦିସାରିଥାଏ। ମୁଁ ଅନୁଭବ କଲି, ମୁଁ ଜୀବନ ନଥିବା ପ୍ରାଣୀ ପରି ପଡ଼ିରହିଛି, ଆଉ କେହି ଜଣେ ଅଜଣା ପୁରୁଷ ମୋ ପାଖରେ। ମୋତେ ମୋ ଅନିଚ୍ଛାରେ ଉପଭୋଗ କରୁଛି। କେବଳ ମୁଁ ତା' ପାଇଁ ଗୋଟେ ନାରୀର ଦେହ। ମୋ ଇଚ୍ଛା ଅନିଚ୍ଛା, ଭାବପ୍ରବଣତାର କିଛି ମୂଲ୍ୟ ନାହିଁ ତା' ପାଖରେ। ମୀରା ଏଥର କହିଲା ସ୍ୱାମୀ ସ୍ତ୍ରୀର ଏ ସଂପର୍କ ହେଲେବି ଏହାକୁ ରେପ୍ କୁହାଯାଏ। ଯେଉଁଠି ସ୍ତ୍ରୀର ମାନସିକତା ନବୁଝି ସ୍ୱାମୀ ଏମିତି କାମ କରିଥାଏ ତାକୁ ଏଇଆ ହିଁ କୁହାଯାଏ। ମୀରା ମୋ ଆଖିରୁ ଲୁହ ପୋଛିଲା। ମୁଁ କହିଲି ମୁଁ ଅଧିକ ସୁମନ୍ତ ବିଷୟରେ କହିବାକୁ ଚାହେଁନି। ସେ ମୋ ପାଇଁ ପ୍ରଥମରୁ ଗୋଟେ ଅବୁଝା ଅଧ୍ୟାୟ।

ମୀରା ତୁ ଜାଣିପାରୁଥିବୁ ଆମେ କେମିତି ଦାମ୍ପତ୍ୟ ଭୋଗୁ। ସେଦିନର ତିକ୍ତ ଅନୁଭୂତି ପରେ ଭାବିଲି ସୁମନ୍ତକୁ ଆଉ କିଛି କହିବିନି, ମୋ'ଠାରୁ ମନକଥା ଶୁଣିବା ଭଳି ଯୋଗ୍ୟ ମଣିଷ ସେ ନୁହନ୍ତି। ଜୀବନସାରା ସେଇ ସମାନ ଅନୁଭୂତି ସହ ଜିଇଁଛି। ଯେତେବେଳେ ବି ମୋ ଦୁଃଖ କଷ୍ଟ, ଭାବପ୍ରବଣତାର ଭାଗୀଦାର ହେବାକୁ ପଡ଼େ ସେ ଅନୁକମ୍ପା ଦେଖାଇବା ପରିବର୍ତ୍ତେ ମୁହଁ ଫେରେଇ ନେଇଯାଇଛନ୍ତି ନହେଲେ ଛଳନାରେ ଏଡ଼ାଇ ଯାଇଛନ୍ତି। ସେ କେବଳ ଏତିକି ବୁଝିଛନ୍ତି ଜୀବନସାରା ତାଙ୍କ ଜୀବନ, ତାଙ୍କ କଷ୍ଟ, ତାଙ୍କ ଚିନ୍ତାଧାରାରେ ଯେମିତି ବାଧା ନପହଞ୍ଚେ। ସୁମନ୍ତଙ୍କ ସହ ପାଖରେ ରହିଲେ ମୁଁ ତାଙ୍କଠାରୁ ଅନେକ ଦୂରରେ। ତୁଷାର ଆସିବା ପରେ ଏ ବ୍ୟବଧାନ ଆହୁରି ବଢ଼ିବାକୁ ଲାଗିଛି। କିନ୍ତୁ ଏକଥା ସେ କେବେ ଲକ୍ଷ୍ୟ କରିଛନ୍ତି କି ନା ମୁଁ ଜାଣିନି। ବେଳେ ବେଳେ ଅନୁଭବ ହୁଏ ସେ ଏସବୁ ଜାଣିଶୁଣି

କରନ୍ତି । ଆମେ ନିଜେ ବୁଝିଛୁ ଆମ କେମେଷ୍ଟ୍ରି ମିଶେନି । କିନ୍ତୁ ଚଳେଇନେଲା ଭଳି ଅଭିନୟ କରୁ । ବୋଧେ ଏହା ସୁମନ୍ତ କ୍ଷେତ୍ରରେ ବି ସମାନ । ଘରଲୋକ କି ସମାଜ ଭୟରେ ଆମେ ପରସ୍ପରଠୁ ଅଲଗା ହୋଇପାରିବୁନି । ବୋଧେ ଏଇ ଚୁକ୍ତିରେ ଆମେ ସାଲିସ କରିଛୁ । ନାରୀ ସାଲିସ କଲେ ପରିବାର ବଞ୍ଚିଯାଏ । ପୁରୁଷର ବଂଶରକ୍ଷା ସହ, କୁଳର ମାନ ରହେ । ସେଇଥିପାଇଁ ଏ ସଂସାରରେ ନାରୀ ପାଇଁ ଏତେ ନିୟମ । ନହେଲେ ପୁରୁଷର ବଂଶ ଆଗକୁ ବଢ଼ିବ କେମିତି ? ସୁମନ୍ତ ପରି ଅନେକ ପୁଅ ସଂସାରରେ ଅଛନ୍ତି ସେମାନେ କେବଳ ଦାୟିତ୍ୱହୀନ ନୁହନ୍ତି, ସୁବିଧାବାଦୀ ବୋଲି ବି ଜାଣିହୁଏ ଅନେକ ସମୟରେ । ସ୍ତ୍ରୀ ନାଁରେ ସଂସାର ରଖିଦେଇ ସେମାନେ ନିଜ ସୁଖ ଖୋଜିବାରେ ହେଳା କରନ୍ତିନି ।

ମୋର ସୁମନ୍ତ ଫୋନ୍ ହ୍ୱାଟ୍ସଆପ୍‌ରେ ସେଦିନ କାମ ଥିଲା । ମୋତେ ତାଙ୍କ ଡାଟା ଦେଖାଯାଇଥିଲା ସେଦିନ, ସବୁପରେ ସେ କାହା ସହ କଥାବାର୍ତ୍ତା କରନ୍ତି ସେକଥା ସହଜରେ ଜାଣିହୁଏ । ମୋର ଏ କାମ ଉଦ୍ଦେଶ୍ୟମୂଳକ ନଥିଲା । କାହିଁକି ନା ମୁଁ ସୁମନ୍ତଙ୍କୁ ସନ୍ଦେହ କରେନି । କଲେ ବି ତାଙ୍କୁ କିଛି ଫରକ ପଡ଼ିବନି କାରଣ ସେ ଭଲଭାବେ ଜାଣନ୍ତି ମୁଁ ତାଙ୍କର କିଛି କ୍ଷତି କରିପାରିବିନି । ଆମ ଦେଶର ପଚାଶ କୋଟି ଲୋକଙ୍କ ପରି ମୁଁ ବି ଜଣେ ଅସହାୟ ନିରସ୍ତ୍ର ସ୍ତ୍ରୀ । ସେଦିନ ମୁଁ ସୁମନ୍ତଙ୍କ ହ୍ୱାଟ୍ସଆପ୍ ଚାଟ୍‌ରେ କିଛି ଅଦ୍ଭୁତ କଥା ଲକ୍ଷ୍ୟ କଲି । ସୁମନ୍ତ ପ୍ରତିଦିନ ଗୋଟେ ଠିକ୍ ସମୟରେ କେଉଁ ଜଣେ ଅଜଣା ଝିଅ ସହ ଚାଟ୍ କରୁଛନ୍ତି । ପ୍ରଥମେ ପ୍ରଥମେ ବୁଝିହେଲା ନାହିଁ । ତା'ପରେ ଜାଣିହେଲା ତାହା କୋଡ୍ ଲାଙ୍ଗୁଏଜ୍‌ରେ କଥାବାର୍ତ୍ତା । ମୁଁ ସନ୍ଦେହରେ ପଡ଼ିନଥାନ୍ତି ଚାଟ୍‌ଗୁଡ଼ିକ ତୁରନ୍ତ ଡିଲିଟ୍ ହେଇଯାଉଥିଲା । କୌଣସି ଅଫିସିଆଲ୍ କଥାବାର୍ତ୍ତା ଏମିତି ହୋଇନପାରେ । ତା'ପରେ ଅଫିସିଆଲ୍ କଥାବାର୍ତ୍ତା ଗୁଡ଼ିକ ଡିଲିଟ୍ ହେବା ଏତେଶୀଘ୍ର ଜରୁରୀ ନୁହେଁ । ମୁଁ ବୁଝିଲି କିଛି ଗୋଟେ ମୋ ଅଜ୍ଞାତରେ ଘଟୁଛି । ଝିଅ ଅଫିସ୍ ସାଙ୍ଗସାଥୀଙ୍କ କଥାବାର୍ତ୍ତାକୁ କିଏ କାହିଁକି ସିକ୍ରେଟ୍ ରଖିବ ? ଅଫିସିଆଲ୍ ଡିସ୍କସନ୍‌କୁ କିଏ କାହିଁକି ଏତେଶୀଘ୍ର ଡିଲିଟ୍ କରିବାକୁ ଭାବିବ ? କେଉଁ ଝିଅ ସହ କଥା ହେଉଛନ୍ତି ବୋଲି ମୁଁ ବ୍ୟସ୍ତ ନଥିଲି । କେବଳ ମୋ ଭିତରେ ଉତ୍କଣ୍ଠା ବଢୁଥାଏ । ମୁଁ କିଛିଦିନ ସେମାନଙ୍କ କଥାବାର୍ତ୍ତାକୁ ଟ୍ରାକ୍ କଲି । ଯେତିକି ସମୟ ବିତୁଥାଏ ମୋର ସନ୍ଦେହ ସେତିକି ସତ ଆଡ଼କୁ ଗତି କଲା । ସନ୍ଦେହ ଘନୀଭୂତ ହେଲା । କିଛିଦିନ ପରେ

ଜାଣିଲି ସେ ଏକ ନିର୍ଦ୍ଦିଷ୍ଟ ସମୟରେ କାହାକୁ ଦେଖା କରିବାକୁ ଯାଉଛନ୍ତି। ମୋର ସେଇଠୁ ଧୈର୍ଯ୍ୟ ଭଙ୍ଗ ହେଲା, କେବଳ ମୋହ ଭଙ୍ଗ ହେବା ବାକିଥିଲା। ମୁଁ ପରଦିନ ଅଫିସ୍ ପାଖରୁ ଲୁଚି ତାଙ୍କ ପିଛା କଲି। ଦେଖିଲି ସେ ଗୋଟେ ମଲ୍ ପାଖରେ ଗୋଟିଏ ଝିଅ ସହ ଲଞ୍ଚ ପାଇଁ ଯାଉଛନ୍ତି। ସେଠୁ ସେମାନେ ଗୋଟିଏ ଛୋଟ ନିରୋଳା ସ୍ଥାନରେ ବସୁଛନ୍ତି। ଦିନେ ଦିନେ ପାଖ କେଉଁ କଫି ସପ୍‌ରେ। ଦିନେ ପିଛା କରି ମୁଁ ଠିକ୍ ଏଇଠି ପାଇଲି। ଏଇ ବାର୍‌ରେ। ଦୁହିଁଙ୍କୁ ଭଲ ଭାବରେ ଲକ୍ଷ୍ୟ କଲି। ଭାବିଲି ମୁଁ ଆଉ କିଛି ଭୁଲ୍ ଭାବୁନି ତ ? କିଛିଦିନ ଲକ୍ଷ୍ୟ କଲା ପରେ ଦେଖିଲି ସେମାନଙ୍କର ସେଇ ସମାନ ରୁଟିନ।

ବେଳେ ବେଳେ ଏଇ ବାର୍‌ରେ ସନ୍ଧ୍ୟାରେ ବସନ୍ତି, ସେମାନେ ମୋତେ ଭଲ ଭାବରେ ସୁମନ୍ତ ଘରେ ବୁଝେଇଦିଅନ୍ତି ଅଫିସ୍‌ରେ କାମ ଥିଲା, ଡେରିହେଲା। ମୁଁ ଠିକ୍ ଜାଣିଥାଏ। ଚୁପ୍ ରୁହେ। ଧୀରେ ଧୀରେ ଏ ସଂପର୍କର ମାନେ ବୁଝିପାରିଥିଲି। ତା' ସହିତ ଏଇଆ ବି ବୁଝୁଥିଲି ସୁମନ୍ତଙ୍କୁ କାହିଁକି ମୁଁ କିଛି କହିଲେ ଫରକ ପଡ଼େନି, କାହିଁକି ସେ ସମଦୁଃଖୀ ହୋଇପାରନ୍ତିନି। ମୋର ସବୁ ପ୍ରଶ୍ନର ଉତ୍ତର ମୁଁ ଧୀରେ ଧୀରେ ପାଉଥିଲି। ସେ ମହିଳା ଜଣକ ଦେଖିବାକୁ ସୁନ୍ଦର, ଖୁବ୍ ମାର୍ଜିତ କଥାବାର୍ତ୍ତା, ମୁଁ ଦୂରରୁ ଲକ୍ଷ୍ୟ କରିଛି। କିନ୍ତୁ ତାଙ୍କ ବିଷୟରେ ଜାଣିବାକୁ ବିଶେଷ କିଛି ଉପାୟ ନଥିଲା। ମୁଁ ଏକଥା ସୁମନ୍ତଙ୍କୁ ମୁହଁଖୋଲି ପଚାରିପାରିଲି ନାହିଁ। ବୋଧେ ମୁଁ ବି ଚାହୁଥିଲି, ସେ ଯଦି ତା' ସହ ଖୁସି; ମୁକୁଳିଯାନ୍ତୁ ମୋ'ଠୁ। ମୋର ପ୍ରତିବାଦ କରିବାର କିଛି ନାହିଁ। ଖୁବ୍ ଅନୁସନ୍ଧାନ ପରେ ଜାଣିଲି ସେ ସୋନାଲି ମିଶ୍ର, କୌଣସି ଏକ ମଲ୍‌ଟିନେସନଲ୍ କଂପାନୀରେ ଏଚ୍‌ଆର୍ ଭାବରେ କାମ କରନ୍ତି। ଭଲ ପୋଷ୍ଟ୍‌ରେ ଥିବା ପୁରୁଷମାନଙ୍କୁ ନିଜ ଆଡ଼କୁ ଆକର୍ଷିତ କରିବାରେ ସ୍ମାର୍ଟ ଝିଅମାନେ ହାରିଯାଆନ୍ତିନି। ସୋନାଲି ମିଶ୍ର, ତାଙ୍କ ବେଶଭୂଷା ଓ ସେତିକି ଜଣାପଡ଼ିଯାଏ। ମୋ ପାଇଁ ଏବେ ବହୁତ ସମୟ ଏମିତି ସବୁ ଅନାବନା ଭାବନାରେ କଟୁଥିଲା। ସେଦିନ ତୁଷାରଙ୍କୁ ଏକଥା କହିଲି। ତୁଷାର କହିଲେ ତୁମେ ବ୍ୟସ୍ତ ହୁଅନି। ତୁମ ପାଇଁ ମୁଁ ଅଛି। ମୁଁ ମଝିରେ ମଝିରେ ହଜିଯାଏ ଏଇଆ ଭାବି ମୋର କ'ଣ କରିବା ଉଚିତ ? କେମିତି ଏ ପରିସ୍ଥିତିକୁ ଅକ୍ତିଆର କରିବି ? ମନ ବହୁତ ଛଟପଟ ହେଲା ଯା' ଭିତରେ। ଭାବିଲି ସୁମନ୍ତଙ୍କୁ ତାଙ୍କ ବାଟରେ ଛାଡ଼ିଦେବା ଉଚିତ। ମୋର

ନିଜକଥା ଭାବିଲାବେଳକୁ ମୋତେ କେମିତି ଏକାଟିଆ ମନଟା ମାଡ଼ିବସୁଥାଏ। ମୁଁ କିଛି ଗୋଟେ ଉପାୟ ଭାବିବାରେ ଅପେକ୍ଷାରେ ଚୁପ୍ ରହିଲି।

ସୁମନ୍ତ ୟା' ଭିତରେ ଏଇ କ୍ଲବ୍‌କୁ ବାରମ୍ବାର ଆସୁଥିଲେ। ଘରୁ ମୁଁ ଅଫିସ୍ କାମରେ ଯାଉଛି କହି ବାହାରିଯାନ୍ତି। ଏଇଠିକି ଆସି ସେ ସୋନାଲି ମିଶ୍ର ସହ ସମୟ କାଟି ଯାନ୍ତି। ମୁଁ ଲୁଚିଛପି ଦେଖେ, ସେଇଥିପାଇଁ ମୁଁ ଆଜିବି ଏଇଠିକି ଆସେ। କେବେ କେବେ ସେ ଅନେକ ରାତିରେ ଫେରନ୍ତି କେବେ କେବେ ସକାଳ ହେଲେ। ମୋର ସେତେବେଳର ଅବସ୍ଥା କଥା କ'ଣ କହିବି, ଇଚ୍ଛା ହେଉଥିଲା ନିଜକୁ ମାରିଦେବାକୁ। ନହେଲେ ଘର ଛାଡ଼ିଦେବାକୁ। ଘର ଛାଡ଼ିବା କଥା ମନକୁ ଆସିଲେ ତୁଷାର କଥା ମନେପଡ଼େ। ସେଇ ହିଁ ମୋର ଏବେ ମୁକ୍ତି। କିଛି ନକହିଲେ ବି ସେ ମନକଥା ବୁଝିଲା ପରି କୁହନ୍ତି ନିଜକୁ କାହିଁକି ଏତେ ହୀନ ମନେକର ତୁମେ ସବୁବେଳେ। ମୀରା ମୋତେ ଏଇଠି ବ୍ରେକ୍‌ଦେଇ ପଚାରିଲା ତୁ ତା'ହେଲେ ଭାବିଥିବୁ ତୁଷାର ତୋ ଜୀବନରେ ଠିକ୍ ସମୟରେ ଆସି ପହଞ୍ଚିଛି? ତୁ ତ ଏବେ ତା' ସହ ବିନା ଦ୍ୱିଧାରେ ସମୟ କଟାଇପାରିବୁ। ମୁଁ କହିଲି, ହଁ ମୁଁ ବି ସେଇଆ ହିଁ ଭାବିଥିଲି। କିନ୍ତୁ କାହିଁକି କେଜାଣି ସେତେବେଳେ ତୁଷାର ମୋତେ ହାତପାହାନ୍ତାରେ ନଥିବା ଜହ୍ନ ବୋଲି ଦିଶିଲେ। ମୁଁ ସୁମନ୍ତଙ୍କୁ ନିଜ କାନିରେ ବାନ୍ଧିପାରିବି ନାହିଁ ଏ ହତାଶ ଭାବନା ମୋତେ ବେଶୀ ଖାଇ ଗୋଡ଼େଇଲା। ମୁଁ କ'ଣ ସତରେ ପ୍ରେମ ପାଇବା ଯୋଗ୍ୟ ନୁହେଁ କାହାଠୁ ଜୀବନସାରା, କହିଲୁ ମୀରା। ବାପାଠୁ, ମା'ଠୁ, ସ୍ୱାମୀଠୁ, ସବୁଠି ମୋ ପାଇଁ ଛଳନା, ଆଶାମୂଳକ ସଂପର୍କ, ପରାଧୀନତାର ଫାଶ। ତା'ହେଲେ ନିଃସର୍ତ୍ତ କିଏ ମୋତେ ଭଲପାଏ, ମୁଁ ଭାବିବାକୁ ଲାଗିଲି। ତୁଷାର? ମୋର ସବୁ ବିଗତ ଅଧ୍ୟାୟ ସହ ମୋତେ କ'ଣ ତୁଷାର କେବେ ଆପଣେଇବେ? ନା ସୁମନ୍ତ? ତାଙ୍କ ସ୍ତ୍ରୀ କେବେ ତୁଷାରକୁ ଭଲପାଏ ଜାଣି ବି ମୋତେ ପୁଣିଥରେ ପାଇବାକୁ ଆପ୍ରାଣ ଚେଷ୍ଟା କରିବେ। ସେ ଯଦି ସେମିତି ଭାବୁଥାନ୍ତେ ସେ ମୋ ଅନ୍ୟମନସ୍କତାର କାରଣ ଖୋଜନ୍ତେଣି। କାହିଁକି ଆଉ କାହା ସହ ସମୟ ବିତେଇ ଖୁସି ହେଉଥାନ୍ତେ। ଏଇ କ'ଣ ତା'ହେଲେ ପୁରୁଷର ପୁରୁଷପଣିଆ। ଯଦି ନିଜ ସ୍ତ୍ରୀର ମନ ଜିତିହୁଏ ନାହିଁ ଏଠି, ତା'ହେଲେ ଆଉ କାହା ପାଖରେ ପୁରୁଷପଣିଆର validation ଖୋଜେ କ'ଣ ସେ? ୟା' ଭିତରେ ମୁଁ ସୁମନ୍ତଙ୍କୁ ଭଲ ଭାବେ ଟ୍ରାକ୍ କରୁଥିଲି। ସୁମନ୍ତର କୋଡ୍ ୱାର୍ଡ ଚାଟ୍

ମୋତେ ଅଛପା ରହିଲାନି। ଆଜି କେମିତି ମୁଡ୍ ଅଛି ? କେଉଁଠି ଦେଖା କରିବା ଏସବୁ କୋଡ୍ ଲାଙ୍ଗୁଏଜ୍‌ରେ ମୁଁ ଏବେ ବୁଝିପାରୁଥିଲି। ଯେତିକି ମୁଁ ବୁଝୁଥାଏ ସେତିକି ମୋର ଧୈର୍ଯ୍ୟ ଭାଙ୍ଗିଯାଉଥାଏ।

ଦିନେ ସୁମନ୍ତ ଅଫିସ୍‌ରୁ ଫେରିଥାନ୍ତି। ମୁଁ ରୋଷେଇ କରିନଥାଏ। ଆମ ସମାଜରେ ନାରୀମାନେ ହିଁ ରୋଷେଇ କରିବା ପାଇଁ ବାଧ୍ୟ। ଏ ଧରାବନ୍ଧା ନିୟମଟିକୁ ସୁମନ୍ତ ଭଲଭାବେ ମାନନ୍ତି। ରୋଷେଇ ସରିନଥିବାରୁ ସେ ମୋତେ ପ୍ରଶ୍ନ କଲେ କ'ଣ ଏଯାଏଁ ସରିନି ? କ'ଣ ଅଛି ଖାଇବାକୁ ? କ'ଣ ତୁମେ କରୁଛ ଏଯାଏଁ ? ମୋ ପୁରୁଣା ଅଭିମାନ ପୋତି ହୋଇଥାଏ ଅନେକ ଦିନରୁ। ସେଦିନ ମୋର ଧୈର୍ଯ୍ୟଚ୍ୟୁତି ହେଲା। ମୁଁ ମନ ଭିତରେ ଅତିଷ୍ଠ ହୋଇସାରିଥିଲି। ସେଦିନ ସେଗୁଡ଼ିକ ଠିକ୍‌ଗୋଟେ ଆଗ୍ନେୟ ଉଦ୍‌ଗିରଣର ରୂପନେଇ ମୋ ଦେହରୁ ବାହାରିଲା। ମୁଁ ସିଧା ସିଧା ସୁମନ୍ତ ମୁହଁକୁ ଚାହିଁ ପଚାରିଲି ସେ ଝିଅ ସହ ସମୟ କାଟି ଫେରୁଛ ହେଲେ ମନ ପେଟ କିଛି ପୂରୁନାହିଁ କେମିତି ? ମୁଁ କ'ଣ ତୁମର ଚାକରାଣୀ, ତୁମକୁ ଘରକୁ ଆସିଲେ ଖାଇବା ବାଢ଼ିବି ? ଦେହ ଭୋକ ତ ବେଶ୍ ପୂରିଛି ଆହୁରି କି ଭୋକ ତୁମକୁ? ଏସବୁ ସେଦିନ ମୋର ରାଗ ଅଭିମାନ ମିଶାମିଶି ହୋଇ ଉଦ୍‌ଗିରଣ ହେଲା। ସୁମନ୍ତ ଏକଦମ ଚମକିପଡ଼ିଲେ। କହିଲେ କ'ଣ ସବୁ ଏପଟ ସେପଟ ଗପୁଚ ? ଅପରାଧୀ ପରି ନୁହେଁ ବରଂ ମୁହଁ ଟାଣକରି କହିଲେ ତୁମର ତା'ହେଲେ ମୋରି ପଛରେ ସନ୍ଦେହ କରିବା ସଉକି ହେଇଗଲାଣି। କ'ଣ ମିଳୁଛି ତୁମକୁ ଏପରି କରି ? ମୁଁ ବି ଯାହା ମନ ଇଚ୍ଛା ଗପିଗଲି। ସୁମନ୍ତ ବି ତାଙ୍କ ମନ ଇଚ୍ଛା ମୋତେ ଅପମାନ ଦେଇ ଚାଲିଲେ। ସେଇଦିନଠୁ ସଂପର୍କ ଆହୁରି ଖରାପ ଆଡ଼କୁ ଗତି କଲା। ଆମେ ପରସ୍ପରଠୁ ଦୂରେଇଗଲୁ ମାଇଲ ମାଇଲ ଗୋଟିଏ ଛାତ ତଳେ। ପରସ୍ପରକୁ ଛୁଇଁ ବି ଅଛୁଆଁ ଭଳି ଅନୁଭବ କଲୁ। ମୁଁ ସୁମନ୍ତକୁ ଆକ୍ଷେପ କଲି ନାହିଁ, କରିବି ନାହିଁ ବୋଲି ନିଜେ ନିଜେ ଶପଥ କଲି। ଧୀରେ ଧୀରେ ଏ ସଂପର୍କ ଅସହ୍ୟ ହେଲା। କଥା କଥାରେ ଆମେ ପରସ୍ପରକୁ ଛଳନା କଲୁ ତ, କେତେବେଳେ ଭୀଷଣ ଅସନ୍ତୁଷ୍ଟତାରେ ମତାନ୍ତର। ଏସବୁ ସବୁଦିନର କାହାଣୀ ହୋଇଗଲା। ମୁଁ ଦିନେ ସୁମନ୍ତଙ୍କୁ କହିଲି ତୁମେ ନିଜ ପନ୍ଥା ବାଛିନିଅ। ଆମେ ଆଉ ଏମିତି ବଞ୍ଚିବା ଉଚିତ ନୁହେଁ। ଆମ ଭିତରେ ସତରେ କୌଣସି ସଂପର୍କ ବଞ୍ଚିବା ଅସମ୍ଭବ। ମୋତେ ଆଡ଼େଇ ଦେଇ ତୁମେ

ତୁମ ରାସ୍ତାରେ ଚାଲିଲେ ମୋର କୌଣସି ଆପତ୍ତି ନାହିଁ। କିନ୍ତୁ ସୁମନ୍ତ ମୁଁ କରୁଥିବା ସନ୍ଦେହ, ପ୍ରମାଣକୁ ମାନିବାକୁ ପ୍ରସ୍ତୁତ ନଥିଲେ। ସବୁବେଳେ ମିଛ ହିଁ କହୁଥିଲେ। ମିଛରେ ସେ ସବୁବେଳେ ମୋ ଆକ୍ଷେପରୁ ହଟିଯିବା ପାଇଁ କୌଶଳ ବୁଣୁଥିଲେ। ଆମେ ଦିନେ ପ୍ରକୃତରେ ଦୂରେଇଗଲୁ।

ସେଦିନ ମୋର ତୃତୀୟ ନେତ୍ର ଖୋଲିଯିବା ପରି କହିଲି ନିଜକୁ ମୁଁ ବି କୋଉ ସତ ବାଟରେ ଚାଲିଛି। କିନ୍ତୁ ମନ ଆହୁରି ଭିତରୁ କିଏ ଜଣେ କହୁଥିଲା ଏଥିପାଇଁ କ'ଣ ସୁମନ୍ତ ଦାୟୀ ନୁହନ୍ତି। ମୋର ହୁଏତ ଭୁଲ୍ ତୁଷାରଙ୍କୁ ନେଇ ସ୍ୱପ୍ନ ଦେଖିବା କିନ୍ତୁ ଏ ସ୍ୱପ୍ନ, ପାଖରେ ପ୍ରିୟ ପୁରୁଷଟିଏ ଥିଲେ ମୁଁ କ'ଣ ଏ ସ୍ୱପ୍ନ ଦେଖିପାରିଥାନ୍ତି ? ସେଇ ପ୍ରିୟ ପୁରୁଷଟିଏ ପାଖରେ ନାହିଁ ବୋଲି ତ ଏ ମନ ବୁଝେନି। ମନ ମାନେନି, ଧାଇଁଯାଏଁ ସେ ମଣିଷ ପାଖକୁ ଯିଏ ସେ ପ୍ରିୟ ପୁରୁଷର ପୋଷାକ ପିନ୍ଧିଥାଏ। ମୋର ଏତକ କାମକୁ ମୁଁ ସୁମନ୍ତ ପାଖରେ କେବେ ସ୍ୱୀକାର କହିପାରିବି ଏକଥା ମୁଁ ଭୁଲିଯିବା ଉଚିତ, ଯଦି ମୁଁ ସେମିତି ମଣିଷର ହୃଦୟଟେ ତାଙ୍କ ପାଖରେ ପାଇଥାଆନ୍ତି, ହୁଏତ ନିଜେ ଭୁଲ୍ ସ୍ୱୀକାର କରି ଫେରିଥାନ୍ତି, ତାଙ୍କରି ପାଖକୁ ଫେରିଥାନ୍ତି। କହିଥାନ୍ତି ବାଟ ହୁଡ଼ିଥିଲି, କ୍ଷମା କର। ଏମିତି ଭୁଲ୍ ମୁଁ ଜଣା ଅଜାଣତରେ କରିବସିଚି। ତୁମେ ହିଁ ମୋର ମୁକ୍ତି ଶେଷ ନିଃଶ୍ୱାସ ଯାଏଁ। କିନ୍ତୁ ସେ ଉଷ୍ମତା କାଇଁ ସୁମନ୍ତ ପାଖରେ ? ସତରେ ସେଇଦିନଗୁଡ଼ା କଥା ମନେପଡ଼ିଲେ ଭାବେ ସ୍ୱାମୀ ସ୍ତ୍ରୀର ସଂପର୍କ କେତେ ଜଟିଳ ସତରେ ? ନା ପୂରା ଢୋକିହୁଏ ଏ ସଂପର୍କ... ନା ଓଗାଳି ହୁଏ। କେମିତି ଗୋଟେ ରୁନ୍ଧିଦିଏ ସତରେ। ଘାଣ୍ଟିହୁଏ ସମୟର ପରିଧି ଭିତରେ, ଅନୁପାତ କି ଭାଗମାପ ପ୍ରେମ ପ୍ରତାରଣାର କଷି ହୁଏନାଇଁ ଠିକ୍‌ରେ। ମୁଁ ଆଉ ସୁମନ୍ତ ଯା'ପରେ ଚୁପ୍ ରହିଲୁ, କେହି କାହାକୁ କିଛି କହିଲୁ ନାଇଁ। କେହି କାହାଠୁ କିଛି ଆଶା ବି ରଖୁନା। କେହି କାହାରିକୁ ଅଭିମାନ ବି କରୁନା, ଯନ୍ତ୍ରବତ୍ କରିଯାଉ ଯେ ଯାହାର କାମ। ବିଶେଷ ଦରକାର ପଡ଼ିଲେ ସ୍ୱଳ୍ପ କଥୋପକଥନରେ ସାରିଦେଉ ଯେମିତି ରାସ୍ତାରେ ଭେଟିଥିବା ଆମେ ଦୁଇଜଣ ଅଚିହ୍ନା ମଣିଷ। ସତ କହିବାକୁ ଗଲେ ଆମେ ତ ପରସ୍ପରକୁ ବିବାହର ଅନେକ ଦିନ ପରେ ଚିହ୍ନିଥିଲୁ। ମନର ଅସନ୍ତୁଷ୍ଟତା ବଢ଼ି ବଢ଼ି ଶେଷକୁ ବନ୍ୟାର ରୂପ ନେଇଆସେ ନିଶ୍ଚିତ ଦିନେ। ମଣିଷ ଦିଗହୀନ ହୁଏ ଠିକ୍ ଏମିତି ପରିସ୍ଥିତିରେ।

ଷଷ୍ଠ ଅଧ୍ୟାୟ

ମୁଁ କହିପାରେ ଏ ପ୍ରେମ ମୋ ଜୀବନର
ପବିତ୍ର ପାପ ହେଉ ।
ଏ ମହାର୍ଘ ମୁହୂର୍ତ୍ତ ମୋରି ଭିତରେ
ବଞ୍ଚିରହୁ ଜୀବନ କାଳ ।

ମୁଁ ଦିଗ ଖୋଜୁଥିଲି। ତୁଷାର ଦିଶୁଥିଲେ ମୁହଁସଞ୍ଜର ତାରା। ମୋ ଆକାଶରେ ଉଇଁଥିବା ଏକମାତ୍ର ଆଲୋକ। ରାତିର ଅନ୍ଧାରକୁ କାଟିଦେବାକୁ ଉଇଁଥିବା ଗୋଟିଏ ଉଜ୍ଜ୍ୱଳତା। କିଛିଦିନ ପରେ ନିଜକୁ ସ୍ଥିର କରି ମୁଁ ତୁଷାରକୁ ଫୋନ୍ କଲି। କାହା ଆଗରେ ଆଉ ଦୁଃଖ କହିଥାନ୍ତି ଯେ, ତୁଷାର ବିନା ଆଉ କିଏ ଥିଲା ଏ ଜୀବନରେ। ସେଇ ହିଁ ମୋକଥା ଶୁଣିବାକୁ କାନ ଡେରିଥିବା ଜଣେ ମଣିଷ। ଫୋନ୍‌ରେ ପଚାରିଲି କାଇଁ ଏତେଦିନ ହେଲା ମୁଁ ମନେପଡୁନି। ନା ଭୁଲିଗଲ ? ତୁମେ ହିଁ ତ କହିଲ ତୁମକୁ ସମୟ ଦରକାର। ମୁଁ ତୁମକୁ ବ୍ୟସ୍ତ କରିପକାଉଚି। ତୁଷାର କହିଲେ। ତୁମେ ବହୁତ ମନେପଡ଼, ଉପାୟ କ'ଣ ଆଉ ଅଛି ଆମ ପାଖରେ ଯେ ? ବହୁତ ଥର ଭାବେ ମୁଁ ତୁମ ସହ କଥାହେବି, ହେଲେ ଭାବେ ତୁମକୁ ପୁଣି ମୁଁ ଅଡୁଆରେ ପକାଇବି। ମୁଁ ସେମିତି ଛୋଟ ପିଲାଙ୍କ ପରି ତରଳିଯାଇ କହିଲି ଓହୋ ମିଷ୍ଟର ଏଠି ମୋତେ ତୁମ ପ୍ରେମରେ ନାକଯାଏଁ ପାଣି ମଡ଼େଇ ତୁମେ ଫେରାର। ମୁଁ ଯେ ତୁମକୁ ଝୁରି ଝୁରି ମରିବାକୁ ବସିଲିଣି। ଏମିତି ନୁହଁ ତଥାପି କହିଲି ତୁଷାରକୁ କାହିଁକି ମୁଁ ଜାଣେନି। ସତରେ କ'ଣ ମୁଁ ସୁମନଠୁ ମୁକ୍ତି ଚାହେ ବୋଲି କହିଲି ନା ତାକୁ ଘୃଣା କରେ ବୋଲି ? ଜାଣିନି ମୀରା ମୁଁ ପ୍ରକୃତରେ ଜାଣିନି।

ମୋତେ ଆଜିକାଲି ମରିଯିବାକୁ ଇଚ୍ଛା ହେଉଛି ତୁଷାର, କହିଲି ତୁଷାରକୁ। ତୁଷାର ଉପରେ ଅଭିମାନ ସୁମନ୍ତ ଉପରେ ଘୃଣା ସବୁ ମିଶାମିଶି କି ଅନୁଭବ ମୁଁ ସୃଷ୍ଟି କରିଥିଲି ନିଜ ଭିତରେ ମୁଁ ନିଜେ ବି ଜାଣିନି। ସବୁ ଯେମିତି ଦ୍ୱନ୍ଦ୍ୱମୟ, କୁହୁଡ଼ିତ, ଅବୁଝା ଏ ସଂପର୍କମାନେ। ସୁମନ୍ତ ସହ ପ୍ରତାରଣା ମୁଁ ଯେତିକି କରିଛି ସେତିକି ସେ ବି, କିନ୍ତୁ ସୃଷ୍ଟିକର୍ତ୍ତା ସେ, ନା ସେ ନୁହଁ ବରଂ ଆମର ନିବିଡ଼ତା ବିହୀନ ସଂପର୍କ, ଜଣେ ଅନ୍ୟ ଜଣକୁ ଅତି ସାଧାରଣ କିମ୍ବା ହାଲୁକା ଭାବରେ ଗ୍ରହଣ କରିନେବାର ପରିଣାମ। କିନ୍ତୁ ନିଜ ନିଜର ଅହଂକାର ଛାଡ଼ିବାକୁ ନାରାଜ। ତୁଷାରଙ୍କୁ ସେଦିନ କହିଲି ମୋତେ ଏଠି ଖୁବ୍ ଅଣନିଃଶ୍ୱାସୀ ଲାଗୁଚି ତୁଷାର। ମୋତେ ତୁମେ ନେଇଯାଆନ୍ତ କି ? ନହେଲେ ଜାଣିନି କେଉଁଦିନ କ'ଣ କରିବି। ତୁଷାର ଏଥର ଟିକେ ଗମ୍ଭୀର ହୋଇ କହିଲେ କ'ଣ ହେଇଚି ତୁମର ସଫା ସଫା କହିବ ମୋତେ। କ'ଣ ଏମିତି ପାଗେଳୀ ଭଳି ଗପୁଛ।

ମୋର ଆଖିରେ ଲୁହ, ଛାତିର କୋହ ସେଦିନ ସବୁ ବନ୍ୟାହୋଇ ବୋହିଗଲେ। ତୁଷାରକୁ ଗୋଟି ଗୋଟି ଜୀବନର ପୃଷ୍ଠା ଓଲଟାଇ କହିବା ବେଳେ ମୁଁ କ'ଣ କହିଛି ଠିକ୍ ଠିକ୍ ଜାଣିନି। ସବୁ ପ୍ରଗଲ୍‌ଭତା ଯେମିତି ଗୋଟିଏ ମଣିଷ ପାଖରେ ଆଜି ଲଟେଇ ଦେବାର ଅଛି। ସୁମନ୍ତ ସହ ମୋର ଝୁଲିଥିବା ସ୍ୱାମୀ ସ୍ତ୍ରୀ ସଂପର୍କ ଗୋଟିଏ ଲୋକଦେଖାଣିଆ ନାଁ ମାତ୍ର। ନା ଏଠି ମଧୁରତା ଅଛି ନା ନିବିଡ଼ତା। ଯାହା ମୁଁ ଆଜିଯାଏ କୌଣସି ପୁରୁଷ କିମ୍ବା ନାରୀ ଆଗରେ ଖୋଲି କହିପାରିନି। ତୁଷାର ମୋ ପାଇଁ ଥିଲେ ଜୀବନର ପ୍ରଥମ ମଣିଷ ଯାହା ସହ ମୁଁ ବାଣ୍ଟିଥିଲି ଏ ଅବ୍ୟକ୍ତ କାହାଣୀ। ହୃଦୟ ହାଲୁକା ହେବା ଯାଏଁ ଗପିଗଲି ମୁଁ ତୁଷାର ପାଖରେ। ଏକଥା ବି କହିଲି ତୁମକୁ ଦୂରେଇ ଦେବା ଓ ସୁମନ୍ତର ପ୍ରତାରଣା ସବୁ ମୋ ପାଇଁ କଷ୍ଟଦାୟକ। ମୁଁ କେଉଁଟିକୁ ଗ୍ରହଣ କରିପାରୁନି ସହଜରେ। ମୁଁ ଏବେ କ'ଣ କରିବି କୁହ? ମୁଁ ସେତେବେଳକୁ ନିଜ ପାଇଁ ଥେରାପି ନେବା ପାଇଁ ସ୍ଥିର କରିଥାଏ। ଥେରାପିଷ୍ଟ୍ ସହ ଦେଖାହେଇଥିଲେ ଥରେ ମାତ୍ର କିଛି କହିପାରିନଥାଏ ମନ କଥା। ଏତେ ଅକୁହା କଥା କ'ଣ କାହା ପାଖରେ କହିହୁଏ। ମୋତେ ସବୁ ମାଡ଼ି ମାଡ଼ି ପଡୁଥିଲା ଯେଉଁଦିନ ଥେରାପିଷ୍ଟ୍ ପାଖକୁ ଗଲି। କିନ୍ତୁ ନଯାଇ ଉପାୟ ନଥିଲା, ମୋର ଯା' ଭିତରେ ଏମିତି ମାନସିକ ସ୍ଥିତି ବଦଳିସାରିଥିଲା ମୁଁ ରାତିରେ ଶୋଇପାରୁ ନଥିଲି। ମୁଁ କାହା ସହ ଠିକ୍‌ରେ କଥା ହେଇପାରୁନଥିଲି। ଏମିତିକି କାହା ସହ ସମୟ ବିତେଇବାକୁ ଭଲ ଲାଗୁନଥିଲା। ମୋ କାମରେ ମଧ୍ୟ ମୋ ଖରାପ ମାନସିକ ଅବସ୍ଥାର ଏହି ପ୍ରଭାବ ପଡ଼ିବାକୁ ଲାଗିଥିଲା। ଦୀର୍ଘଦିନ ଧରି ଡିପ୍ରେସନ୍ ପରେ ମୁଁ ତୁଷାରକୁ ପାଇଲି। ଯାହା ଇଚ୍ଛା ଗପିଗଲି ନିଜର କାହାକୁ ପାଇଲା ପରି। ଏହି ଭାବପ୍ରବଣତାକୁ ଲଟେଇ ଦେବା ପାଇଁ ତୁଷାରକୁ ହିଁ ଯେମିତି ମନ ଅନେକ ଦିନରୁ ଖୋଜୁଥିଲା। ସେଇଆ ହିଁ ମୋ ମନ ଚାହୁଥିଲା ଅନେକ ଦିନରୁ ଏବେ ମୋ ମନ ଯାହା ଚାହିଛି ମୁଁ ସେଇଆ କରିଛି ଭାବି ଆଶ୍ୱାସନା ଦେଲି ନିଜକୁ। ପରେ ପରେ ଆମେ ପରସ୍ପରକୁ ଆହୁରି ଖୋଜିହେଲୁ। ଅନେକ ସମୟ ଧରି କଥାବାର୍ତ୍ତାରେ ବିତେଇବାକୁ ଚାହିଁଲୁ। କେତେବେଳେ ମୁଁ କଲ୍ କଲି ତ ସେ କଲ୍ କଲେ। ତୁଷାର ବି ତାଙ୍କ ମୁହଁରେ କହିଲେ ତାଙ୍କ ସ୍ୱାମୀ ସ୍ତ୍ରୀ ସଂପର୍କ କଥା। କହିଲେ ତୁମଠାରୁ ଆମ ଅବସ୍ଥା ଆହୁରି ଖରାପ। ତେଣୁ ତୁଷାରଙ୍କ ଆତ୍ମୀୟତା, ସ୍ନେହ, ପ୍ରେମ ମୋତେ

ଆହୁରି ପ୍ରଗଲ୍‌ଭ କଲା। ମୀରା ମୋର ସ୍ଥାନରେ ଯେକେହି ଥିଲେ ବୋଧେ ଏଇଆ ହିଁ କରିଥାନ୍ତା ମୁଁ ଭାବେ। କିଛିଦିନ ପରେ ଅନୁଭବ ହେଲା ମୁଁ ତୁଷାର ବିନା ବଞ୍ଚିପାରିବିନି। ତୁଷାର ବି ସେଇକଥା କହିଲେ। କହିଲେ ଚାଲ ଆମେ ବାହା ହୋଇଯିବା। ତୁମେ ହିଁ ମୋର ସ୍ତ୍ରୀ ହୁଅ, ଏ ଜୀବନର ଏକାନ୍ତ ଇଚ୍ଛା। ମୁଁ ବି ବୋହିଚାଲିଲି ଏ ପ୍ରେମରେ। ସୁମନ୍ତର ଆଚରଣ ଯେତିକି କଷ୍ଟ ଦେଉଥିଲା ତାହା ମୁଁ ଭୁଲୁଥିଲି ତୁଷାରର ପ୍ରେମରେ। ତୁଷାର ଦିନେ ଠିକ୍ କଲେ ୟା' ଭିତରେ ଆମେ ଦେଖାକରିବା। ମୁଁ ବି ରାଜିହେଲି କହିଲି, ତୁମେ କୁହ ? କେଉଁଠି ଦେଖିବି ତୁମକୁ ଦେଖିବି ଜୀବନରେ ପ୍ରଥମ ଥର ସତସତିକା କହିଲ ?

ସେ କହିଲେ ଜଗନ୍ନାଥ ମନ୍ଦିର, ସରାଜପୁର ରୋଡ୍, ବାଙ୍ଗାଲୋର। ପଚାରିଲି ପ୍ଲାନ୍ କ'ଣ। ମୁଁ ଜାଣିଚି ପୁଅମାନେ ଏମିତି ଡାକିଲେ କ'ଣ ଭୟ ଥାଏ। କହିଲି ମଧ୍ୟ ତୁଷାରକୁ। ତୁଷାର ବି ଅଭୟ ବାଣୀ ଦେଇ କହିଲେ ତୁମେ ଜମା ଡର ନାହିଁ। ମୋର ତାଙ୍କ କଥାରେ ଅରାଜି ହେବାର କାରଣ ମୁଁ ପାଇଲି ନାହିଁ। ମୁଁ ସେଦିନ ମନଭରି ନିଜକୁ ସଜେଇଲି। ତୁଷାରକୁ କହିଥାଏ ତୁମେ ନୀଳ ସାର୍ଟ ପିନ୍ଧି ଆସିବ ନ ହେଲେ ମୁଁ ଚିହ୍ନିବି କେମିତି, ଏମିତି ବି କେଉଁକାଳର ସୋସିଆଲ୍ ମିଡିଆରେ ତାଙ୍କ ପ୍ରୋଫାଇଲ୍ ଫଟୋ। ସବୁ କେଉଁ ପୁରୁଣାଦିନର ଫଟୋ ଦେଖେ। ଜାଣିହେବ ନାହିଁ ଏମିତି ସାମନାରେ ଦେଖିଲେ ହୁଏତ ମୁଁ ଚିହ୍ନିପାରିବିନି। ମନ୍ଦିର ବେଢ଼ାରେ ପରସ୍ପରକୁ ପାଇଗଲୁ, ସେ କହିଥିବା ଅନୁସାରେ ନାଲି ଶାଢ଼ୀ ମୁଁ ପିନ୍ଧିଥାଏ। ମୁଁ ନୀଳ ସାର୍ଟର ବୋଧେ ପ୍ରଥମଥର ଜଣେ ପୁରୁଷଙ୍କୁ ଦେଖିଥିବା ପରି ତାଙ୍କୁ ଖୋଜିନେଲି। ସେତିକି ନୁହେଁ ପରସ୍ପରଠୁ ଆଖି ଫେରେଇ ପାରିଲୁନି ସହଜରେ। ଏପଟେ ଛାତିର ଗତି ଏମିତି ବଢ଼ିଯାଇଥାଏ ଯେ ନିଜ ଉପରେ ଯେମିତି ଆଉ ଅକ୍ତିଆର ନାହିଁ। ନୀରବତାରେ ଆମେ କିଛି ସମୟ କାଟିଦେଲୁ, ଯେମିତି ବିଶ୍ୱାସ ହେଉନି ଆମେ ଆଜି ଏତେ ପାଖରେ ପରସ୍ପରକୁ ଦେଖୁଥିଲୁ। ଖାଲି ହଁ ନାଇଁ ସେତିକି କଥାରେ କେତେ ସମୟ ବିତିଗଲା। ପୁଣି ପାଖାପାଖି ବସିବାକୁ ଇଚ୍ଛାକୁ ରୋକି ହେଉନଥାଏ ସେମିତି ଅନୁଭବ ବୋଧେ ଆମ ଦୁହିଁଙ୍କ ପାଖରେ ଲୁଚକାଳି ଖେଳୁଥିଲେ।

ମଣିଷ ପ୍ରେମରେ ପଡ଼ିଲେ ଏମିତି ଅସହାୟ ହୋଇଯାଏ ସେଦିନ ଜାଣିଲି। ତୁଷାର ଥରିଥରି ମୋ ହାତ ଉପରେ ହାତ ରଖିଲେ। ମୋ ଦେହରେ କଂପନକୁ

ମୁଁ ଆଡ଼େଇଯିବା ବହୁତ କଷ୍ଟ ଥିଲା ସେଦିନ ତୁଷାରର ସ୍ପର୍ଶରେ। ମୁଁ ଆପେ ଆପେ ମୁଣ୍ଡ ରଖିଲି ତାଙ୍କ କାନ୍ଧରେ ଆଉଜି। ଯେମିତି ଠାକୁରଙ୍କୁ ସାକ୍ଷୀ ରଖି ବାହା ହୋଇଯାଇଥିବା ପରି ହଲେ ସ୍ୱାମୀ ଆଉ ସ୍ତ୍ରୀ। କେହି ଆମକୁ ଦେଖି ସତରେ ବିଶ୍ୱାସ କରିଥାନ୍ତେ ସେଦିନ। ଆମେ ସେମିତି ହିଁ ଦିଶୁଥିଲୁ ଯେମିତି ଆମେ ପରସ୍ପରକୁ ବହୁ ଆଗରୁ ଜାଣିଛୁ, ଦେଖିଛୁ, ଅନୁଭବ କରିଛୁ। ନୂଆ ନୂଆ ଭେଟିଥିବା ପ୍ରେମୀଯୁଗଳ ନୁହେଁ। ତୁଷାର ସେଦିନ ପାଖ ପୂଜା ଦୋକାନରୁ ଭୋଗ ନେଇ ଆସିଲେ, ଭୋଗ ଡାଲାରେ ଥିଲା ଶଂଖା ଓ ସିନ୍ଦୂର। ପୂଜାସାରି ବାହାରକୁ ଆସିବା ପରେ ସେ ଶଂଖା ଆଉ ସିନ୍ଦୂର ହାତରେ ଦେଲେ କହିଲେ ରଖ, ମୁଁ ସମ୍ପ୍ରତି ସ୍ତ୍ରୀଟେ ପରି ଆଖି ବୁଜିଦେଲି। ମୀରା ଆମେ ଏଠି ଶଂଖା ଓ ସିନ୍ଦୂର ଦେଇଥିବା ପୁରୁଷକୁ ହିଁ ସ୍ୱାମୀ ବୋଲି ମାନିନେଉ। ତୁଷାରଙ୍କୁ ମୁଁ ସେଇ ମୁହୂର୍ତ୍ତରୁ ମାନି ନେଇଛି। ସେ ହିଁ ମୋ ମନର ପୁରୁଷ। ପ୍ରିୟ ପୁରୁଷ। ତୁଷାର ମୋ ହାତ ଧରି ବସାଇଲେ ତାଙ୍କ କାର୍‌ରେ। ମୋତେ କିଛି ନପଚାରି କହିଲେ ଆମେ ପାଖ ରିସର୍ଟକୁ ଯିବା, କିଛି ସମୟ କାଟିବା ଏକାଠି। ଏଯାଏଁ ମୁଁ କିଛି କହିପାରିନି ତୁଷାରକୁ, କେବଳ ମୁଁ ବୋହିଚାଲିଛି ତାଙ୍କ ଭଲପାଇବାରେ। ନିଜକୁ ବିଶ୍ୱାସ ହେଉନଥାଏ ଏତେ ବେଶୀ ବି ମୋତେ କେହି ଭଲପାଇ ପାରେ? ତୁଷାରର ଆଖିରେ ସେ ଭଲପାଇବା ଦେଖି ମୁଁ କାନ୍ଦିପକେଇବି ଯେକୌଣସି ମୁହୂର୍ତ୍ତରେ ଲାଗୁଥାଏ, ସେ ଆଉ କାହାର ସ୍ୱାମୀ କେବେ ନ ହୋଇପାରନ୍ତି, ସେ କେବଳ ମୋର, ସେଇଆ ହିଁ ମନ କହୁଥିଲା। ସେ ଭଲପାଇବା ଆଗରେ ମୋ ମୁଣ୍ଡ ନଇଁଗଲା ଆପେ ଆପେ, ସେ ଯାହା କହୁଥିଲେ ମୁଁ କେବଳ ହଁ ମିଳାଇ ଚାଲିଲି। ବେଳେ ବେଳେ ଲାଗୁଥିଲା ଏହା ସତ ନା ସ୍ୱପ୍ନ। ପ୍ରିୟପୁରୁଷର ପ୍ରେମ କ'ଣ ଏତେ ନିବିଡ଼ ହୋଇପାରେ, କିଛି ନକହିଲେ ବି ବୁଝି ହୋଇଯାଏ? ଗୋଟେ ସରଳ ପ୍ରେମକୁ ବୁଝିବା ଜମା ବି ତ କଷ୍ଟ ନୁହେଁ, ଜୀବନସାରାର ଏତେ କଷ୍ଟ ପରେ, ଆଜି ହିଁ ମୁଁ ପାଇଛି ହାତପାହାନ୍ତାରେ। ତୁଷାର ପାଖରେ ଥିଲେ ସତରେ କ'ଣ ଜୀବନ ଏମିତି ସୁନ୍ଦର ହୋଇଥାନ୍ତା। ରାସ୍ତାସାରା ଏଇ ଭାବନା। ସେପଟେ ତୁଷାର ମୋ ହାତ ଧରି ଗାଡ଼ି ଚଳାଉଥାନ୍ତି। ହଠାତ୍ ତୁଷାର ବ୍ରେକ୍ ଦେଲେ ରାସ୍ତା ମଝିରେ। ମୁଁ ଚାହିଁଲି ତୁଷାରକୁ କ'ଣ ରହିଗଲ ଯେ? ତୁଷାର ମୋ ମୁହଁକୁ ଚାହିଁଲେ, ଖୁବ୍ ନିବିଡ଼ ସେ ଚାହାଣି। ଖୁବ୍ ନିଜର ସେ ଆଖିର ଭାଷା, ଛଳନାବିହୀନ ସେ ସମର୍ପଣ। ମୁଁ ପଚାରିଲି

ତୁଷାର ହାତକୁ ଛାତି ପାଖକୁ ନେଇ କ'ଣ ଭାବୁଛ ଯେ, ସାହସ କରିପାରୁନ ନା କ'ଣ ? କୁହ ? ମୁଁ ସବୁ ଶୁଣିବାକୁ ପ୍ରସ୍ତୁତ। ରାସ୍ତା ସେଦିନ ଖୁବ୍ ନିଛାଟିଆ। ରାସ୍ତା ସାଇଡ୍‌ରେ ଗାଡ଼ି ଅଟକେଇ ଆମର ଏଇ କଥାବାର୍ତ୍ତା ଆରମ୍ଭ ହୋଇଗଲା ଯାହା ଆମେ ମନ୍ଦିର ଭିତରେ ଥିଲାବେଳେ କଥା ହୋଇପାରିନାହୁଁ। ସେତେବେଳକୁ ବର୍ଷା ଉଠେଇଥାଏ ଆକାଶରେ। ଯେମିତି ଏଇ ବର୍ଷିଯିବ। ଆଗରେ ଦିଶୁଥାଏ ସବୁଜ ପାହାଡ଼ ଉପରେ ମେଘର ଛାଉଣୀ। ରାସ୍ତା ଆଗକୁ ଖୁବ୍ ନିଛାଟିଆ। ମୋତେ ଡର ବେଶୀ ଲାଗୁ ନଥିଲା। ବରଂ ତୁଷାର ଆଉ କେଇଟା ସମୟ ପରେ ମୋ ହାତ ଛାଡ଼ିଦେବେ ସେଇଆ ଭାବୁଥିଲି। ମେଘମାନେ ବି ବୋଧେ ଦୂରରୁ ସେଇଆ କହୁଛନ୍ତି। ତୁଷାର ଗୁଣୁଗୁଣେଇଥିଲେ ଗୀତରୁ ଧାଡ଼ିଟିଏ- ଆହା କୁହନା ତୁମେ କି ଗୋ ମୋତେ ଭଲପାଆନା, ଏହା କୁହନା କହିଦିଅନା... କାହିଁ କର ଏତେ ତୁମେ ଛଳନା।

ତୁଷାର କହୁଥିଲେ ଆମେ ଆଗକୁ ବଢ଼ିଲେ ବୋଧେ ଆଉ ରାତିସୁଦ୍ଧା ଘରକୁ ନଫେରି ପାରନ୍ତି। ବୋଧେ ବର୍ଷା ସକାଶେ ଆମେ ରାସ୍ତା ହଜେଇ ପାରନ୍ତି। ତୁଷାର କହିଲେ ଏଥର ମୁହଁ ଶୁଖେଇ ଦେଖନା କେତେ ଶୀଘ୍ର ଏ ସମୟ ସରିଯାଉଛି। ଆଉ କେତେଟା ଘଣ୍ଟା ପରେ ତୁମେ ମୋ'ଠୁ ଦୂରେଇଯିବ ନା ? କେତେ ସମୟ ଆମେ କାଟିସାରିଲେଣି ସକାଳୁ ଏଠି, ନିରବତାରେ ହିଁ କଟିଗଲା ଅଧା ସମୟ। କିଏ ଜାଣେ ତୁମେ କାଲି ମୋ ପାଖରେ ନଥିବ। କିଏ ଜାଣେ ଆମେ ଯେଉଁଠିକି ଯାଉଛେ ସେଇଠି ପହଞ୍ଚି ନପାରିବା। କିଏ ଜାଣେ ତୁମେ ମୋ ହାତ କାଲି ଧରିବନି ଆଉ ? ତୁଷାର ମୋ ଛାତି ଉପରକୁ ଆଉଜି ଆସିଥିଲେ ଏତିକି କଥାରେ। ତୁଷାରର ଭାବପ୍ରବଣତାକୁ ମୁଁ କୋଳେଇ ନେବାକୁ ମୋ ହାତ ତାଙ୍କ ପିଠି ଉପରେ ଥାପିଲି। ଆଉଁଶି କହିଲି ବ୍ୟସ୍ତ ହୁଅନି ପ୍ଲିଜ୍। କିଛି ତ ରାସ୍ତା ମିଳିବ ଆମକୁ। ଏ ମନ ଦେହ ସବୁ ତ ତୁମର ହୋଇସାରିଛି। ତୁଷାରର ଦୀର୍ଘ ନିଃଶ୍ୱାସ ମୋ ଦେହ ଛୁଇଁ ମିଳନର କାହାଣୀ ଲେଖିବାକୁ ପାଖୁଡ଼ା ଖୋଲୁଥିଲେ। ମୋର ବି ସେଇ ଇଚ୍ଛା ତୁମକୁ ସର୍ବସ୍ୱ ସମର୍ପିଦେବି। ପ୍ରିୟ ପୁରୁଷର ନିଃଶ୍ୱାସର ଛୁଆଁ ବି ନିଆରା ମୀରା। ଏମିତି ଆବେଦନକୁ ରୋକିପାରିବା ବେଶ୍ କଷ୍ଟଦାୟକ। ମୁଁ ବି ଦେଇଥିଲି ଚୁମ୍ବନ ତାଙ୍କରି ମଥାରେ। ଆଖିରେ ସେଦିନ ଆଖିଏ ପ୍ରାପ୍ତିର ଲୁହ। ଏହାକୁ ଜୀବନସାରା ସାଇତି ନେବାର ଅନୁଭୂତି। ଆମେ ଦୁହେଁ ଥରୁଥିଲୁ ଅଜଣା ଶିହରଣରେ। ସେ ହାତରେ ଓଠ ଥାପିଲେ। ପଚାରିଲେ

ଅନୁମତି ଦିଅ। ମୁଁ ଭୁଲିଗଲି କାହାର ସ୍ତ୍ରୀ, କେବଳ ଏଇ ମୁହୂର୍ତ୍ତ ପାଇଁ ତୁଷାରର ପ୍ରେମିକା, ଆତ୍ମହରା ହୋଇ ପ୍ରେମିକର ହାତରୁ ସିନ୍ଦୂର ପିନ୍ଧିଥିବା ନବବିବାହିତା। ଏ ଉତ୍ତେଜନାକୁ କେମିତି ଆଡ଼େଇ ଯିବାକୁ ହୁଏ କହତ ? ପ୍ରିୟପୁରୁଷକୁ ଛୁଇଁବାକୁ କ'ଣ ମନା କରାଯାଇପାରେ। ଯେ ତୋତେ ସ୍ୱପ୍ନରେ ଆସି ପ୍ରତି ମୁହୂର୍ତ୍ତରେ ଛୁଇଁ ଅସ୍ତବ୍ୟସ୍ତ କରେ। ଝାଳେଇ ଯାଏ ଦେହ ତା' ଛୁଇଁବାର କଥା କଳ୍ପନାରେ। ଆପେ ଆପେ ଏ ଦେହ ତା' ଦେହର ନିବିଡ଼ତା ଖୋଜିବସେ। ସେ ସେଦିନ ମନଭରି ଛୁଇଁଥିଲେ ମୋ ଦେହରେ ପ୍ରତିଟି ଶିହରଣକୁ। ନିଶାସକ୍ତ ପରି ଆମେ ପରସ୍ପରକୁ ଅନୁଭବ କରିବାକୁ ଅସ୍ୱୀକାର କରିପାରିଲୁ ନାହିଁ। ବାହାରେ ବର୍ଷା ଝୋ ଝୋ, କାଚ ଝରକାରେ ବର୍ଷାର କୁହୁଡ଼ି। ତା' ଉପରେ ଆମ ଛାଇର କିଛି ଝଲକ, ସେଇ ଝଲକରେ ଆମେ ହଜିଥିଲୁ।

ଆମେ କିଛି ସମୟ ପାଇଁ ଗାଡ଼ିରେ ବସିଥିଲୁ, ଆମେ କେହି ହଲୁନଥିଲୁ। ଛାତ ଉପରେ ବର୍ଷା ବାଜିଲା, ଏକ ସ୍ଥିର ରାଗିଣୀ, ଯାହା ଆମ ମଧ୍ୟରେ ଥିବା ଉତ୍ତେଜନାକୁ ପ୍ରତିଫଳିତ କରୁଥିବା ପରି ମନେ ହେଉଥିଲା। ମୁଁ ତାଙ୍କ ପାଖକୁ ଫେରିଲି, ତାଙ୍କ ହାତକୁ ଧୀରେ ଧୀରେ ସ୍ପର୍ଶ କରିବାକୁ ହାତ ବଢ଼ାଇଲି।

"ମୁଁ ତୁମକୁ ମନେପକାଏ," ମୁଁ ଧୀରଗଳାରେ କହିଲି।

ତୁଷାର ମୋତେ ଚାହିଁଲେ, ତାଙ୍କ ଆଖି ଅବିଶ୍ରାନ୍ତ ଲୁହରେ ଚମକୁଥିଲା। "ମୁଁ ମଧ୍ୟ ମନେପକାଏ ତୁମକୁ ଖୁବ୍ ବେଶୀ।"

କିଛି ମୁହୂର୍ତ୍ତରେ, ବାହାରେ ଥିବା ଝଡ଼ବର୍ଷା ଫିକା ପଡ଼ିଗଲା, ଆମ ମଧ୍ୟରେ ଉଷ୍ମତା ଛାଡ଼ିଗଲା। ଆମେ ପରସ୍ପର ଉପରେ ନଇଁପଡ଼ିଲୁ, ଆମର କପାଳ ସ୍ପର୍ଶ କରୁଥିଲୁ, ଏକ ନୀରବ ଅନ୍ତରଙ୍ଗତା ବାଣ୍ଟିଥିଲୁ ଯାହା ବହୁତ ଦିନ ଧରି ଅନୁପସ୍ଥିତ ଥିଲା।

ବର୍ଷା ପୁଣି ଜାରି ରହିଲା, କିନ୍ତୁ ଗାଡ଼ି ଭିତରେ, ଆମେ ପରସ୍ପରର ଆଲିଙ୍ଗନରେ ସାନ୍ତ୍ୱନା ପାଇଲୁ, ଯାହା ଆମକୁ ପ୍ରଥମେ ଏକାଠି କରିଥିବା ସଂପର୍କକୁ ପୁନର୍ଜୀବିତ କଲା। ସେ ଭାବପ୍ରବଣ ହୋଇ କହିଲେ ମୁଁ ଆଜି ତୁମକୁ ପ୍ରକୃତରେ ବାହା ହୋଇଯାଇଛି। ତୁମେ ହିଁ ମୋ ସ୍ତ୍ରୀ ବାକିତକ ଜୀବନ ପାଇଁ। ମୁଁ ସେଦିନ ସତରେ ପଥରରୁ ଅହଲ୍ୟା ପାଲଟିଯାଇଛି ବୋଲି ଅନୁଭବ କଲି। ତୁଷାରର ଛୁଆଁରେ ପାପ ନଥିଲା। ତୁଷାରକୁ ଧୀରେ କହିଲି ଏକଥା। ମୁଁ କହିପାରେ ଏ ମୋ ଜୀବନର

ପବିତ୍ର ପାପ ହେଉ। ଏ ମହାର୍ଘ ମୁହୂର୍ତ୍ତ ମୋରି ଭିତରେ ବଞ୍ଚିରହୁ ଜୀବନ କାଳ। ତୁଷାରର ପ୍ରଥମ ଛୁଆଁକୁ ମୁଁ ସାଇତିବାକୁ ଚାହେଁ ଆଜୀବନ। ସତେ ଯେମିତି ମୁଁ କହୁଛି କେତେ ଜନ୍ମର ଅଶାନ୍ତି, ଅତୃପ୍ତିରୁ ମୁକ୍ତି ପାଇଛି ମୁଁ ଏ ମିଳନରେ। ତୁଷାର ଛାତି ହିଁ ମୋର ଶ୍ରେଷ୍ଠ ପ୍ରାପ୍ତି। ଏହାକୁ ପାପ କି ପୁଣ୍ୟ କୁହାଯିବ ସେ ଦ୍ୱନ୍ଦ୍ୱ ମୁଁ ବୁଝିବାକୁ ଚାହେନି। କିନ୍ତୁ ତୁଷାର ମୁହଁରୁ ଶୁଣିବାକୁ ଚାହିଥିଲି ଏକଥା ସେଦିନ।

ତୁଷାରକୁ ଧୀରେ କହିଲି କ'ଣ କହୁଛ ଯାହା ଆମେ କରୁଛେ ସବୁ କ'ଣ ପାପ ବୋଲି ଭାବୁଛ। ତୁଷାର କହିଥିଲେ ପୁଣ୍ୟ। ବରଂ ଯାହା ଆମ ସହ ଆଗରୁ ହେଇ ଆସିଛି ତାହା ହିଁ ପାପ କହିପାର। ମୋ ଭିତରର ଆଶାନ୍ତ ଜୁଆର ଯେମିତି ତୁମରି କୋଳରେ ହିଁ ମୁକ୍ତି ପାଇଛି। ତୁମେ ହିଁ ଏ ମନକୁ ଶାନ୍ତି ଦେଇପାର ଏକଥା କ'ଣ ମୁଁ ଅସ୍ୱୀକାର କରିବି। ସେଦିନ ତୁଷାରକୁ ମୁଁ ପ୍ରତିଶ୍ରୁତି ମାଗିଥିଲି କୁହ ତୁମେ ଆଉ ମୋ ଜୀବନରେ ଯନ୍ତ୍ରଣାର ଆଉ ଫର୍ଦ୍ଦେ ହୋଇ ଯୋଡ଼ିପାରିବନି ତୁଷାର ? ମୁଁ ନହେଲେ ଜିଇଁ ଥାଉ ଥାଉ ମରିଯିବି। ମୁଁ ଯାହା କରିଛି ତାହା ଭୁଲ୍ ଠିକ୍ ହିସାବ କାହାକୁ ମାଗିବାକୁ ଚାହେନି। କେବଳ ତୁମ ଆଖିରେ ମୁଁ ସବୁବେଳେ ଠିକ୍ ବୋଲି କୁହ, ସେତିକି ମୁଁ ଚାହେ। ଏ ଦୁନିଆକୁ ଖୁସି କରିବାକୁ ମୁଁ ଅନେକ କିଛି ହାରିଛି, ନିଜକୁ ଠକିଛି ଆଉ ଠକିବାକୁ ଚାହେନି। ନାରୀଟିଏ ସେଇ ପୁରୁଷକୁ ଆପେ ଆପେ ସବୁ ସମର୍ପିଦିଏ ହସରେ ତା' ପାଖରେ ପ୍ରିୟ ପୁରୁଷ, ତୁମେ ଏହା ଦୟାକରି ଭୁଲ୍ ପ୍ରମାଣ କରିବନି। ମୁଁ ଦେହର ଆବଶ୍ୟକତା ମେଣ୍ଟେଇବାକୁ ଏ ସଂପର୍କ ଗଢ଼ିନି, ଯାହାକୁ ଏ ସମାଜ ପରକୀୟା କୁହେ, ସେ ଅପବାଦ ମୋତେ ଦେବନି। ସବୁର ଊର୍ଦ୍ଧ୍ୱରେ ଏ ପ୍ରେମ ଯେ ଶାଶ୍ୱତ ଏକଥା ତୁମେ କଥାଦିଅ। ତୁଷାରଙ୍କୁ ପଚାରିଲି କୁହ ଆମେ ଯା'ପରେ କ'ଣ କରିବା ଉଚିତ ? ମୁଁ କାହିଁକି ଏମିତି ଉତ୍ତାଳ ହୋଇ ଲୋଟିଯାଏ ଏମିତି ପ୍ରେମ ପାଇଁ ଜାଣେନି, କାହିଁକି ସ୍ନେହ ପାଇଁ ମୁଁ ଏମିତି ଅସହାୟ ହୋଇପଡ଼େ ? କାହିଁକି ସବୁକୁ ନିଜର ବୋଲି ଦାବି କରିବାକୁ ଇଚ୍ଛାହୁଏ ସତରେ ମୁଁ ଆଜିଯାଏଁ ଜାଣିପାରିଲିନି। ସେଦିନ ତୁଷାର ମୋହର ପଞ୍ଜୁରୀ ଭିତରେ ଥାଇ ଓଠ ଥରି କହିଲେ ତୁମକୁ ଛାଡ଼ି ରହିବା ମୋ ପାଇଁ ଅସମ୍ଭବ ଏବେ। ମୋ ପାଇଁ ଏ ଜୀବନ ତୁମେ ନଥିଲେ ମରିଯିବା ସହ ସମାନ। ମୁଁ ଛାତି ଭିତରେ ଜଡ଼େଇ ଧରିଲି ତୁଷାରକୁ। ମୁଁ ସେଇଠୁ ସୁମନ୍ତ କଥା ହିଁ କହିଥିଲି। ତୁମେ ଜାଣ ତୁଷାର ଆଜିକାଲି

ସୁମନ୍ତ ଘରକୁ ଆସନ୍ତିନି। କୁଆଡ଼େ ଯାନ୍ତି ମୁଁ ଜାଣିନି। କ'ଣ କିପରି ମନକୁ ବୁଝାଇବି ଜାଣିପାରେନି ଘର ଭିତରେ। ତୁମେ ଅଛ ବୋଲି ବୋଧେ ଏ ଜୀବନ ଚାଲିଛି। ତୁଷାର ଏଥର ମଜାକ କଲା ଭଳି କହିଲେ ଆଚ୍ଛା ଭଲ ହେଲା ତା'ହେଲେ। ଆମ ରାସ୍ତା ପରିଷ୍କାର। ଆମେ ବାହା ହେଇଯିବା। ସ୍ୱପ୍ନ ଦେଖିବା ଭଳି ମୋତେ ଜଡ଼େଇନେଇ ତୁଷାର କହିଲେ ମୋ ଆଖିରେ ଆଖି ମିଶେଇ। ମୋ ଦେହ ବାସ୍ନାରେ ସେ ଆହୁରି ରୋମାଞ୍ଚିତ ହୋଇ ଭିଡ଼ିଧରିଲେ। କହିଲେ ହେଲେ ବୁଝିପାରିଲିନି ଏତେ ସୁନ୍ଦରୀ ସ୍ତ୍ରୀଟିଏ ଥାଉ ଥାଉ କେମିତି ସୁମନ୍ତ ତୁମକୁ ଆଡ଼େଇ ଯାଇ ପାରିଲେ। କହିଲ କହିଲ ସେ ଝିଅ କିଏ ଏମିତିକି ? ତୁମେ ତା' ବିଷୟରେ କ'ଣ ସବୁ ଅନୁସନ୍ଧାନ କରିଛ। ସେ ନିଶ୍ଚୟ ତୁମଠୁ ଟ୍ୟାଲେଣ୍ଟେଡ୍ କି ସୁନ୍ଦରୀ କେବେ ହୋଇନଥିବ। ତୁଷାର ସେଦିନ ପଚାରିଲେ, ସେଦିନ ମୁଁ ଜାଣିଲି ସବୁ ପୁରୁଷ ତା'ହେଲେ ଏକା ସୁନ୍ଦରୀ ଦୌଡ଼ରେ ମାତିଥାନ୍ତି, ନହେଲେ ଟ୍ୟାଲେଣ୍ଟେଡ୍ ଝିଅ ଦେଖିଲେ କ'ଣ ଆପେ ଆପେ ଆକର୍ଷିତ ହୁଅନ୍ତି ? ଟିକେ ଅସନ୍ତୁଷ୍ଟ ହୋଇ କହିଲି ତୁଷାର ତୁମେ ଜାଣି ତା' ବିଷୟରେ କ'ଣ କରିବ। ଯଦି ମୁଁ କୁହେ ସେ ମୋ'ଠୁ ଟ୍ୟାଲେଣ୍ଟେଡ୍ ଆଉ ସୁନ୍ଦରୀ ବି। ତୁମେ କ'ଣ ? ତୁଷାର କୃତ୍ରିମ ରାଗ ଦେଖେଇ କହିଲେ ତୁମର ଯୋଉ କଥା। ମୁଁ କହିଲି ହଉ ଶୁଣିବାକୁ ଯଦି ଚାହୁଁଛ ଶୁଣ, ତା' ନାଁ ସୋନାଲି ମିଶ୍ର। ଏଠି ଗୋଟେ ମଲ୍‌ଟିନେସନାଲ କଂପାନୀରେ ଏଚ୍‌ଆର୍ ଭାବରେ କାମ କରନ୍ତି, ତା'ଛଡ଼ା ମୋର ଆଉ କିଛି ତା' ବିଷୟରେ ଧାରଣା ନାହିଁ। ମୁଁ ଜାଣିବାକୁ ବି ଚେଷ୍ଟା କରିନି। କାହିଁକି ନା ମୋର ସୁମନ୍ତ ପ୍ରତି କିଛି ଆକର୍ଷଣ ନାହିଁ, ଯାହା ଟିକେ ଅଟକିଥିଲା, ତୁମେ ଆସିଲା ପରେ ଜୀବନରେ ସେତକ ହରାଇଲି। ମୀରା ସେଦିନ ତୁଷାର ହଠାତ୍ ଅନ୍ୟମନସ୍କ ଦିଶିଲେ। ମୋତେ ଲାଗିଲା ମୁଁ ସୋନାଲୀକୁ ମୋ'ଠୁ ସୁନ୍ଦରୀ କହି ଭୁଲ୍ କରିଦେଇଛି। ସେତେବେଳକୁ ବର୍ଷା ଥମିସାରିଥାଏ। ତୁଷାର ବ୍ୟସ୍ତ ହେଲେ। କହିଲେ ଆଜିଟା ଘରକୁ ଯିବାକୁ ହେବ, ପରେ ଆମେ ଆମ ବିଷୟରେ ଚିନ୍ତା କରିବା। ନିଜେ ନିଜେ ମୁଁ ନିଜକୁ ଏକ ସୁନ୍ଦର ଭବିଷ୍ୟତ ଭେଟିବାକୁ ଯାଉଛି ଭାବି ବିଦାୟ ଦେଲି। ତୁଷାର ବି ସେଇଆ କହିଲେ ଭଲରେ ଥିବ, ମୋ କଥା ବେଶୀ ଭାବି ଦେହ ଖରାପ କରିବ ନାହିଁ। ଶୀଘ୍ର ମୁଁ କିଛି ବ୍ୟବସ୍ଥା କରିବି। ମୁଁ ତୁଷାରକୁ ପଢ଼ିବାକୁ ଚାହୁଁଥିଲି ଏମିତି କ'ଣ କରିବେ ବୋଲି ତୁଷାର

ଭାବିବସିଲେଣି। ଅବଶ୍ୟ ସେ ଅନେକ ଥର କହିଛନ୍ତି ମୋ ସ୍ତ୍ରୀ ମୋ'ଠୁ ଡିର୍ଭୋସ ନେବାକୁ ଚାହେ, ଆମର ବି ସଂପର୍କ ଗୋଟିଏ କୁହାବୋଲା ସ୍ୱାମୀ ସ୍ତ୍ରୀ ସଂପର୍କ। ଆତ୍ମୀୟତା ବିହୀନ। ଉଷ୍ମତାର ପୋଡ଼ାବାସ୍ନା ମଧ୍ୟ ନାହିଁ ଅନେକ ଦିନରୁ। ମୁଁ ତାଙ୍କୁ ବୁଝାଇଚି ଅନେକ ସମୟ, ମୁଁ ଅଛି ତୁମ ସହ, ଏଇ କଥାବାର୍ତ୍ତା, ଭାବପ୍ରବଣତାରୁ ହିଁ ଆମ ସଂପର୍କ ଏଇ ରୂପ ନେଇ ପହଞ୍ଚିଲା। ମୋତେ ସେଦିନ ତୁଷାର ସୁମନ୍ତଙ୍କ ଘର ଆଗରେ ଛାଡ଼ିଦେଇ ଗଲେ। ମୋତେ ଲାଗୁଥିଲା ମୋତେ ତ ଏବେ ତୁଷାର ତାଙ୍କ ପାଖକୁ ନେଇଯିବା କଥା। କିନ୍ତୁ ସେମିତି କରିବା ଆମ ଉଭୟ ପାଇଁ ସହଜ ନଥିଲା। ମୁଁ ନୂଆକରି ଅନ୍ୟ କାହା ଘରକୁ ଆସିବା ପରି ଲାଗିଲା ନିଜ ଘର। ଘରେ ତୁଷାର ନାହାନ୍ତି। ତୁଷାରଙ୍କ ବାସ୍ନା ଦେହସାରା, ମନସାରା, ମୋ ପୃଥିବୀରେ ସେ ହିଁ ନାହାନ୍ତି ବୋଲି ଏ ଖାଁ ଖାଁ ପଣ, ଏ ଅସହ୍ୟ ନିର୍ଜନତା। ଏ ନିବିଡ଼ତା ପରେ ମୋର ଏଠି ରହିବା ଉଚିତ ନୁହଁ ମୋ ମନ କହୁଥିଲା। ସୁମନ୍ତଙ୍କୁ କ'ଣ ଜଣାପଡୁଥିଲା ମୁଁ ଆଉ ଜାଣିବାକୁ ବି ଚାହେନି। ଭାବିଲି କେବେ ସୁମନ୍ତଙ୍କୁ ନିଜେ ନିଜେ କହିବି ଏ କଥା ପରିଷ୍କାର। ଏ ଅଭିନୟ ଆଉ କେତେଦିନ, ଆମକୁ ବୁଝିନେବାକୁ ହେବ ଆମେ ପରସ୍ପର ପାଇଁ ଉପଯୁକ୍ତ ନୁହଁ କି ମୁଁ ଜଣେ ମନର ମଣିଷ ପାଇଁ ସାରିଛି, ଏମିତି କିଛି। ଆମେ ବୁଝାମଣାରେ ପରସ୍ପରଠୁ ଦୂରେଇଯିବା ଉଚିତ। ମୋ ଦେହ, ମନ ଯେ ଏବେ ତୁଷାରର ଆଦର, ସ୍ନେହ, ପ୍ରେମ, ପ୍ରଣୟ ସବୁକୁ ଝୁରୁଛି। କେମିତି ଏସବୁ ଜୀବନସାରା ସହି ତୁମ ପାଖରେ ମୁଁ ସମୟ କଟାଇପାରିବି ? ସୁମନ୍ତଙ୍କୁ ଏକଥା କହି ଦୂରେଇଗଲେ ଭଲ, ଏମିତି ବି କୋଉ ଆମ ପାଖରେ ଥିଲୁ। ଏ ଦୂରତା ଅନେକ ଦିନରୁ, ତେଣୁ ତା'ର ଆଜି ଯବନିକା ପଡୁ। ଏମିତି ସାହସ ଜୁଟେଇ ଭାବେ ମୁଁ ସୁମନ୍ତଙ୍କୁ କହିବି, ପୁଣି ପାଖକୁ ଯାଇ କହିବାକୁ ସଙ୍କୋଚରେ ପାଦ ଚାପି ହୋଇଯାଏ। ଏକଥା ଭାବିବା ସହଜ କିନ୍ତୁ କହିବା କ'ଣ ଏତେ ସହଜ ? ମୋ ଭିତରେ ଦ୍ୱନ୍ଦ୍ୱ ଦିନକୁ ଦିନ ବଢ଼ିବାକୁ ଲାଗିଲା। ଯେତେ ବ୍ୟସ୍ତତା ଭିତରେ ମନ ତୁଷାରକୁ ହିଁ ଝୁରିହେଲା। ସୁମନ୍ତ କେବଳ ନାମକୁ ମାତ୍ର ସ୍ୱାମୀ, ତୁଷାର ମୋର ସର୍ବସ୍ୱ। ସୁମନ୍ତ ପାଖରେ ଆଉ କିଛି ଅଭିଯୋଗ ନାହିଁ ମୁଁ ତୁଷାରର ପ୍ରେମରେ ପୂର୍ଣ୍ଣତା ଭୋଗିଛି। ମୋର ସୁମନ୍ତ ଉପରେ ରାଗ ଅଭିମାନ ମିଳେଇଗଲା। ମୁଁ ସଂପୂର୍ଣ୍ଣ ନିର୍ବିକାର ଭାବରେ ସୁମନ୍ତଙ୍କୁ କ୍ଷମା କଲି।

ମୋତେ କେବଳ ଭଲଲାଗୁଥିଲା ତୁଷାରର ସହ ଭବିଷ୍ୟତ ଗଢ଼ିବାର କଳ୍ପନା। ମୋର ସବୁ ସମୟ ତୁଷାରମୟ। ସେ ନିବିଡ଼ତାର ଶିହରଣରେ ମୋର ପ୍ରତିଟି କ୍ଷଣ ଏକାତ୍ମ। ଭୁଲ୍ କ'ଣ ମୋର ଥିଲା ? ପ୍ରେମ କିଏ ଖୋଜେନି ଜୀବନରେ, ଯିଏ କୁହେ ଖୋଜେନି ସେ ସମସ୍ତଙ୍କ ଆଖିରେ ଧୂଳି ଦେଇ ନିଜକୁ ଠକେ। ମୁଁ ପ୍ରେମ କଲି ମୋର ପ୍ରିୟ ପୁରୁଷକୁ, ପ୍ରେମ ଭୋଗିଛି ତାହାଠୁ ସୁନ୍ଦର ଅନୁଭୂତି କ'ଣ ଥାଇପାରେ ଦୁନିଆରେ। ପ୍ରିୟ ପୁରୁଷ କ'ଣ ସ୍ୱାମୀ ହିଁ ହେବ ଏମିତି କିଛି ଧରାବନ୍ଧା ନିୟମରୁ ଆମେ ମୁକୁଳି ପାରିନେ। ମୀରା ମୋ କଥାରେ ଆଖି ଟେକି ଦେଖିଲା। ତୁ ହିଁ ବୋଧେ ଏମିତି ଭାରତୀୟ ନାରୀ ବୋଲି ଏମିତି ଭାବିପାରୁ। ମୁଁ କହିଲି ବୋଧେ ତୋ କଥା ସତ ହୋଇପାରେ। ସ୍ୱାମୀ ସହ ଯଦି ମନ ମିଶେନି, ତୁ ତିଳ ତିଳ ଜାଳୁ ନିଜକୁ, ତୁ କହ କ'ଣ କରିବା ଉଚିତ ନାରୀଟିଏ। ସବୁ ଅତ୍ୟାଚାର କ'ଣ ଶାରୀରିକ, କିଛି ମାନସିକ ବି ହୋଇଥାଏ। ଯାହା ସମାଜକୁ ଦିଶେ ନାହିଁ। ପୁରୁଷ ତାହାର ଫାଇଦା ଉଠାଏ। କିନ୍ତୁ ମାନସିକ ଅତ୍ୟାଚାର ଭୋଗୁଥିବା ମଣିଷଟେ ନିଜର କ'ଣ କ୍ଷତି କରେ ସେକଥା କିଏ ଦେଖିଚି କହ ? ମଣିଷର ଅଙ୍ଗ ଅକାମୀ ହେଲେ ସେ ବଞ୍ଚିପାରେ କିନ୍ତୁ ମସ୍ତିଷ୍କ ଅକାମୀ ହେଲେ ସେ ଭାବନାଶକ୍ତି ହରାଇବସେ। କିଛିଦିନ ବିତିଥିଲା ମୋର ଏଇସବୁ ଭାବନା ଭିତରେ।

ୟା' ଭିତରେ ମୁଁ ତୁଷାରଠୁ ଫୋନ୍ ପାଇନାହିଁ। କଲ୍ କରିବି ଭାବି ନିଜେ ରହିଯାଇଛି, ନା ସେ କଲ୍ କରନ୍ତୁ, ମୋତେ ଖୋଜନ୍ତୁ, ମୋ ପାଇଁ ବ୍ୟାକୁଳ ହୁଅନ୍ତୁ। ଏତିକି କ'ଣ ମୁଁ ତାଙ୍କଠାରୁ ଆଶା କରିବା କଥା ନୁହେଁ ? ଏମିତି ସାଧାରଣ ଘଟଣା ଭିତରୁ ଗୋଟିଏ ମନେରହିବାର ଦିନ ଜନ୍ମ ନିଏ। ଦିନେ ନିଜକୁ ଆଉ ସମ୍ଭାଳି ପାରିଲି ନାହିଁ। ତୁଷାର ମୋର, ମୋର ଏତେ କାଇଁ ତାଙ୍କୁ ଫୋନ୍ କରିବାରେ ସଂକୋଚ ଯେ, ଏକଥା ମୁଁ ସ୍ୱୀକାର କରିଗଲେ ଅସୁବିଧା କ'ଣ ଯେ ମୁଁ ରହିପାରୁନାହିଁ ତାଙ୍କୁ ଛାଡ଼ି। ଶେଷରେ ଅଭିମାନରେ ମେସେଜ୍ ଲେଖିଲି, ଲିଭେଇଲି, ପୁଣି କ'ଣ ଭାବି ପଠେଇଲି। ମେସେଜ୍ ସେ ପାଇଲେ ନାହିଁ। କ'ଣ ହେଲା ସେ କେମିତି ମୋ ମେସେଜ୍ ପଢ଼ିବେ ନାହିଁ ...ତା' ବି ପ୍ରଶ୍ନ କଲି ସେ ତଥାପି ନିରବ। ଆଚ୍ଛା ବ୍ୟସ୍ତ ଥିବେ ଭାବି ମନକୁ ବୁଝେଇଲି। ଦୁଇଦିନ ପରେ ପୁଣି ଲେଖିଲି, ଲୁହ ଗଡ଼େଇଲି, ଠାକୁରଙ୍କୁ ବି ଡାକିଲି ସେ ମେସେଜ୍ ପଢ଼ନ୍ତୁ। ମୋତେ ଉତ୍ତର ଦିଅନ୍ତୁ। କିଛିଦିନ

ପରେ ଉତ୍ତର ଦେଲେ ପରେ କରୁଛି, ବ୍ୟସ୍ତ ଅଛି, ଅଫିସ୍ ପ୍ରେସର ହଠାତ୍ ବଢ଼ିଛି। ସମୟ ଦେଖି କଥାହେବି। ମୁଁ ନିଜ ଆୟତ୍ତରେ ନଥିଲି ସେଦିନ। ମୁଁ ସିଧା ପଚାରିଲି କ'ଣ ହେଇଚି ତୁମର କୁହ ? ଏତେ ଅଣଦେଖା କରିବାର କାରଣ କ'ଣ ତୁଷାର କୁହ ? ନା ତଥାପି କିଛି ଉତ୍ତର ନାହିଁ। ବ୍ୟସ୍ତହୋଇ ଲେଖିଲି ମୁଁ ଯେ ପ୍ରତିକ୍ଷଣ ତୁମ ଭାବନାରେ ବୁଡ଼ିଛି। ତୁମେ ଏମିତି ଉତ୍ତର ନଦେଲେ, ଅଣଦେଖା କଲେ, ଚୁପ୍ ରହିଲେ ମୋର ତୁମ ପ୍ରତି ସନ୍ଦେହ ବଢୁଛି। ସତରେ କ'ଣ ତୁମର ମନ ଭରିଗଲା ? ମୁଁ ଶୁଣୁଛି ନାରୀର ଦେହ ଭୋଗ କଲାପରେ ପୁରୁଷର ଆଗ୍ରହ ନଷ୍ଟ ହୁଏ, ମୋହଭଙ୍ଗ ହୁଏ, ତୁମେ କ'ଣ ସେମିତି ଜଣେ ପୁରୁଷ ? ଏକଥା ସତ ମୁଁ ସବୁ ସେଇକଥା ସେଦିନ ଅଭିମାନରେ ଲେଖିଥିଲି ତାଙ୍କ ପାଖକୁ। ତଥାପି ତୁଷାର ଚୁପ୍। କିଛି ଉତ୍ତର ଆସିଲାନି ସେପଟୁ। ମୁଁ ଛଟପଟ ହେଲି, କାନ୍ଦିଲି ରାତି ରାତି। ନିଜକୁ କଷ୍ଟ ଦେବାକୁ ପଛେଇଲି ନାହିଁ। ରାତି ଅନିଦ୍ରାରେ କଟାଇଲି, ଭାବିଲି ଜବ୍ ଛାଡ଼ିବି। ଭାବିଲି ଜୀବନ ହାରିବି, ଭାବିଲି ମୁଁ ଅସତୀ, ଭାବିଲି ମୁଁ ଚରିତ୍ରହୀନ, ଏ ଭାବିବାର ଆଉ ପୂର୍ଣ୍ଣଚ୍ଛେଦ ନାହିଁ ମୀରା। ତଥାପି ସମୟ ଦେଲି ତୁଷାରଙ୍କୁ।

ତୁମେ ଥରେ ଫେରିଆସ ଆସ୍ତେ କରି
ତୁମ ଓଠ ମୋ ମଥାରେ ଛୁଆଁଇ
ଆଖିରେ ଆଖି ମିଶେଇ କୁହ ଥରେ
ତୁମେ ମୋ ଅଙ୍କ ପ୍ରେମିକା ସ୍ତ୍ରୀ ପରି ବେଶୀ।

ଲେଖିଲି କବିତା, ତାଙ୍କ ପାଇଁ ଦୀର୍ଘ ଚିଠି। କିନ୍ତୁ ଏ କାହାଣୀର ଦୁଇ ମାସ ପରେ ବି କିଛି ଉତ୍ତର ଆସିଲାନି। କ'ଣ ହୋଇଛି ତୁଷାରର, ଫୋନ୍ କରିକି ଅନ୍ତତଃ କହିପାରନ୍ତେ। କିଛି ଅସୁବିଧା ହୋଇନି ତ ପରିବାରରେ ? କିଛି ଏମିତି ଅସୁବିଧା ଥାଇପାରେ, ମୋତେ କହିବାକୁ କୁଣ୍ଠାବୋଧ କରୁଥିବେ, ସେଥିପାଇଁ ତାଙ୍କର ଏ ମୌନତା। ଏମିତି ଅନେକ ଚିନ୍ତାରେ ବୁଡ଼ିରହିଲି। ଏ ସ୍ୱଭାବ ମୋର ପିଲାବେଳୁ। କୌଣସି ଜିନିଷ ଉପରେ ଅଧିକାର ଭାବି ଦାବି କରିପାରେନି। ସବୁବେଳେ ସହିଛି, ପ୍ରତିବାଦ କରିନାହିଁ। କଷ୍ଟ ପାଏ, କଷ୍ଟ ତ ହୁଏ କିନ୍ତୁ କାହାକୁ କଷ୍ଟ ଦେଇନାହିଁ। କେବଳ ନିଜକୁ ଦୋଷ, ନିଜ ଜନ୍ମକୁ ଦୋଷ, ନିଜ ପରିବେଶର ପ୍ରଭାବକୁ ଦୋଷ ଦେଇ ଜୀବନ କାଟିଛି। ତେଣୁ ମୁଁ ତଥାପି ତୁଷାରକୁ ଦୋଷ ଦେଇପାରୁନାହିଁ।

ସପ୍ତମ ଅଧ୍ୟାୟ

ଏ ସ୍ୱପ୍ନ ସବୁ କ'ଣ ଏତେ ଶସ୍ତା ମୀରା ?
ମନ କ'ଣ ବାଲିଘର ?
ଯେକୌଣସି ମୁହୂର୍ତ୍ତରେ ଜଣେ ଗଢ଼ିଦେବ ।
କାହିଁକି ତା'ହେଲେ ଏମାନେ
ଏତେ ସ୍ୱପ୍ନ ଦେଖାନ୍ତି ?

ସେଦିନ ଢେର୍ କାନ୍ଦିଲି। ତୁଷାରକୁ ୧୦୦ଟା ମେସେଜ୍ ପଠେଇଲି। ମୋର ଧୈର୍ଯ୍ୟର ସୀମା ରହିଲାନି। ରାଗ ଅଭିମାନ ଘୃଣା ସବୁ ଏକାକାର ହୋଇ ଫୁଟିଉଠୁଥିଲେ ଶବ୍ଦରେ। ଲେଖିଲି ଏକ ଦୀର୍ଘ ଚିଠି। କହିଲି ତୁଷାର କୁହ ମୋତେ ତୁମ କଣ୍ଠରେ, ତୁମେ ବି ମୋତେ ଠକିଛ ଏ ଦୁନିଆରେ ମୁଁ ଭେଟିଥିବା ନିଜର କରିଥିବା ଅନ୍ୟ ପୁରୁଷଙ୍କ ପରି। ତୁମେ ବି ଠିକ୍ ଅନ୍ୟ ପ୍ରେମିକମାନଙ୍କ ପରି ପଳାୟନପନ୍ଥୀ। ସେତେବେଳକୁ ମୁଁ ତାଙ୍କ ସୋସିଆଲ୍ ମିଡିଆ ସବୁ ଗୋଟି ଗୋଟି ଦେଖିସାରିଥିଲି। ମନେ ମନେ ଏତେ ରାଗ ଆସିଲା ଠିକଣା ପାଇଲେ ଖୋଜିଯାଇ ଭେଟିଆସନ୍ତି ସେ ମଣିଷଟାକୁ। ଏ ସ୍ୱପ୍ନ ସବୁ କ'ଣ ଏତେ ଶସ୍ତା ମୀରା ? ମନ କ'ଣ ବାଲିଘର ?

ଯେକୌଣସି ମୁହୂର୍ତ୍ତରେ ଜଣେ ଗଢ଼ିଦେବ। କାହିଁକି ତା'ହେଲେ ଏମାନେ ଏତେ ସ୍ୱପ୍ନ ଦେଖାନ୍ତି ? କାହିଁକି ଏ ଭଲପାଇବା ପଛରେ ମନ ଧାଇଁଯାଏ, ଏସବୁ ଶସ୍ତା ବୋଲି ମୁଁ ନିଜେ ବି କଳନା କରିନଥିଲି। ମୁଁ ନିଜେ ବି ତ ନିଜ ଆଖିରେ ଶସ୍ତା, ମୂଲ୍ୟହୀନ ବୋଲି ତୁଷାର ପ୍ରମାଣ କରିଦେଲେ। ତାଙ୍କର ଯାହା ପରିସ୍ଥିତି ଥାଉନା କାହିଁକି ମୋ ସହ ଏମିତି ଖେଳିଯିବାଟା ସେ ଠିକ୍ କରିନାହାନ୍ତି। ଏ ଘଟଣା ମୋ ଜୀବନରେ ଘଟିବ ମୁଁ ଆଶା କରି ନଥିଲି। କଳ୍ପନା ବାହାରେ ତୁଷାରକୁ ଭଲପାଇବା, ନିବିଡ଼ ହେବା, ଶେଷକୁ ବିନା କାରଣରେ ପ୍ରତାରିତ ହେବା। ମୁଁ ଠିକ୍ ସେଦିନ ଏମିତି ହିଁ ଭାବୁଥିଲି। ନା ଏ ଅଧ୍ୟାୟ ଶେଷ ହେବା ଆଗରୁ ମୋର ତୁଷାରକୁ ଭେଟିବା ନିହାତି ଦରକାର, ନହେଲେ ମୁଁ ଜାଣିନି ମୁଁ କ'ଣ କରିବି, ଏ ଭାବନା ମୋ ଭିତରେ ଅଥୟ ହେଉଥିଲା। ତାଙ୍କ କାମ କରିବା ଅଫିସ୍, ଠିକଣା, ଘରର ଆଡ୍ରେସ୍ ସବୁ ଯୋଗାଡ଼ କରିବାରେ ଲାଗିପଡ଼ିଲି। ଶେଷକୁ ମିଳିଗଲା ସବୁ। କିଛି ତ ସେ ନିଜେ ବି କହିଥିଲେ। ଦିନେ ସକାଳୁ

ମନସ୍ଥ କଲି ଆଜି ହିଁ ଭେଟିବି। ପଚାରିବି ମୋ ମନର କଥା। ଏତେ ଗୋପନତା, ରହସ୍ୟର ଦିନ ବିତେଇବା ଅପେକ୍ଷା ସିଧାସଳଖ କଥା ହେଇଯିବା ଭଲ। ସାହସ ପ୍ରେମର ପରାକାଷ୍ଠା ଦେଖେଇ ଅଧା ନଈରେ ଭସେଇଦେବାର କାରଣ, ସବୁର ଉତ୍ତର ନେଇ ମୁଁ ଫେରିବି ଆଜି।

ସକାଳୁ ମୁଣ୍ଡିଆ ମାରି ପୂଜା ସାରିଲି, ଘରୁ ବାହାରିଲି ନିଜକୁ ନିଜେ କହିଲି ଜଣେ ଚରିତ୍ରହୀନା ନାରୀ ଯାଉଛି ତା' ଚରିତ୍ରର ସାର୍ଟିଫିକେଟ୍ ଆଣିବାକୁ ପର ପୁରୁଷ ପାଖକୁ। ଯାହାକୁ ପ୍ରିୟ ପୁରୁଷ ଭାବି ମୋ ଜୀବନର ସବୁ ଲୁଟେଇଦେଇଛି। ଯାହାକୁ ସେ ଭ୍ରମ ବୋଲି ଭାବିବାକୁ ଏବେ ବି ଅରାଜି। ଆଜି ସେ ସତ୍ୟକୁ ମୁଁ ନିଜେ ବି ସ୍ୱୀକାର କରିବି, ତୁଷାର ବି ମୋ ସାମ୍ନାରେ ସେ ସତ୍ୟକୁ ସ୍ୱୀକାର କରିବେ। ମୋର ସବୁ ବୋହିଯିବାର ବେଳ ସରିଛି। ତୁଷାର ଘର ଫ୍ଲାଟ୍ ଆଗରେ ଗାଡ଼ି ପାର୍କ କଲି। ଘର ନମ୍ବର ଆଉ ଥରେ ପଚାରି ଆଗେଇଲି ଆଗକୁ। ପାଞ୍ଚ ମହଲାରେ ରୁମ୍ ନମ୍ବର ୫୦୨। ନା ଲିଫ୍‌ଟକୁ ଅପେକ୍ଷା କରି ଲାଭ ନାହିଁ, ଏ ଅପେକ୍ଷା ବେଶ୍ କଷ୍ଟଦାୟକ ମୋ ପାଇଁ। ଏବେ ବି ମୁଁ ଭାବୁଛି ତୁଷାର ମୋତେ ଦେଖି ନିଶ୍ଚିତ ଖୁସିହେବେ। ଏତେ ସକାରାତ୍ମକ ଧାରଣା ମୋର ତାଙ୍କ ପାଇଁ ରହିବା ନିହାତି ସମୀଚୀନ। ମୁଁ ତୁଷାରଙ୍କ ଭଦ୍ରତା, ନମ୍ରତା, ସଙ୍କୋଚପଣକୁ ସମ୍ମାନ ଦେଇଆସିଛି, ତେଣୁ ଆଜି କେମିତି ଏତେ ଶୀଘ୍ର ସରିଯିବ। ସେଦିନ ତାଙ୍କ ଘର ସାମ୍ନାରେ ଠିଆହୋଇ କଲିଂବେଲ୍ ମାରିଲାବେଳକୁ ମୋ ହାତ ଅଜଣା କଂପନରେ ଥରୁଥିଲା। ଗୋଟାପଣେ ସଂଶୟ, ପ୍ରଶ୍ନର ଦୀର୍ଘ ତାଲିକା, ଅନେକ ଦୁଃଖର ଚିଟାଉ, ରାଗ ଅଭିମାନର ଫରଦ ଫରଦ ଚିଠା ମୋ ସାମ୍ନାରେ ଉଡୁଥିଲା। କଲିଂବେଲ୍ ମାରିଲି ଆଉ ଥରେ ସାହସ ଠୁଳ କରି। ଦୁଆର ଫିଟିଲା କିଛି ସମୟ ପରେ। ଯେ କ'ଣ ...ମୋ ଆଗରେ ଠିଆ ହୋଇଛି ମୋ ସ୍ୱାମୀଙ୍କ ପ୍ରେମିକା ସୋନାଲି ମିଶ୍ର। ମୁଁ ହଠାତ୍ ଗୋଟେ ଧକ୍କାରେ ପଛକୁ ଦୁଇପଦ ଫେରିଗଲି। ମୁଁ ନିର୍ବାକ୍, କ'ଣ ପଚାରିବି ଠିକ୍ ଠିକ୍ ଜାଣିପାରିଲିନି। ଭୁଲ୍ ଜାଗାକୁ ଆସିନି ତ ? ଠିକଣାକୁ ଆଉ ଥରେ କାଢ଼ି ଦେଖିଲି। ମୋ ପୃଥିବୀ ଏଇଠି ସ୍ଥିର ହୋଇଯାଇଛି। ମୁଁ ଠିଆହୋଇଛି ଏକା ନିସ୍ତବ୍ଧ, ମୋ ଚାରିପାଖର ପୃଥିବୀ ଶବ୍ଦହୀନ। ମୋ ଆଖି ଯାହା ଦେଖୁଚି ତାହା କ'ଣ ବାସ୍ତବତା ! ଆଉ ଯାହା ଦେଖିଥିଲି ଆଗରୁ ସେସବୁ କ'ଣ ସ୍ୱପ୍ନ ? ମୁଁ ସ୍ଥିରହୋଇ ଠିଆହୋଇ ରହିଲି

କେତେ ସମୟ ଏମିତି। କିଏ ଜଣେ କହୁଥିଲେ ୟେସ୍ ମାଡାମ୍ କୁହନ୍ତୁ କାହାକୁ ଖୋଜୁଥିଲେ। ସୋନାଲି ମିଶ୍ରର ସ୍ୱରରେ ମୁଁ ପ୍ରକୃତିସ୍ଥ ହେଲି। କ'ଣ କହିବି ସୋନାଲି ମିଶ୍ରଙ୍କୁ। ତୁମେ ଟ୍ୟାଲେଣ୍ଟେଡ୍, ସୁନ୍ଦରୀ, ନା ତୁମେ କାହିଁକି ମୋ ସ୍ୱାମୀଙ୍କ ପ୍ରେମିକା ନା ତୁମର ତୁଷାର ସହ କି ସଂପର୍କ ? ମୁଁ ନିଜକୁ ପଚାରିଥିଲି ମୁଁ କ'ଣ ପଚାରିବା ଉଚିତ ୟାକୁ ? ମୁଁ ନିଜକୁ ପଚାରିଲି ମୁଁ ଏଠି କ'ଣ କରୁଛି ? ମୋ ମୁଣ୍ଡ କିଛି କାମ କଲାନି। ସତରେ ଲାଗୁଥିଲା ମୁଁ ପାଗେଲୀ ହେଇଯାଇଛି କି ପାଗଳ ପରି ଆସି ୟା' ଆଗରେ ଠିଆ ହୋଇଯାଇଛି। ସୋନାଲି ପୁଣି ପଚାରିଲା, ୟେସ୍ ମାମ୍, ଆପଣ କ'ଣ ଏମିତି ଠିଆ ହୋଇଥିବେ ? କାହାକୁ ଖୋଜୁଛନ୍ତି, କ'ଣ ଭୁଲ୍ ଫ୍ଲାଟ୍‌କୁ ଆସିଛନ୍ତି ? ଏମିତି କିଛି ନକହି ଠିଆହୋଇ ରହିଲେ କେମିତି ଜାଣିବୁ ? ମୋ ମୁହଁରେ ତଥାପି ଉତ୍ତର ନାହିଁ, କାହିଁକି ସତରେ... କାହିଁକି ମୁଁ ସୋନାଲି ମିଶ୍ରକୁ ଖୋଜୁଛି ? ତାକୁ ଆଜିଯାଏଁ ଖୋଜିନି। ତୁଷାର ତ ନିଜେ କହିଛି ଆମେ ପରସ୍ପରର ସାଥୀ ବିଷୟରେ ଚିନ୍ତା କରିବା ଛାଡ଼ିଦେବା ଉଚିତ, ଆମେ କେବଳ ନିଜ କଥା ଭାବିବା। ନିଜ ସ୍ୱପ୍ନରେ ଝୁଲିବା, ସୁଖ ମିଳିବ ଆମକୁ। ହେଲେ ୟେ କାହିଁକି ମୋ ଜୀବନକୁ ଚାଲିଆସିଛି, ମୁଁ ୟାକୁ ଦେଖିବାକୁ ବି ଚାହେନି, କି ୟା' ବିଷୟରେ ଭାବିବାକୁ। ମୋ ମନରେ ଅନେକ ପ୍ରଶ୍ନ ଆହୁରି ଯୋଡ଼ିହୋଇଗଲାଣି ଏଇ କିଛି ସମୟରେ। ଠିକ୍ ଏତିକିବେଳେ ପଛରୁ ଶୁଭିଲା ମୋ ପରିଚିତ ତୁଷାରଙ୍କ ସ୍ୱର। ଭାସିଆସିଲା ମୋର ଜଣାଶୁଣା କଣ୍ଠସ୍ୱର ପବନରେ। ସୋନାଲି ସୋନାଲି କିଏ ଡାକୁଛି ? କିଏ ଖୋଜୁଛି ? କ'ଣ ଯେ ଏତେ ସମୟ ହେଲା ଠିଆହୋଇଛ ଦରଜା ପାଖରେ ? କ'ଣ ହୋଇଛି କହି ପଛକୁ ଠିଆ ହୋଇଗଲେ ତୁଷାର, ମୋର ପ୍ରିୟ ପୁରୁଷ। ମୁଁ ଚାହିଁଥିଲି ଏ ଦୃଶ୍ୟକୁ ହତବାକ୍ ଦର୍ଶକଟିଏ ପରି। ଆପେ ଆପେ ମୋ ଆଖିରେ ଲୁହ ଭର୍ତ୍ତି ହୋଇଗଲା, ଦୁଃଖ ଅପମାନ କ'ଣ ଏମିତି ଛାତି ଫଟେଇଦିଏ ଗୋଟିଏ ସମୟରେ ! ଏଇଠୁ ପୁଣି କେମିତି ଫେରିଯିବି ମୋ ସବୁ ପ୍ରଶ୍ନର ଉତ୍ତର ନନେଇ କୁହ ପ୍ରିୟ ପୁରୁଷ। କ'ଣ ପଚରା ଯାଇପାରେ ପ୍ରିୟ ପୁରୁଷଙ୍କୁ ଏମିତି ମୁହୂର୍ତ୍ତରେ ? ସେ ଯେ ଆଉ ପ୍ରିୟ ପୁରୁଷ ହୋଇ ନାହାନ୍ତି, ସେ ପର ପୁରୁଷ। ପର ପୁରୁଷକୁ ପଚାରି ହୁଏନା କାହିଁକି ସେ ଛଳ କରେ, କାହିଁକି ହୃଦୟ ସହ ଖେଳେ, କାହିଁକି ପ୍ରେମର ମହାମନ୍ତ୍ର ପଢ଼ି ଅଜଣା ରାସ୍ତାକୁ ଟାଣିନିଏ। କାହିଁକି ନିରୀହ ନାରୀର ମନରେ

ଘର ତୋଳେ। କାହିଁକି ଦେହ ଛୁଇଁ ଶପଥ କରି କୁହେ ମିଛରେ... ଏ ପ୍ରେମ ଶାଶ୍ୱତ। ସେଦିନ ସବୁ ପ୍ରଶ୍ନ ପଚାରି ତୁଷାରଙ୍କୁ ଅପମାନିତ କରିବାର ଯଥେଷ୍ଟ ସୁଯୋଗ ଥିଲା। ସୋନାଲିକୁ ବି ଦୁଇ ଚାପୁଡ଼ା ଦେବାକୁ ଇଚ୍ଛାଥିଲା। କିନ୍ତୁ ଚୁପ୍ ରହିଲି। ପିଲାବେଳୁ ମୁଁ ନିଜକୁ କଷ୍ଟ ଦେଇଛି ଆଉ କାହାକୁ ନୁହେଁ। ସରୀ କହିଥିଲି କେବଳ। ଆଖିରେ ଆଖିଏ ଲୁହ ନେଇ ଯେ ମୋର ଫେରିଯିବାର ବେଳ। କୋହକୁ ଛାତି ଭିତରେ ଚାପି ଧରିବାର ସମୟ। ଚୁପ୍ ରହି ବୁଝିଥିଲି ପ୍ରିୟ ପୁରୁଷ କେହି ନାହିଁ ଏ ଦୁନିଆରେ। ଯାହାକୁ ନେଇ ନାରୀ ମନ ପ୍ରିୟ ପୁରୁଷ ବୋଲି ସ୍ୱପ୍ନ ଦେଖେ ସେ କେବେ ସତ ନୁହେଁ। ସବୁ ଛଳନା, ସବୁ କଳ୍ପନା, ସେ ପ୍ରିୟ ପୁରୁଷ ସବୁ ପୁରୁଷ ପରି ସାଧାରଣ, ସବୁ ପ୍ରେମିକ ପରି ଧୋକା ଦେଇପାରେ। ସବୁ ସମର୍ପଣ ପରେ ବି ସେ ନାରୀର ହୃଦୟ ପଢ଼େନା। ସେଇ ପର ମୁହୂର୍ତ୍ତରେ ପର ପୁରୁଷ ହୋଇ ନାରୀ ଦେହକୁ ପ୍ରେମକରେ, ଦେହର ସୁଖ ମିଳିଗଲେ ଦିଗ ବଦଳାଏ। ଏକଥା ବୁଝିଲାବେଳକୁ ଅନେକ ଡେରି ହୋଇଯାଇଛି ମୋର ପ୍ରକୃତରେ। ସେଠି ଆଉ ଏମିତି ଠିଆହୋଇ ରହିବା ଭଲ ନୁହଁ ଭାବି ମୁଁ ସିଧା ଆସି ଗାଡ଼ିରେ ବସିଲି। ତୁଷାର ବୋଲିଥିବା ମିଠାରଙ୍ଗର ଆକାଶ ସେଦିନ ଛଳନାର ରଙ୍ଗ ବୋଲି ରକ୍ତିମ ଦିଶୁଥିଲା। ତୁଷାର ସତରେ ଏବେ ମୋ ପାଇଁ ବରଫ ଖଣ୍ଡେ। ସେ କେବେ ତରଳିବନି। ପ୍ରିୟ ପୁରୁଷରୁ ପର ପୁରୁଷ ସାଜିଥିବା ମୋ ଜୀବନର ଅଶାନ୍ତ ସ୍ୱପ୍ନ। ଯାହାକୁ ଭୁଲିହୁଏନା, ସେ ବି ଗୋଟେ ଭୁଲ୍ ବି ବୋଲି ଠିକ୍ ଭାବରେ କହିହୁଏନା, ପ୍ରେମ ବି କରିହୁଏନା, ଘୃଣା ବି କେତେ ତା' ପାଇଁ ଠିକ୍ ଅନୁପାତରେ ମାପି ହୁଏନା। ମୁଁ କହିଲି ତୁ ମୀରା ଯଦି କାହାଣୀ ଲେଖୁଛୁ ତା'ହେଲେ ଯେ କାହାଣୀକୁ ଏଇଠି ସାରିଦେବୁ।

ଅଗ୍ନି ପରୀକ୍ଷା ଆଉ ମାଗନାହିଁ
ଯଦି ପାରୁଛ ମୋରି ଦେହ ଉପରେ ମୋରି ନାଁରେ
ଧାଡ଼ିଏ କବିତା ଲେଖ,
ଆଖିରେ ଆଖି ମିଶେଇ କୁହ,
ତୁମ ଗଳ୍ପର ମୁଁ ଏକାନ୍ତ ନାୟିକା।

ତୁ ଯଦି ଉପନ୍ୟାସ କଥା ଭାବିବୁ ତା'ହେଲେ କହିବି ଆଉ କିଛି କଥା। ମୀରା କହିଲା, ଆଉ ଟିକେ କହ ତୋ କଥା, ସେକଥା ଛାଡ଼ ଉପନ୍ୟାସ ଲେଖିବି

କି ଗଳ୍ପ। ୟା'ପରେ କ'ଣ ତୋର ସୁମନ୍ତ ସହ ସଂପର୍କ ବଦଳିଛି ? ତୁ କ'ଣ ଫେରିପାରିବୁ ତା' ପାଖକୁ ? ମୁଁ କହିଲି ମୋ ଜୀବନରେ ଏ ଘଟଣା ପରେ କିଛି ଦୁଃଖସୁଖର ମୋତେ ଫରକ ପଡ଼େନି। ମୁଁ ଗୋଟେ କଥା ବୁଝିଲି ସବୁ ଖୁସି ଏଠି କ୍ଷଣସ୍ଥାୟୀ, କିଛି ସଂପର୍କ ଏଠି ଅତୁଟ ନୁହେଁ। ସବୁ ଭାଙ୍ଗେ ସମୟ ଆସିଲେ। ସବୁ ବଦଳେ। ନାରୀ ଜୀବନରେ ଏତେ ଶୀଘ୍ର ବଦଳିପାରେ ସବୁକିଛି ଯେ ସେ ନିଜକୁ ନିଜେ ବି ବିଶ୍ୱାସ କରିପାରେନି। ପ୍ରିୟ ପୁରୁଷ ବୋଲି କିଛି ନାହିଁ, ସେମାନେ ମରୀଚିକା। ଦୂରରୁ ଯେତିକି ସୁନ୍ଦର ପାଖରୁ ସେତିକି ଛଳନାମୟ। ମୋ ଜୀବନରେ ଭେଟିଥିବା ପୁରୁଷ ସୁପୁରୁଷ ହୋଇପାରନ୍ତି କିନ୍ତୁ ପ୍ରିୟ ପୁରୁଷ ହେବାର ରେସ୍‌ରେ ସେମାନେ ନିଶ୍ଚିତ ହାରିବେ। ମୁଁ ସେଦିନ ତୁଷାର ଆଗରୁ କେମିତି ଖସିଆସିଲି ଜାଣିନି, ଏକମୁହଁରେ କେମିତି ଘରକୁ ଆସିଲି ଠିକ୍ ଠିକ୍ ମନେ ନାହିଁ। ଯେମିତି କେଉଁ ଅଦୃଶ୍ୟ ଶକ୍ତି ମୋତେ ଭିଡ଼ି ଆଣିଲା ସେଠୁ। ସେଦିନ ମୋ ଦେହରେ ଚାଲିବାର ଶକ୍ତି ନଥିଲା କିନ୍ତୁ ଭାବିବାର ଶକ୍ତି କାହିଁ କେତେଦୂର ବଢ଼ି ଚାଲିଥିଲା। ରାସ୍ତା ସାରାର ମଣିଷ ମୋତେ ଦିଶୁଥିଲେ ପ୍ରତାରକ। ଆଜି ବି ଯାହାକୁ ଦେଖିଲେ ଭାବେ ସତରେ କ'ଣ ଏ କାହାକୁ ଠକି ନଥିବ। ସୋନାଲି ମୁହଁର ଖୁସି ଦେଖି ମୋତେ ଠିକ୍ ବୁଝା ପଡ଼ିଥିଲା ସେମାନଙ୍କର କିଛି ଅସୁବିଧା ନାଇଁ କି ତୁଷାର ଭଲ ଅଭିନୟ କରିପାରନ୍ତି, କି ଏମିତି ବି ହେଇଥାଇପାରେ ସେ ମୋ ସହ ଅଭିନୟ କରୁଥିଲେ, ଶୁଣିଛି ପୁଅମାନେ କୁଆଡ଼େ ଜୀବନସାରା ପାରିବାପଣିଆର ଭାଲିଡେସନ୍ ଖୋଜନ୍ତି। ସୁମନ୍ତ ବି ସେଇ ନାଆର ନାଉରି। ସୁମନ୍ତର ଆତ୍ମକୈନ୍ଦ୍ରିକ ଭାବପ୍ରବଣତା, ମିଛ ଦାମ୍ପତ୍ୟ, ତୁଷାରର ଛଳନା, ପ୍ରେମ ଦେଖେଇ ଅସଲ ମୁଖା ଲୁଚାଇବା ୟା' ପରେ ମୁଁ କାହିଁକି କାହାକୁ କଷ୍ଟ ଦେବି... ନିଜକୁ ହିଁ ଘୃଣା କରେ। କିଛି ସଜାଡ଼ିବାକୁ ଚାହେନା, ଯାହା ଉଜୁଡ଼ିଯାଇଛି ଯାଉ। ସୁମନ୍ତଙ୍କୁ କ'ଣ କହିବି ଆଜିଯାଏଁ ମୁଁ ବୁଝିପାରିନି କହିବି ସତ କଥା, ଯେ କଥା ଶୁଣିଲେ କ'ଣ କୋଉ ପୁଅ ସହିପାରେ, ମୋର ଅକ୍ଷୟ ମହାନ୍ତିଙ୍କ ଗୀତ ମନେ ପଡୁଥିଲା–

କଳଙ୍କିତ ଏଇ ନାୟକ ଆଖିରୁ ଲୁହ ବି ପଡ଼ିଲେ ଝରି
ଦୁନିଆ କହିବ କାନ୍ଦୁଛି ସିଏ ଆଉ ଏକ ପାପ କରି।

ମୀରା ଆଜିକାଲି ମୁଁ ଘୃଣା କରେ ପୁରୁଷର ପ୍ରେମକୁ, ହେଲେ ଅତୀତକୁ

ଫିଙ୍ଗିହୁଏ ନାହିଁ। ତୁଷାର ପ୍ରେମ ଛଳନା ହେଉ, କିନ୍ତୁ ମୋ ପ୍ରେମ ସତ ହେଉ ରହିଯାଉ, ନହେଲେ ମୁଁ ନିଜକୁ ବି କ୍ଷମା ଦେଇପାରିବିନି। ଏ ଭାବନା ସବୁ ଆଜିବି ନିଝୁମ ରାତିରେ ଆଖି ଓଦା କରେ। ଛାତି ଉପରେ ପଥର ଲଦିଦିଏ। ପରପୁରୁଷର ପ୍ରେମ ଗୋଟିଏ ମୁହୂର୍ତ୍ତ ଖୁସି ଦେଇପାରେ ସାରା ଜୀବନ ବିଷ ଭରିଦିଏ। ମୁଁ ସେଇ ବିଷ ପିଉଛି। ନୀଳକଣ୍ଠ ହେବାକୁ ହିଁ ତା' ନାରୀ ଜନ୍ମ ପାଏ ଏଠି। ଯା' ଭିତରେ ପାଞ୍ଚବର୍ଷ ବିତିସାରିଲାଣି। ଏମିତି ଯୁକ୍ତି, ନିଜ ସହ ପ୍ରଶ୍ନ ଉତ୍ତର ଖେଳ ଭିତରେ ଜୀବନ ଆଗେଇ କେତେ ଆଗେଇଗଲାଣି। କିଛି କ'ଣ ରହିଯାଏ ଜୀବନରେ କେହି ପାଖରେ ନଥିଲେ, ଜୀବନର ଧର୍ମ ବୋହିଯିବା। ମୁଁ ନିଜକୁ ଜିତିବାକୁ ବହୁତ ଚେଷ୍ଟା କରିଛି, କବିତା ଲେଖିଛି, ଗଳ୍ପ ଲେଖିଛି, ଏବେ ଏଇ ଉପନ୍ୟାସ ଲେଖୁଛି। ଆର୍ଟରେ ମନ ଦେଇ ବହୁତ ଜାଗାରୁ ପ୍ରଶଂସିତ। ବହୁ ସମୟ ଅଫିସ୍ କାମରେ ଆଉଟ୍ ଷ୍ଟେସନ୍। ଯେତିକି ରୋଜଗାର କରେ ତା'ଠୁ ଅଧିକ ଖର୍ଚ୍ଚ କରେ। ମନ ଭୁଲାଇବା ପାଇଁ ବାର୍ ଆସେ। ଯେଉଁଠି ବସିଲେ ଏକାନ୍ତରେ ବିଗତ ଦିନର ଫର୍ଦ୍ଦସବୁ ଆପେ ଆପେ ଲେଉଟେ। ସେଠି ଲୁହ, ଅବସୋସ, ଅତୃପ୍ତି ଛଡ଼ା କିଛି ନାହିଁ। ଦିନେ ନିଜକୁ ବୁଝାଇ ପାରିଲେ ସୁମନ୍ତ ପାଖକୁ ଫେରିବି। ନିଜକୁ ଥରୁଟେ କ୍ଷମା କରିପାରୁନି। ସେଠି ବି ତ ଚିରୁଡ଼ାଏ ବିଶ୍ୱାସ ନାହିଁ। ନାରୀ କ'ଣ ଏକା ବଞ୍ଚିଯିବା ସହଜ ନୁହେଁ। ମୁଁ ଏକା ଏକା ଏମିତି ନିଜ ସହ ବଞ୍ଚିଗଲେ, ନିଜ ଖୁସିରେ ସ୍ୱାଧୀନତା ଭୋଗିଲେ କ୍ଷତି କ'ଣ ମୀରା, ତୁ ବି ତ ନାରୀ। ଏତେ ନାରୀମାନଙ୍କ ଜୀବନକୁ ନେଇ ମତଭେଦ କାହିଁକି ଆମ ଦେଶରେ? ଏତେ ନାରୀଙ୍କୁ ନେଇ କାହାଣୀ କାହିଁକି? ନାରୀ ନିଜକୁ ଘୃଣା କରିବା ଏ ସମାଜ ପାଇଁ ଗୋଟିଏ କଳଙ୍କ। ମୀରା ତୁ ଆମ ସମାଜ କଥା ନେଇ ଇଂରାଜୀର ଅନୁବାଦ କର। ମୋ ଉପନ୍ୟାସ ତୁ ଲେଖ। ନାୟିକା ସରଳ ନିରୀହ ସାଧାରଣ ନାରୀ ଏଠି ତା' ସାଧାରଣତା ପାଇଁ କିପରି ଜୀବନ ଭୋଗେ ଜନ୍ମରୁ। ସନ୍ଧ୍ୟା ବାହାରେ ନୀଳରଙ୍ଗ ବୋଳିସାରିଥିଲା। ରାତି ଆକାଶରେ ଗୋଟିଏ ବି ସଞ୍ଜତାରା ଦିଶୁ ନଥିଲେ। ମୀରା ୱାଇନ୍‌କୁ ଚାହିଁଥିଲା। ବୋଧେ ଦେଖୁଥିଲା ନାଲି ରଙ୍ଗରେ ଜୀବନ କେମିତି ଦିଶେ, ପ୍ରତିଛବି କେମିତି ଦିଶେ ମଣିଷମାନଙ୍କର।

ନିଃଶବ୍ଦ ବେଳର ଶବ୍ଦ ସେଠୁ ଖସି ସାରିଥିଲେ
ମୋ ନିବରତା ନଈପରି ବୋହିଚାଲିଥିଲା,

ହଁ ମୁଁ ହସି ହସି କହିପାରୁଥିଲି 'ଭଲ ଅଛି'
ସମୁଦ୍ରର ନାଁ ଏଠି ଖୋଜା ଯେ ଚାଲିଛି।
ହେ ଏ ଜୀବନ, ହାୟ ଏ ପ୍ରେମ, ହେ ମୋର ଅତୀତ
ତୁମେ ତ ଅତଳ ସମୁଦ୍ର, କେତେ ପୋତା କେତେ ନୂଆକରି ମିଶା।
ଏ ସମୟ ତା'ର ଏ ଖବର ରଖିବା ଦୟାକରି ବନ୍ଦ କର।

ମୀରାକୁ କହିଲି କିଏ କହେ ନିଶାର ରଙ୍ଗ ଲାଲ୍, ମୁଁ କହେ ଜୀବନର ରଙ୍ଗ ତା'ଠୁ ବେଶୀ ଲାଲ୍। ଦେଖ୍, ଏତେ ପରେ ବି ମୁଁ ବଞ୍ଚିଛି। ଜୀବନଠୁ କ'ଣ ଆଉ ବେଶୀ ନିଶା ଅଛି। ଜଣେ ଜୀବନ ବଞ୍ଚୁଛି କେଉଁ ଅପେକ୍ଷାରେ ତାହାର ଖବର କିଏ ରଖେ, କିଏ କାହାକୁ ବୁଝେ ଏଠି? କାହାକୁ ଖୋଜେ ଏଠି? ଆଜିକାଲି ମୁଁ ବି ରଖେନି। କିନ୍ତୁ ଏଇଠି ମୁଁ ଆଜିବି କାହାକୁ ଖୋଜୁଛି। ଆଜିବି ପ୍ରମାଣ କରିବାକୁ ସୋନାଲି ମିଶ୍ର ମୋ ସ୍ୱାମୀଙ୍କ ସହ ଏଠିକି ଆସେ ନା ସେ ବି କ'ଣ ମୋ ପରି ସୁମନ୍ତର ବିଗତ ପ୍ରେମିକା।

ଠିକ୍ ଏତିକିବେଳେ ମୁଁ ଚମକିପଡ଼ିଲି, ପବ୍ ଭିତରକୁ ପଶିଆସୁଥିଲେ ଦୁଇଟି ଛାଇ ନାରୀ ଓ ପୁରୁଷ ହାତ ଧରାଧରି ମୁଦ୍ରାରେ। ମୁଁ ଦୃଷ୍ଟି ଫେରେଇପାରୁନି ସେ ଦୁହିଁଙ୍କଠୁ ଏବେ, ଏମିତି କ'ଣ ପାଇଁ ମୁଁ ହଠାତ୍ ଅନୁଭବ କରୁଛି, ମୋର ନିଃଶ୍ୱାସ ଅଟକିଯାଉଛି କାହିଁକି, ହୃତ୍‌ପିଣ୍ଡର ଗତି ମୋର ନିୟନ୍ତ୍ରଣ ବାହାରେ ଏବେ, ଛାତି ଭିତରେ ପୁଣି କ'ଣ ଭାଙ୍ଗିଯାଉଛି ଯେ ଅଜାଣତରେ, ମୋ ସମସ୍ତ ଦୃଷ୍ଟି ସେ ଦୁଇଟି ଛାଇ ଉପରେ ହିଁ ନିବଦ୍ଧ। ମୀରା ଡାକିଲା ରୁଚିତା କ'ଣ ଦେଖୁଛୁ ସେମାନଙ୍କୁ ଏମିତି, ଏତେବେଳୁ, ତୁ କ'ଣ ସେମାନଙ୍କୁ ଜାଣୁ? ଧୀରେ ବହୁକଷ୍ଟରେ ମୁହଁ ଫିଟାଇ କହିଲି, ହଁ ଜାଣେ...। ମୋ ମୁହଁ ଲାଲ୍ ପଡ଼ିଆସୁଥିଲା, ଆଖିକୋଣରେ ବୁନ୍ଦେ ଲୁହ ଜକେଇ ଆସୁଥାଏ, ମୀରା ବୋଧେ ମୋତେ କିଛି ପଚାରିବାକୁ ଚାହୁଁଛି। ତା' ପ୍ରଶ୍ନିଳ ଆଖି ମୋତେ ସ୍ପଷ୍ଟ ପଚାରୁଥିଲା ସେ ସୁମନ୍ତ ନା ତୁଷାର? ■

BLACK EAGLE BOOKS

www.blackeaglebooks.org
info@blackeaglebooks.org

Black Eagle Books, an independent publisher, was founded as a nonprofit organization in April, 2019. It is our mission to connect and engage the Indian diaspora and the world at large with the best of works of world literature published on a collaborative platform, with special emphasis on foregrounding Contemporary Classics and New Writing.